奇兵隊の叛乱

早乙女　貢

集英社文庫

目次

奇兵隊の叛乱

第一章　草莽《そうもう》の臣

陽と陰

時勢に合わない性格というものがある。泰平の世の行動性や、乱世における理論家の場合である。もしも百年早く生まれていたら、などという声は、おおむね前者にふさわしい動乱をさしている。だが、それは所詮、皮相的な史観にとらわれた者の空想にすぎない。いつでも、その時代を作る者はその時代に生きた者である。

時代が人を生み、その人が時代を作る。戦国時代は織田信長《おだのぶなが》の誕生と行動に必然だったし、徳川《とくがわ》時代が二百数十年続かなかったら西郷隆盛《さいごうたかもり》は生まれなかったろう。関ヶ原《せきがはら》に於《お》ける勝者と敗者の因縁は毛利《もうり》家を徳川幕府に対立させて十九世紀半ばに及んだ。西国諸藩の間に醸成された新興勢力の気概が最も濃密だったことと無関係ではない。この歴史的必然が一人の奇傑を生んだ。英雄というには当らない。歪《ゆが》んだ時代の生んだ奇型児というほうが真に近い。世の中の変革を齎《もたら》す者は常人ではない。殊《こと》にそれが破壊の面を受持った場合は。高杉晋作《たかすぎしんさく》は徳川幕府の体制の破壊者としての役目を担って生まれたといっていい。そして亦《また》、新体制の起草者としての運命も課せられていたのである――

文久《ぶんきゆう》三年（一八六三）八月十六日の夕刻のことである。軒燈《けんとう》の明りを半面に受けて、背の高い肩幅の広い武士が、稲荷町《いなりまち》の裏町に入っていった。

上布の肩をたくしあげ、長い無反《むぞり》の刀を閂《かんぬき》に差している。殺伐な感じで色街にそぐわないが、当時、こうした武士の横行はもはや珍しくない。この春ごろから攘夷《じょうい》奉勅《ほうちょく》とかで急に目立って増えた。

この文久三年は、俗に勤皇《きんのう》年と称われるくらいで、所謂尊皇《いわゆるそんのう》攘夷派がウケに入《い》って活躍した年である。弘化《こうか》、嘉永《かえい》の黒船来航以来、政治に自信を喪《うしな》いはじめた徳川幕府は、条約締結や安政《あんせい》の大獄《たいごく》などで墓穴を掘る愚をくりかえして、崩壊の一途を辿《たど》っていた。

洋の東西を問わず、政治というものには、安定はない。政治はもともと庶民のためのものではない。権力者のために存在し、したがってその権力が強大なときには安定と見え、衰弱したとき、動乱が起こる。それだけのことだ。

大権力者の失政は中小権力者に乗じる隙を与えた。国学もしたがって尊皇論も為《な》すところあっての大義名分にすぎない。室町《むろまち》以降実権を失い貧窮を喞《かこ》ってきた公卿《くぎょう》の一部が王政復古を策し、急進派と結びついた。すなわち、国体護持、攘夷実行のために天皇の石清水八幡行幸《いわしみずはちまんぎょうこう》から、攘夷期限の決定、つまり攘夷命令へとエスカレートした。これらの策動が、所謂勤皇志士たちによってなされたのだが、その推進力となったのが高杉晋作らである。

吉田松陰《よしだしょういん》門下の逸材として久坂玄瑞《くさかげんずい》と並んで高く評価されたかれは、もともと大組《おおぐみ》に属して百五十石、中士《ちゅうし》である。松陰の獄死後、世子定広《せいしさだひろ》の小姓役に抜擢《ばってき》されたのもその故だ。上海《シャンハイ》に遊んで英国人の横暴を見て国粋思想を固くしたことが上海日記でわかる。学習院用掛《がくしゅういんようがかり》となって江戸詰になるや、過激派と交わり、英国公使館の襲撃放火までやってのけた。その前には未遂に終ったが、横浜の外国公使館襲撃まで画策している。

晋作を過大に評価する向きは、このテロ行為を不思議とするが、晋作の性向には一種の分裂症的な面がある。才子に多い型だ。意見が通らぬといって、突然、髷《まげ》を切り坊主になったりしたことなども、そのあらわれだ。西行《さいぎょう》の向うを張って東行《とうぎょう》と号し、十年の賜暇《しか》を得たと思うと、たった二ヶ月ほどで故郷へ帰っている。分裂症でなければ坊主になったのは、デモンストレーションと見てよい。

馬関《ばかん》海峡の海戦は高杉晋作が故郷に蟄居《ちつきよ》中に起こった。まず米国船の砲撃に始まり、ついで仏国船、和蘭《オランダ》船を砲撃したことで、米仏軍艦の逆襲を受けた。当初の勢いに比べて明らかに敗戦であった。仏海兵隊は上陸の上、前田《まえだ》砲台を占拠して破壊している。この敗戦が高杉晋作の召喚となったのである。万事塞翁《さいおう》が馬だ。何が幸いになるかからない。

晋作には脱藩の罪がある。藩主の前に出るには憚《はばか》る坊主頭――一寸ぐらいは伸びていたろうが――だ。まるで破戒坊主の乞食僧《こつじきそう》といった見苦しい頭だ。脱藩の罪を許した上に、これを引見したのだから藩主大膳大夫慶親《だいぜんのだいぶよしちか》の苦衷《くちゆう》は想像に難くない。

「何か妙策はないか」

「ございます」即座に高杉は応《こた》えている。

呼び出しが来たときから、いや、海戦の敗報を聞いたときから、抱懐していた腹案があった。出頭も予定の行動であった。

高杉の腹案とは新軍隊の編制であった。

父祖代々武門の伝統に生きて、剣術のみか、槍《やり》、弓馬ちかくは砲術まで習得した武士たちが、さして役に立たないとすると、士以外の即《すなわ》ち農工商のなかから壮丁《そうてい》を募るしかない。身分の上下は問わず、腕力武勇度胸のある壮漢を以《もつ》て隊伍《たいご》を編制することを進言した。

慶親は喜んで、ただちに馬関出張を命じた。身分は〝若殿様（世子長門守《ながとのかみ》）御前《ごぜん》詣《もうで》〟である。

まず同志を集めて編制にかかった。

竹崎《たけざき》の豪商白石正一郎《しらいししょういちろう》の日記によると、

——八日、高杉当家にて奇兵隊《きへいたい》取立相成り、正一郎、廉作、井石綱右衛門、山本孝兵衛など入隊。昼高杉其外《そのほか》船にて台場見分……

——六月十日、今日迄《まで》にて奇兵隊凡《およ》そ六十人余り出来……

などとあり、『馬関攘夷従軍筆記』によると、

——六月七日、此日《このひ》余輩他行中光明寺党《こうみょうじとう》、滝弥太郎、赤根幹之丞《あかねみきのじょう》、入江杉蔵《いりえすぎぞう》（九《く》一《いち》）等来営し隊員に告げて曰《いわ》く、当地又有志党《ゆうしとう》を編隊するを以て志望するものは入党を許す云々《うんぬん》。我隊員既に営を脱して有志党に投ずるもの若干あり隊長等百方之《これ》を拒む然《しか》れども及ばず。

六月九日、雨、薄暮神田恒之允、藤山吾作、増山義作と倶《とも》に営所を脱し有志党に投ず。有志党の屯所《とんしょ》は白石正市（一）郎邸宅なり。此日当地出張輜重《しちょう》方に抵《いた》り親族時

山清之進を訪《おとな》ひ有志党に投ずる云々を告ぐ。
有志党の屯営は竹崎町白石正市（一）郎宅なり、高杉東行統轄す。隊員五六十名なり。又有志党に来り投ずるものは当地歩兵隊員のみにあらず萩《はぎ》又は徳山《とくやま》、長府《ちょうふ》、清末《きよすえ》よりも来り投ず。
六月十一日、晴、本日有志党を奇兵隊と称す。総督自ら筆を揮《ふる》ひ門前の札に隊号を書す。

とある。

得意満面で太筆を走らす高杉の顔が見えるようである。

夫《そ》れ兵に正奇あり、戦に虚実あり、其勢を知る者以て勝を制すべし正兵は正々堂々衆を以て敵に臨み実を以て実に当る総奉行の統率せる八組以下部隊の如《ごと》き正に此の正兵に擬す可《べ》し今吾徒の新に編成せんと欲する所は寡兵を以て敵衆の虚を衝《つ》き神出鬼没して彼れを悩《なやま》すものに在《あ》り常に奇道を以て勝を制するものなれば命ずるに奇兵隊の称を以てせんと（防長回天史《ぼうちょうかいてんし》）

高杉晋作が諸士を会してこう提案し、〈衆皆善と称す〉とある。前記の『従軍筆記』

十四日の項には、〈晴、奇兵隊加入の者日を追うて多人数なるを以て本日阿弥陀寺《あみだじ》に移転す〉となっている。

奇兵隊総管《そうかん》となった高杉晋作は馬関の軍政処理の命令を受け、ついで総奉行座手元役となり政務座役に任じた。異数の出世ぶりである。

それだけ高杉と奇兵隊が重要視されたといえる。

当面の課題は再度の外艦来襲への防備だが、対岸の小倉《こくら》藩との間に争いが起こった。小倉の小笠原《おがさわら》は譜代《ふだい》大名だから幕府の方針通りに動く。攘夷に積極的ではない。奇兵隊は結成したばかりで意気大いにあがっているから、豊前《ぶぜん》領に押しかけて田ノ浦《たのうら》を占領してしまった。一方、前田、壇ノ浦《だんのうら》の両砲台の改修をして万全を期した。

世子長門守定広が慶親の代理として防衛状況視察のため馬関に来たのは、この十三日であった。少し疲労気味であったので、二日ほど宿舎の豪商白石正一郎方で休息をとり、十六日に壇ノ浦砲台を視察した。ついで前田砲台を検した上、先鋒《せんぽう》奇兵両隊、足軽銃砲隊猟兵隊等の操練を見た。閲兵である。

長門守は非常に満足したらしい。〈親しく慰撫《いぶ》の辞を下し隊士に酒肴《しゅこう》を賜《たま》ふ〉とある。

その酒が大事件を惹起《じゃっき》することになろうとは若い長門守の気づきようのないことだった。

稲荷町の裏町へ入ってきた武士の角張った顔は酔いで赤黒くなっている。悪酔いするたちなのか、ぶつかる者がいたら抜討ちにでもしそうに、左手を鯉口《こいぐち》にかけたまま、やけに目を光らせて、首を振っては、ぶつぶつ何やら呟《つぶや》いて行く。

この男の顔は色街ではかなり売れているはずだった。奇兵隊では小頭格《こがしら》で、たしか宮城《みやぎ》なにがし。酒席でもやたらに身八つ口《みやくち》から手をさしこむので、妓《ぎ》たちは傍《そば》へ寄りたがらない。いい咽喉《のど》をしているし、金離れもいいのだが。

その粋人が、いつになく快楽的な顔を緊張させて、弦歌のさんざめきも、うるさげに目尻をひくひく痙攣《けいれん》させて一軒の家へ入ると、

「総管はおいでか」

怒鳴るように叫んだ。

その足もとで盛り塩が踏み散らされている。

「はい、高杉さまでしたら、先ほどから赤根さまと碁をなさっていらっしゃいますが」

「碁など！　太平楽な」

焦《じ》れったそうに舌打ちしたとき、女将《おかみ》が出てきた。

「あら、宮城さん、どうなさったのでございます。まだ宵のくちだというのに、そんなにお酔いになって」

「ええい、酔ってなどいるものか。総管に要用だ、通るぞ」

女将を押しのけるようにして、宮城彦輔《ひこすけ》は上へあがった。その草履が泥まみれになっていることに女たちははじめて気がついた。

高杉晋作は白石を弄んでいた。まだ碁石を握って半年にしかならぬ。蟄居中におぼえたのだ。赤根幹之丞とは井目《せいもく》だが、このごろは晋作が三度に二度はとる。

「総管の肩書が勝たせるのだな」

赤根は嫌味をいう。

「莫迦《ばか》ァ言え。碁も将棋も力さ、気力さ、剣と変わらぬ」

「女もか?」

肥満したからだをどっしりと据えて、ちろりと白眼《しろめ》をあげた。赤根は三白眼《さんぱくがん》である。背が低く達磨《だるま》のように丸っこいからだつきが長身痩軀《そうく》白面の高杉とは、極端に対照的だった。

高杉は頭の回転が早い。赤根が何を言おうとしているのかわかったようである。無言でぱちりと白鷺《はくろ》を置いた。その唇《くち》もとに、皮肉な笑みがきざまれている。

(女のような紅《あか》い唇だな……)

その唇に、ひとりの芸者の姿が重なった。赤根は丸まっちい指の間に黒石をはさんだまま、迷っていた。高杉は悪気はないが毒舌家だ。意識する前に言葉が飛びだす。

「烏《からす》のとまる木が無いようだな」

「無理をするな、ははは、迷い鳥か、泣き鳥。溺れ鳥の濡れ羽《ぬば》いろ、と……」

「そうでもない」

「此ノ糸のことかね」

赤根はその芸者の名を口にした。

「おうのの髪さ」

洒《しゃ》ァ洒ァと高杉は芸者の本名を言った。

もうそんな仲になっているのか。赤根はいまいましい気持だった。

おうのは此ノ糸の名で堺屋《さかいや》から出ていた。この馬関に来て三月にしかならない高杉なのに、手が早い。遊廓《ゆうかく》の芸者は客をとってはならない掟《おきて》があるが、そんな掟など平気で踏みにじって恬《てん》としている男だ。赤根幹之丞の方が、実は先に此ノ糸を発見している。芸者には惜しい女がいる、といって連れていったのが最初である。そんなに早くものになるのだったら自分が手を出すのだったと悔んだ。

いつもこれだ。烏鷺《うろ》をたたかわせると、最初はうまくいっているが、高杉のへらず口で翻弄され、はっと気がついたときは形勢が逆転している。

(小股掬《こまたすく》いのうまいやつだ……)

小莫迦にされているという意識が、一層格差を大きくしてゆくようであった。

(おれのことを自然薯《じねんじょ》だとか、泥鰌《どじょう》掬いなどと蔑んだようだが、くそ、いつまで莫迦

にされているものか。奇兵隊の精神はそんなものではないはずだ）

ざくっと黒石を摑《つか》んだとき、廊下に荒々しい足音がした。宮城彦輔であった。

「どうした？」高杉は顔もあげずに言った。いつにない宮城の角立《かどだ》った動作に不審を感じたのだ。

「外国軍艦が来たか」

「いや……」宮城は口ごもった。昂揚《こうよう》した気持が高杉の顔を見ると、急に大人気ないものに振り返られたのである。

「大したことではない」

「それにしては、チト変だぞ、正直に言え、奇兵隊士らしく」

「そ、それじゃ、奇兵隊を侮辱されたのじゃ」

怺《こら》えかねたように、宮城彦輔は怒鳴った。

「先鋒隊の奴《やつ》らじゃ、先鋒隊の腰抜け侍どもが、寄ってたかって、おれを辱しめおった……」

語尾がふるえ、唇に血がにじんでいた。

宮城彦輔の語ったところによると、こうである。

白石邸を辞して宿舎に帰ったのが小半刻《こはんとき》前。宮城の宿舎は奇兵隊の屯所になっている阿弥陀寺には遠く、先鋒隊の屯所である教法寺《きようほうじ》に近い。道一すじはさんだところだ。

下賜の酒に喰《くら》い酔った先鋒隊士が数人入ってきたという。大声で喚《わめ》きたてたという。

「棒手振《ぼてふ》りはいるか」

驚いた家僕が出て応対しようとすると、

「下郎ではわからん、主人《あるじ》を出せ、奇兵隊の宮彦《みやひこ》だ」

家僕は真蒼《まつさお》になって引っこんだ。宮城は袴《はかま》を脱いだところだったが、隠れておれぬ。

「何か御用か、宮城は拙者だ」

「やあ、出て来よった、棒手振り兵士め」

「酔うておられる」

「酔うて悪いか、酒は酔うためにある。世子の下《くだ》されたものじゃ、汝《わい》らには武士の心情はわかるまい。諸隊の奴ばらはこれだから困る」

「なんじゃと！」

「きさま、われら先鋒隊士を日ごろ腰抜け武士と罵っているようだな」

「…………」

「許せぬ。今宵《こよい》は決着をつけてくれる。表へ出ろ」
七、八人いた。短槍《たんそう》をかいこみ、武装している。胴丸をつけ籠手《こて》脛当《すねあて》に、鎖帷子《くさりかたびら》を着込んだ者もいる。宮城はどちらかというと粋人ぶっている。武士一通りの腕があるにすぎない。あわてた。

　今は調べ物がある、要用ゆえ後刻、逢《あ》おう。そう言ってひっこんだ。先鋒隊士らはなおも口々に毒吐《どくづ》いていたが漸《ようや》く諦めて帰るのを見すまして、高杉のところにやってきたというのだ。

「だから言わぬことじゃない」

　黙って聞いていた赤根が碁盤から顔をあげて叫んだ。

「おぬしの軽口が、いつかはこんなふうになると思っていたのだ、わしの忠告を聞かぬゆえ、こうなる。先鋒隊と口争いするのはやめろとあれほど言うたのに」

「聞いたかなあ」

「そ、そのふざけが過ぎるのじゃ、おぬしは」

　宮城彦輔は中士だが、普通の武士と肌合いが違った。もともと天性温雅で和歌を好み風流を事とし武道に冷淡だった。同僚たちはこれを軽侮していたが、彦輔の風流隠逸を事としたのは実は泰平の世に武を用うる所なきを以て久しく自ら韜晦《とうかい》していたにすぎないという。だが、実際のところはどうであろうか。皇国史観に偏した史書は往々、こういう叙述をしたがる。所謂〝勤皇の志士〟たる英雄に仕立てねば気が済まないのであろう。

　宮城の軽忽《けいこつ》な行動を見ると、その辺のところは信じ難い。よくある軽口屋で才子だと自認が強い。したがって豹変《ひょうへん》もまた咎《とが》めない。過激派の公卿中山侍従忠光《なかやまじじゅうただみつ》（大納言忠《だいなごんただ》能《やす》の七男。後の天誅組《てんちゅうぐみ》の盟主）が佐幕派の公卿や女官を天誅せんとして果さず、長《ちょう》州《しゅう》へ落ちて来たので、藩命で楢崎八十槌《ならざきやそつち》等と警固《けいご》役となりいわゆる光明寺党の一人となったことから、過激な尊攘派に変わった。

軽口が今度は激語となって飛びだす。どちらにしても平穏には済まない。ところが世間というものは先入観をなかなか改めようとはしない。宮城は武士の性根を取戻したつもりでも、世間はそう思わない。嘲侮の目を向ける。こうしたことも、今夜の争いの遠因になっていたのだ。

かれを認める者たちの推輓《すいばん》で馬関総奉行一手の使番《つかいばん》南木工之助の後任になったが、これも、かれを嘲笑する武士たちには意外な人事だった。決定的に敵視するようになったのは六月五日の海戦の際だ。益田豊前《ますだぶぜん》の一隊が前田砲台応援に杉谷《すぎたに》まで前進したところ仏艦の砲撃で隊伍を乱して潰走したことがある。

宮城はこれを見て、

「腰抜けどもが、逃げるな、逃げるな、戻せ腰抜け武士め、それでも先鋒隊か！」

声を涸《か》らして叱咤罵倒《しったばとう》した。

日ごろ軽侮している男に叱罵されたことが先鋒隊士に、「奇兵隊何ものぞ」「宮彦を殺《や》れ」と、憎悪をかきたてたようである。いつか機会を見て報復しようという気が漲《みなぎ》っていたのだ。宿舎が教法寺に近かったのも、運命であろう。

「困った奴だ……」

さすがの高杉も白石を投げてしまって、腕をこまぬいた。

高杉晋作には、他の奇兵隊士ほど、先鋒隊を憎む気持はない。自分が中士の出であるだけではなく、先鋒隊の編制替えなどにも関係している。

由来、毛利藩の先鋒隊の呼称は嘉永年間に起こっている。士分八組の子弟の強壮なる者若干を選んで之を先鋒の近衛《このえ》に備うと称し一旦緩急あれば率先出陣することにしたが、のちに相州警衛地《そうしゅうけいえいち》に派遣したことから、順次番手《ばんて》として神奈川警備の者を先鋒隊と呼ぶようになった。もっとも任務交替で帰国すれば先鋒隊ではなくなるのだが、順繰りだから八組の子弟で強壮の者は先鋒隊にあらざるはなしということになって、彼らは皆、先鋒隊と呼ばれるようになったのである。

ところで当時馬関には先鋒隊士は少なかった。八組士は土着令に依《よ》って各々其采地《さいち》に土着するため馬関を去っている。高杉は奇兵隊だけでなく、他の隊も編制替えするため奔走したが、当時、大組頭益田豊前の指揮する一組と国司信濃《くにししなの》の総奉行屏任《へいにん》に代わった小玉民部《こだまみんぶ》の一組とがあり、ここから百人選抜しようとした。ところがこれがうまくゆかず、あらためて山口の麻田公輔《あさだこうすけ》（周布政之助《すふまさのすけ》）へ先鋒隊五十人の派遣を乞うている。その人数も〈只今《ただいま》は其人無之様相成居候付〉云々ということで思わしくゆかず、漸く六十人ばかり集まって教法寺に詰めることになったのである。したがって門地高く気位でも奇兵隊とは折合える望みは持てない。

両者とも高杉の肝煎《きもい》りで出来上がったものだが、士分ばかりの隊と、身分を問わぬ、いわば軽輩庶民の烏合《うごう》の衆とは所詮並列出来るべくもない。毛利藩士、殊に譜代の階級意識の根強さは異常なほどで、土佐《とさ》もそうだが、そうした階級への反撥《はんぱつ》が、軽輩らの反抗と立身出世主義に拍車をかけたといっている。

両隊の陣中規則を草したのも高杉で殆《ほとん》ど同文だが、命令系統だけが違う。先鋒隊は老中之指揮となってい、奇兵隊は司令官之下知、となっている。後者はあくまでも〝小隊〟であったからである。老中とは国司信濃を指し、小隊司令官は高杉だ。

こうした複雑な関係だけに、隊士間にあっての反目は圧《おさ》えようがないし、いうならば一触即発の状態にあった。宮城彦輔がたまたまその導火線となったにすぎない。

いつ外国艦隊が襲撃してくるかわからないという戦時だけに、両隊士とも昂揚している。士気の旺盛なことは喜ぶべきことだが、身分階級の格差が対立抗争を深めているのだ。治めようはない。

現代人が考えるほど、身分の問題は簡単ではない。〝身分上下を問わぬ〟と謳《うた》い文句にした奇兵隊に於《おい》てすら、高杉自身、はっきりと身分差の意識があった。

『奇兵隊日記』には、
奇兵隊之義ハ有志之者相集ニ付、陪臣《ばいしん》、雑卒、藩士を不撰、同様に相交……

とあるし、高杉の書状にも、

〈務めて門閥《もんばつ》の習弊《しゅうへい》を矯《た》め……〉と言いながら、つづいて、〈暫《しばら》く××之者を除之外〉

と差別の陋習《ろうしゅう》にこだわっている。そのエリート意識はやはり妻雅子《まさこ》への書翰《しょかん》中にも、

〈武士之妻は町人や百姓の妻とは違ふといふ処《ところ》、忘れぬ事専要に御座候〉とあって、奇兵隊の結成が三民の新しい力に期待しながらも真の門閥打破の意識から出発したのではないことを露呈している。奇兵隊取締罰則によると、出身や身分が四階級に分けられ同じ罪でも罰に相違がある。

いつもに似気《にげ》なく高杉が碁石を投げだしてしまったので、

(動揺したな)と、赤根は思った。(世子が来ているいま、騒ぎになったら……)

どちらに転んでも、おれのほうに損はない。

もっともらしく、赤根は眉間に皺《しわ》をきざんで、

(蹴合わせるか)

「早く手を打った方がいいな」と、言った、「こじれては大事になるぞ、早く手を打つに越したことはない。芽をつんでしまうことだ」

のだな」

「戦国策にもある。毫毛《ごうもう》抜かずば将《まさ》に斧柯《ふか》を用いざらんや、だ。一刻も早く禍根《かこん》を絶つのだな」

「まあ、そう事を荒だてるのも考えものだが」

「さ、そこじゃ、おれが行けば荒立つ。だがおぬしなら、奴らも一目置く。温和《おとな》しく話を聞くだろう」

赤根はおだてた。自分を恃《たの》むことの強い高杉には効果的な言葉ではないか。

「奇兵隊総督として、おぬし……」

正式には総管だが、高杉は総督という名称の方を好んで、自ら口にもし、書きもしている。赤根は高杉の気が動いたのを察知して、肚裡《はら》でにやりとした。

そのとき、あわただしい声が聞こえてきた。宮城彦輔の家僕だった。あの連中が、また宿舎にやってきて、不在だというと十数人で土足のまま上がりこみ、唐紙を蹴破るやら調度什器《じゅうき》を打ち毀《こわ》したり散々乱暴しているという。

「くそ！　もう我慢ならん」

宮城が刀を摑んで立った。

「待て、おれもゆく」高杉もつられたように腰を浮かせて、「赤根、おぬしは屯所に行ってみんなを集めておけ、いざという場合はおれが命令する。それまで圧えておくのだ。

いいか、妄動させてはならん」

「心得た」

頷《うなず》いて、

(妄動させてやるさ)

赤根はわくわくしながら、肥《ふと》ったからだで転がるように、走り出た。華やいだ稲荷町の紅燈《こうとう》が、さんざめきが、かれの総督就任を祝福するものに思えた。

狂　気

この夜のことが、有名な〝教法寺事件〟である。これははしなくも長州藩が挙藩一致で新時代の建設に邁進《まいしん》したのではないことを、如実に物語っている。内訌《ないこう》というには根深く、徳川幕府の倒壊は、即、長州藩の大権掌握の欲望――という野望を否定できない。先鋒隊が長州藩の武士の、特に青壮年によって構成されている点、因循《いんじゅん》派、俗論派という内紛の派閥問題よりも、階級意識が問題とされよう。

譜代《ふだい》や東北諸藩は別として、西国諸藩の多くは、たいてい佐幕派と勤皇派に藩論がわかれたのは周知のことだが、そして、それも尊皇攘夷ばかりでなく尊皇開国、佐幕攘夷という矛盾も省みぬ苦しまぎれの論旨から、情勢次第で右に揺れ左に寄り、混沌《こんとん》としたのが幕末の空気だったのである。中庸を採って公武合体論が大政奉還にもっていったことは、世界の革命史上でも類のない叡智《えいち》とされているが、これに最も反対だったのが長州藩だったのも、天下国家の平和希求よりも、政権への野心と見られても否定できない。藩論の底流には、関ヶ原以来の幕府への怨《うら》みがある。嘗《かつ》て、中国の覇者たりし毛利氏としては当然、戦国の夢が再燃したろう。小さくは、高杉晋作の私怨も、師父松陰のそれがある。

安政の大獄で松陰が斬首されたことを知ると、痛憤をこめてこう周布政之助に訴えている。

実に私共も師弟の交を結び候程の事故《ことゆえ》、仇《あだ》を報い候はでは安心仕《つかまつ》らず——

松陰の仇討ちは井伊直弼《いいなおすけ》を討つことではない。倒幕でしかない。これらの心情を綜合《そうごう》考察しても、高杉の行動の根本には、前近代的なものがある。

『防長回天史』に謂《い》うところの、〈意気激昂怒色眉宇に現わ〉して、宮城彦輔は夜の街を走った。そのあとから、高杉も小走りに行く。

宮城は宿舎に走りこんだときには、殆ど抜刀せんばかりだった。まるで竜巻に襲われたかのように、家の中は滅茶滅茶に打ち毀され、蹴破られ、土足で踏み荒されて目もあてられない。

「くそ！　腰抜け武士どもが、おれの留守をよいことに、狼藉《ろうぜき》を働きおって」

火のようになって、道ひとつ越えた教法寺に走りこもうとする。そこへ高杉と家僕が漸く追いついた。

「待て宮城」

「総督、止めないでくれ。こうなったらもう、宮城一人の問題ではない。奇兵隊全体の威信に関わることだ。おれは斬死しても、奇兵隊の面目を立てる。止めないでくれ」

「止めるものか、おれも一緒に掛合ってやる」

高杉はちょっと襟をなおして山門へ入っていった。

「奇兵隊の高杉総督だ」

走ったので白なまずのうすい顔がますます青くなって、冷たい汗が浮いている。吊上《つりあ》がった目尻がひくひく痙攣しだすと、高杉の舌は滑らかになるのである。江戸仕込みのべらんめえが飛びだす。

先鋒隊士の方では待っていた。そのための狼藉だった。手具脛《てぐすね》ひいて寝刃《ねたば》を研いでいた者もある。高杉が乗りこんでくるとは、しかし思いがけなかったようである。

「高杉が来たと？　宮彦はどうした」

どやどやと出てきて、

「なんだというのだ。総督か総管か知らんが何の用だ」

肩を怒らせ、酔いに赤らんだ顔を集めて先鋒隊の連中は鍔《つば》鳴りを立てたり、短槍をぎらつかせて威嚇《いかく》する。

宮城は青くなったり赤くなったり、唇をふるわせていまにもすっぱ抜きそうだ。高杉はそっちのほうが気がかりで、いつもの調子がでない。高杉にしてみれば、奇兵隊士を馬鹿にされることは、自分を馬鹿にされることだという気持がある。が、その一方で、同じ毛利藩士という意識が、宮城の軽率を咎めたい気もしていた。

〝奇先二隊相対して東西海口の守備を分担する〟というたてまえからすれば、両者に格差はないはずであった。

「高杉、きさまも武士なら、われらの怒りがわかるはずだ。われらを腰抜け武士と罵ったのだぞ、そやつは。やい、宮彦腰抜けかどうか、試してみたらどうだ」

「左様とも、諸隊の奴ばらが、われらに向かって言うことか」

しだいに声が高くなってくる。

そのころには、高杉の意に反して、教法寺の門前には、ぞくぞくと奇兵隊の連中が集まっていたのである。赤根幹之丞の急報で、阿弥陀寺の屯所にいた者たちが押っ取り刀で駈《か》けつけたのだ。

奇兵隊士には、自分たちの身分の低さや、烏合の勢にすぎないという劣等感《コンプレックス》がつきまとっている。先鋒隊士には優越と侮蔑の武器があるが、奇兵隊の面々には反撥と新鋭の意気しかない。それもしかし、服装や武器が揃《そろ》って隊伍《たいご》整然とした先鋒隊に比べるには、あまりにも、服装が不揃いで貧弱だった。たとえば肝腎の鉄砲もそうだ。〈隊砲之儀は和流西洋流不拘《かかわらず》各得物《えもの》を以て接戦仕候事〉と注釈しなければならなかったのは、銃のちがいは一律の訓練も出来ないからである。ゲベール銃やスペンサー銃や、種子ガ島《たねがしま》の古いのを重そうに抱えて股引《ももひき》に尻からげという者までが隊士なのだから、正規軍にはなんとなく頭が上がらない。兵士の問題以前――れっきとした本藩士と支藩士というちがいだけでもかれらには重大なのに、諸藩の浪人、食いつめ者に町人農民の集団ときては、はじめから格差がありすぎた。

この日頃の抑圧されたものが、〈先鋒隊士乱妨《らんぼう》狼藉〉との報を得て、一時に噴き上がったのである。

積怨はその積層度に比例する。教法寺の門前に駈けつけた者の大半が酒気を帯びていたし、疾走は昂奮《こうふん》を煽《あお》って、殺気がかれらをとらえていた。

宮城の宿所の有様が、一層血を熱くして、「二人は何処《どこ》だ」「殺られたか」口々に喚いて鯉口をきった。門前におろおろしていた家僕が、ものもいえずに指さしている。

「なに、引きずりこまれたのか」

あとからあとから駈けつける連中で、三、四十人になっていた。

こうした際の混乱状態は、後に軍監の取調べで一々事情を聴取し、彼我《ひが》の非理を解明しようとしても、正確にはわからない。当時の昂奮が冷めれば後悔もあるし、他への慮《おもんぱか》りもある、虚栄もある。正直に言う者ばかりはいない。嘘《うそ》が出る。嘘でないまでも、あいまいにぼかす。個人の行為ですらそうなのに、況《いわん》や集団での暴行など、正直な告白はもとめようがない。昂奮した人間は、すでに正常ではないから、冷静になると完全に忘れている場合もある。

　このときの奇兵隊の行動は、かれら自身に言わせると、「総督と宮城を救いに」ということになっている。「二人の危機を黙過できずに――」駈けつけた。

　教法寺門前で様子を窺っていると、屯所内での〈言《げん》漸く高く声《こえ》門外に洩《も》る〉てっきり高杉と宮城が、〝論諍《ろんそう》のみにとどまらず、打擲《ちょうちゃく》暴行を受けているもの〟と判断して、〈救助の為《ため》〉闖入《ちんにゅう》したと言い張った。

　先鋒隊士側（生き残り）の証言では、「奇兵隊総管との談合避くべき事由なければ、穏便に招ぜんとせしも、宮城某の言動穏やかならず、高言嘲罵《ちょうば》、去る馬関の戦に於ける先鋒隊の進退を誹謗《ひぼう》するさま狂人にも似たりければ」

と、逃げている。

　要するに、声を荒だてたのも宮城であり、自分たちは何もしなかったのに、奇兵隊士が乱入してきた、ということになる。

　乱入は事実だった。

「総督が危ない」

最初に口火を切ったのは誰か。

その言葉が満々たる濁水を支えた堰《せき》を切ったのである。三、四十人の血気の男が、殆ど同時に異様な喚きで、どどっと、教法寺の境内に乱入していた。

さすがに発砲しなかったのは、意地によるものだからであろう。閃々《せんせん》と白刃が光った。抜きつれて、怒号を噴き、先を争うように走りこんできた奇兵隊に、様子を案じていた従者や小者たちが、

「お気をつけなされませえ」

と、主人たちに叫んだが、その声がとどくより先に、野分に吹き千切られたすすきの群舞のように、白刃が躍りこんでいた。

最初に斬られたのは阿曽沼《あそぬま》牛兵衛。名前に似気なく小兵《こひょう》で俊敏な男だったが、丁度、宮城彦輔につかみかかっていた。むなぐらを摑んで小突きあげる。

腰抜けかどうか、表で勝負をつけよう、と、突き出そうとしていたのである。何をする、と反射的にもぎ離そうとして彦輔も相手の手頸《てくび》を摑んだ。そのときだ、狂的な喚声を聞いたのは。境内の篝火《かがりび》に映じてぎらぎらと光る白刃の急迫に、あわてて、刀を抜こうとした。

が、彦輔が手頸を握ったままだ。

「放せ、こやつ」

揉《も》みあっている姿が、駈けつけた奇兵隊士には、彦輔がやられているように見えた。

誰かわからない。ゆくぞ、と声をかけざまに背後から斬り下げた。こうなると、卑《ひ》怯《きよう》もくそもない。集団と集団である。背をむけていたほうが損だ。阿曾沼はそれでも右手は柄《つか》にかかっていたという。彦輔が咄嗟《とつさ》にその手を圧《おさ》えたのかもしれない。きれいに逆袈裟《ぎやくげさ》がきまって、阿曾沼はのけぞり倒れた。

その血しぶきが、彼我の激突の洗礼だった。血臭と怒号と悲鳴と――白刃の嚙《か》みあう金属音が耳を突き刺し、床板を踏み鳴らすひびきが屋内にこもり肉体と肉体の相搏《う》つ鈍い音、敵味方の識別すら困難なほどの、死闘が展開された。

誰が蹴倒したか、本堂の行燈《あんどん》は消えていた。火を噴かなかったのがせめてもだが、これは斬られた男が、行燈の上に倒れたからである。鉄砲ではかなり自慢の男で、六月の戦さではフランス兵を二人狙撃したと自慢していた児玉光之進《こだまみつのしん》で、腰に斬りこまれて倒れた。

「鉄砲を鉄砲を……」

と、もがきながら叫んでいたのが、混乱の白兵戦の最中のこととて、後に物笑いになった。

この争闘で奇兵隊士に死者はなく、軽傷者しか出なかったのは、先鋒隊士のいう〝不意打ち〟のせいかもしれないが、一人一人の剣術の巧拙がこんな場合には役に立たず、軽捷《けいしょう》で度胸のある者が生き残れることを如実に物語っている。

ちゃんとした道場で有名な師に就《つ》いて何々流を習った者も、混乱の中では腕が萎えてしまう。道場剣術よりも、一人でも人間を、一匹でも犬猫を斬ったことのある者の方が数段のちがいで、強い。所詮、剣術は殺人のワザである。殺人するのに血を恐れたり良心の声に耳を傾けていては、何も出来はしない。極端な言い方だが、なまじの武士よりも、賭場でも居酒屋でも、始終ナマクラ刀をふりまわしている無頼者の方が強いわけである。あるいは、この夜の死闘にもそれは言えるのではないか。

「棒手振《ぼてふ》りども、浮浪人の集り」

と、蔑まれた諸隊の奇兵隊士の方が、正規の武士に多数の死傷者を出させたことでも。先鋒隊士が裕福な家門に育った苦労知らずの若侍が多かったのも事実である。かれらにはそれぞれ家僕がついている。奇兵隊の乱入を見て、「若様の一大事」と、飛びこんだ者も少なくなかった。

奇兵隊士にしてみれば、こんな手合を相手にする気はない。高慢ちきな〝名門の子弟〟に、一泡吹かせたい、奇兵隊士の実力を見せてやりたい、その願望がこめられているのだから、従士や家僕を斬りたくはない。

「退《の》け、うるさいやつらめ」

突きのけ、はね飛ばして、斬りたてていったが、家僕のほうでも必死だから、つきまとい、放れない。腕や腰にしがみついてくる。自由を奪われては、こちらが斬られる。容赦には限度がある。しかたなしに斬った。手足に一太刀《ひとたち》くれてやった。記録にある分は、佐伯作之丞《さえきさくのじょう》、児玉鹿之助《こだましかのすけ》の従僕らである。

悲惨をきわめたのは、病気で臥《ふ》せていた蔵田幾之進《くらたいくのしん》である。これは四十歳すぎていた。病名はわからないが、馬関出張を御免になるほどだったのではないから、急性のものであろう。時あたかも残暑、一夏を過して疲労が重なったところに食当りでもしたのかもしれない。下痢は急性で激しいと足腰をとられる。不運というしかない。

本堂内外での凄惨な斬り合いはそう長いものではなかった。奇兵隊の方が人数が多くたちまちに斬りたてられて藩士たちは逃げだした。

「きたねえ、返せ」

「一匹も逃すな」

先鋒隊士は当時百三十人ばかりに増えていたから、教法寺だけでは収容できずに、やはり分宿している。ここにいたのが全部ではない。なかまを呼んでくるのは明らかだ。まだそこらに潜みかくれているのではないかと、内陣はむろん叩《たた》き毀《こわ》した上に、庫裡《くり》や方丈まで踏みこんだ。そこに蔵田が臥《ね》ていたのだ。

病人とは思わぬ。

「やあ、こんなところに隠れていよった」

血の臭いをさせ、白刃をひっさげた数人に踏みこまれては、急に口もきけぬ。病人だが、病人だということは、この場合、奇兵隊と争闘を拒否する理由にはならぬ。ただに宮城彦輔の宿所に乱暴した者だけを捜し狙っての刃傷《にんじょう》ではない。先鋒隊士全部が、敵だ。

蔵田は、

「待て」

と、言いながら、枕元の刀を掴んだ。が、腰が砕けた。それでも、「喰《く》らえ」と真向《まっこう》額に血刀を浴びながら、抜刀はした。半弧を描いた刀の切尖《きつさき》が初太刀の男の袴を割《さ》き、膝を斬った。それがせめてもの抵抗であったろう。

前後左右から滅多斬りの乱刃を浴びて、蒲団《ふとん》の上に血綿のようになって崩れた。耳が飛び、手頸が落ち、襖《ふすま》にまで、鬢《びん》の毛が削《そ》ぎとれた肉片とともに、べったり附着《ふちやく》していたという。

全く狂気の沙汰というしかない。宮城の冗舌と軽忽が、かれらを狂熱の嵐に巻きこんでしまったのだ。残暑の余熱が夜気にこもり、夜気は潮気にべとついてそよとも動かず、ねばねばしたものが、奇兵隊士の精神を狂わせたとしか思いようはない。

だが、狂ったのは、先鋒隊も同じだ。

高杉晋作と宮城彦輔（左腕にかなりの傷を受けていた）を救《たす》け出した奇兵隊士らは血刀をふりまわして、

「勝った、勝った」

連呼しながら引き上げた。

血と泥と死体と——荒しに荒された教法寺から奇兵隊士がすっかり引き上げてから、先鋒隊士たちは続々集まってきた。

その殆どが伝来の甲冑《かっちゅう》に身を固め、槍、鉄砲をかいこみ、

「阿弥陀寺を攻撃しようぞ」

「ライフル加農砲《カノン》を曳《ひ》いてこい。敵は奇兵隊じゃ」

門前に集合した先鋒隊士は百数十人に達したという。蔵田幾之進と阿曾沼牛兵衛の死のとむらい合戦じゃ、と喚き合っていた。重傷だったが牛兵衛はのちに一命をとりとめた。そのときは、とても助かる見込みがないものに見えたのである。

その怒りが、一人の奇兵隊士の死を招いている。

犠牲者は奈良屋源兵衛《ならやげんべえ》。身分は奇兵隊差引方使丁となっている。勘定方の小使いのようなものであろう。かれは教法寺の争闘を知らなかったし、温和な性質だった。竹崎の白石正一郎方で帳面を預かって阿弥陀寺へ帰る途中であった。四ツ刻（午後十時ごろ）であったという。

隊の紋章入りの提灯《ちょうちん》をさげ、肩を怒らした先鋒隊士たちに、田町の通りで捕まった。

「こやつ、奇兵隊のやつだ」

顔を見知っていた者が叫んだ。

その一言が地獄への手形であった。聞きつけた者が五、六人駈けつけた。やっつけろ！　ぶった斬れ！　そういう叫びも、源兵衛には理解できなかったろう。ただ、乱酔したとしか思えなかった。

「酔うておられる」

うすく笑った。行き過ぎようとした。片手に白石家の提灯があり、片手に帳面を抱えていた。その背に、やるな！　という声とともに、蔵田のとむらいだ、と濁《だ》み声が聞こえた。むろん、源兵衛にはわからないことである。

「押えろ、そいつ」

ふいに両方から腕をつかまれた。提灯が落ち、帳面が落ちて音を立てた。

「何をなさいます。理不尽な」

「人並な口を利くな」

両腕をふりもぎろうとするとたんに、灼熱《しやくねつ》の痛みが背から胸へ貫いた。槍である。

源兵衛の目は一瞬、おのれの胸を貫き血どろを噴いて突きぬけた槍の穂先を見たはずである。その目が視覚を失い、心臓が動きをやめるまでいくらもかからなかった。いくつもの槍が前からも、うしろからも、横からも、遅れじとばかりに突き刺した。

「蔵田の仇《かたき》だ」「血祭りだ」「阿曾沼の怨みだ……」

それらの言葉がどれほど、かれの意識に訴えることが出来ただろう。源兵衛は蜂の巣のようにいや輪切りの蓮根《れんこん》のようになってぶっ倒れた。蔵田のほうはとにかく争闘を知っていたが、源兵衛はまるっきり何も知ることなしに、惨殺されたのである。記録にはこうある。

先鋒隊士数十人槍を提げて路上に在り、之れを刺殺し其創《そのきず》は頬部咽喉脇腹背後にありて共に貫通傷なりしと。

先祖伝来の甲冑に身を固め、槍鉄砲をかいこんだ先鋒隊の百数十人が、激発して阿弥陀寺へ向かったのは、源兵衛の死から小半刻後である。

もしもこのとき、両隊が阿弥陀寺ででも激突したら、収拾のつかない大事に至ったに相違ない。

高杉は阿弥陀寺にもどると隊士を糾合する一方、妄動に釘《くぎ》をさしておいて、急使を白石邸の世子長門守へ走らし、事情を報告させた。

長門守は驚いた。どちらもいまの毛利藩にとっては大事な兵隊だ。一兵も損じることは許されない。さらには両隊の激突が波紋の原因になって、藩内が紛糾騒擾《ふんきゅうそうじょう》すれば幕府側を喜ばせることになる。長門守の命を受けた白石正一郎とその弟の廉作は阿弥陀寺に急いで高杉や宮城らから詳細を聞く。一方、世子の命を持って大組頭で馬関総奉行でもある国司信濃が馬を飛ばした。

「待て待て、汝《わい》らは何処に行くのじゃ、外国軍艦は来てはいないぞ」

「お退《ど》き下されい、奇兵隊の蛆虫《うじむし》どもをやっつけねば武士の一分《いちぶん》が立たぬ」

「何が武士だ。御家（毛利藩）を潰しても武士か、さまでに阿弥陀寺へ行きたければ、わしを殺してからゆけ」

信濃は栗毛《くりげ》を右に左に走らせながら、先鋒隊の前進を阻みつつ、ぎらりと抜刀した。

そこへ白石正一郎兄弟も駈けつけた。豪商といってもただの商人ではない。竹崎浜の漁師たちや無頼者たちが心服しているし、藩公の信頼厚い男だ。幕末にはどこの藩でも商人に頭が上がらなくなっている。藩財政でも寄与しているし苗字《みようじ》帯刀《たいとう》の身分である。毛利本藩の武士たちでも、馬関にいる以上は白石に一目おかなければならない。漸くかれらの間にも反省のいろが見えはじめた。が、一部の者はなお、怒りを鎮めず、

「われらの面目を如何《いかが》なさるか、何分とも御勘考下さらねば、先鋒隊連中、抜いた刃は鞘《さや》に戻りませぬわ」

そういきまく先鋒隊士を信濃と白石はなだめるのに、苦労した。

翌朝、暁闇《ぎようあん》にまぎれて晋作は赤根幹之丞とともに小舟に乗った。街を行くことは危険だったからである。小舟で竹崎浜へ。白石邸に入って世子長門守に争闘の詳細を語っ

「困ったことになったな」

とは言ったが、世子は高杉を責めようとせず、国司信濃に極力圧えさせることを約した。ている。

長門守は翌十八日、軽舟に駕《が》して朝陽丸《あさひまる》に臨み、門司《もじ》田ノ浦（先に小倉藩から奪取した）を巡検し壇ノ浦に到《いた》って発砲の操練を見、翌十九日馬関を発して山口へ帰城している。

高杉は奇兵隊士と待罪書を差し出し謹慎することにした。〝制裁宜《よろし》きを得ずんば藩内の紛糾測るべからざるものあり〟としたのである。

藩命が下ったのは二十六日。すなわち宮城彦輔に自裁を命じて来た。

すでに彦輔は覚悟していた。

奇兵隊軍規はきびしい。六月七日に発表されたものは五ヶ条から成っているが、うち三ヶ条が、酒宴、遊興、淫乱、高声禁止たるべく候事。喧嘩《けんか》口論都《すべ》て無用の論雑言停止たるべし……。陣中敵味方強弱批判停止の事。

となっている。

酒や女買いは兵隊につきものだ。黙認しているが、事件が起これば問題にされる。宮城彦輔の場合、殊に先鋒隊の退却を嘲罵叱咤したことが原因だから、これがすでに軍規違反だ。申し開きの余地はない。

彦輔はいさぎよく自決した。奇兵先鋒両隊士奇兵隊総管高杉晋作先鋒隊稽古掛《けいこがかり》桑原《くわばら》平八《へいはち》山縣《やまがた》箴《ただし》等は戒飭《かいちょく》。奇兵隊解散の声が強かったのもしかたはない。

彦輔の最期はしかし、いさぎよかった。

自決するに際し、辞世の歌を残したが、それには——とにかくに死におくれぬぞ武士《もののふ》の誠をつくす道にはありける——とあった。そのせいもあったろう、嫡子正太郎は孝子だという理由で、いったん家禄《かろく》没収の上で、その三分の二を給して名跡を立てさせたり、姉娘も孝心ありとして銀三枚を与えたりした。

軍規違反の上騒擾の責任者だから、切腹はしかたがないが、破廉恥《はれんち》罪ではない。むしろ武士の性根から出たものとして、惜しむ気持があったのだろう。正太郎への高杉の書翰によれば介錯《かいしゃく》は、河上弥市《かわかみやいち》（後に総管）が務めている。

一部の史書では、この事件で、高杉も奇兵隊総管の位置を去ったようになっているがそうではない。戒飭を受けたのは前記のように他の者も一緒で、翌九月十二日まで総管だった。

問題はむしろ奇兵隊の体質にありとして、

「いっそこの際解散せしめた方が」

という意見が藩政府の大半を占めていた。

むろん、老臣重役たちは多くが門閥だから先鋒隊士とは血縁も多く、思想的にも遠くない。内心奇兵隊への報復感情もあり、日ごろ高杉の傍若無人な言動や奇矯《ききょう》な振舞をうとましく思っていた者も、事件を奇貨として、この際、高杉の発言権を封じようとする動きが、暗黙にも、解散説の支持票となって有力視されてきたのである。

殆ど決定的になって、国司信濃に通達してきたが、信濃はこれを握り潰し、存続運動をはじめた。信濃は奇兵隊の実力を知っている。諸隊の中核であり、むしろ世禄によりかかっている先鋒隊よりも役に立つ。手元役の波多野金吾《はたのきんご》（広沢兵助《ひろさわへいすけ》）なども同意見で、山口の麻田公輔に意見書を出して解散反対を説いた。

〈──奇兵隊は一朝ものの役に立つべきものなり、硬骨激情の兵尠《すく》なからず、解散を強いて不虞《ふぐ》の変を招かんより之れをして他へ転ぜしむるに如《し》かず〉と。

正論である。強兵であることは、異論のはさみようはない。馬関から引き離すだけでもお灸《きゅう》になる、と思ったようだ。八月晦日《みそか》の発令がそれだ。小郡《おごおり》の秋穂《あいお》村に移れというのである。

山口の地防長二州の根基にして藩公の在《おわ》すところ、防備の急敢《あえ》て馬関に譲らず、是《これ》を以て奇兵隊は其要衝たる椹野川《ふしのがわ》の海口一帯に屯せしむという主旨で、高杉も反対は出来ない。直ちに高杉は部下を秋穂に遣《や》って宿営の家屋を捜させた。適当なのがないので、ここでも寺院に定めた。寺こそ迷惑だが、もっとも寺院は中世からそうした役に甘んじていたようである。六日には、馬関とも稲荷町とも袂別《べいべつ》して、船に分乗、海路小郡に移動した。そのときは五艘《そう》だったが、このとき収容できなかった者も後日三艘に分乗して到着した。その宿舎は秋穂村の泉蔵坊、信喜坊、遍照寺、万徳院（本営にした）の四寺である。

高杉の総管たる地位は、微動もしていない。

あてがはずれたのは赤根幹之丞だ。

（こんなはずではなかったが……）

人気があるのは知っていたが、これほどとは思わなかった。

教法寺の流血の惨事も、余の者なら知らず、総管自身がその場に居合わしたのに、いくら血気の者たちとはいえ、制止できなかったのは、

（落度とすべきではないか）

赤根には不満だった。

（やっぱり名門の出自がものを言うたか。だけではない、巧弁の徒だからなあ、いや、詭弁《きべん》の徒といったほうがいい……）

そう思えてならない。嫉妬ばかりではない。

奇兵隊の組織や名称も、すべて高杉晋作はおのれの思案から成るものと吹聴《ふいちょう》し、またそれを真《ま》に受けている者も多い。

だが、奇兵隊の真意たる尽忠報国の有志隊という構想はいまに始まったことではない。そのヒントは農兵隊にある。農兵隊はすでに数年前から、小規模なもの、一時的なもの、局部的なものではあるが、進歩的な藩や天領などで組織されていたのである。たとえば、二年前にすでに三井善右衛門が幕府方奥右筆《おくゆうひつ》早川庄次郎にあてた書状にも〈――近来別《べつし》て心を用ひ、追々土兵をも取立仕候〉とある。土兵はいうまでもなく農兵であり、高杉の構想は、それを四民に拡《ひろ》げたにすぎない。奇兵隊の名称に就いても、〈縦二奇兵一佯敗走《キヘイヲオコシテイツワリニハイソウス》〉と、『史記』にある。

また、『漢書《かんじょ》』の芸文志のなかに〈権謀者ハ正ヲ以テ国ヲ守リ、奇ヲ以テ兵ヲ用ウ（以レ奇用レ兵）〉の語が見える。

（――そうとも、決して高杉の独創ではない！）

赤根はそれを叫びたかった。だが、高杉の存在価値はもうそうした区々の些事《さじ》を超えている。奇兵隊の構想や名称のことなど、もう問題ではない。その用兵の手腕であり、あり余るほどの人望だ。大丈夫は小瑕《しょうか》をかえり見ず、という。闊達《かったつ》な笑い声と、人好きのする微笑と豪放に見える振舞とで、ぐんぐんのし上がっていっている。世子長門守定広など、自家薬籠中のものにしてしまっている。

赤根が、重箱の隅をほじくったり、姑息《こそく》なことを考えている間に、高杉は天馬に乗って飛翔《ひしょう》していた。かれが巧みに煽動《せんどう》しての、この教法寺事件も、高杉の落度にならなかったとすると、奇兵隊総管の地位はあきらめねばならない。赤根は椹野川の畔《ほと》りで、爪を噛んで考えこんだ。

ところが、別のことでもって、赤根の手に奇兵隊総管の〝輝かしい地位〟が転がりこんでくるのである。

妄執の渦

赤根幹之丞は視野が狭い。小事に汲々《きゅうきゅう》たるものがある。欲望が小さいのだ。奇兵隊総管の地位を欲しがる気持は理解できないではないが、大人物か小人物かの違いは、同じ〝重役の椅子〟を狙っても、それを得て何を為すかのヴィジョンの相違であろう。ただに給与が多く名誉があって権勢支配欲が満足させられるというだけが目的であってはなるまい。

何を為さんがために狙うか。その違いは小さく見えて大きい。

高杉は地位と権力を得て、女遊びや酒食に贅沢《ぜいたく》をし、辺幅《へんぷく》を飾った。たしかにかれにも欠点は多い。直情径行で、独善的で封建支配を是認する面が抜けきれない。思想家として新しいとはいえない。かれが奇兵隊を作ったのも、〝奇兵を以て〟おのれの新勢力とするためでもあったのだ。百五十石の家禄は大藩毛利家では中の下である。先鋒隊士には幾らでも中士や上士《じょうし》の子弟がいて、思うようには動かせない。

その階級意識から脱却できないながらも、〝新しい力〟で、藩論を牛耳り、師松陰の仇討ちをやり、天下の形勢を左右したいという欲望があった。だから些事には拘泥《こうでい》しない。常人には大事に思われることでも、かれには些事だった。

たとえば、おうのと妻雅子を同等に扱って楽しみ、いい気になっている点もそうだし、辺幅を飾ることでも人後に落ちない。贅沢である。着衣も持ち物も上等でなければ気が済まない。古来、大丈夫たる者の心情は、天下国家を案じ、粗衣粗食に甘んじることを以て良しとしたが、その意味からなら、高杉は失格であろう。だが十九世紀後半は、もうそうした東洋思想にとらわれている直線的な人物では、処理しきれないところに来ている。

西郷隆盛を大人物とするのは、その〝古さ〟の故だが、その故にこそ、城山《しろやま》の悲劇が齎《もたら》された。明治政府の天下を一薩摩《さつま》の書生の力ではどうにもならないことに気がつかない。もう一度、討幕の夢を見た。三百年の幕府を倒した〝おれ〟が十年の明治政府を倒せないことがあるか。その錯覚である。私学校の生徒に担ぎあげられ、やむにやまれず立ち上がったことの心情は同情するに吝《やぶさ》かではないが、惜しむらくは大局を見る目に欠け、新時代の動きに昏《くら》かった。負ける戦さと熟知し、ただ天下の覚醒を目的として死地に赴いたと観《み》るなら話は別である。熱帯の野象は老衰すると、自ら密林の奥の死ノ谷に、死ににゆく、という。だが西郷は死をもとめるに、まだ早い年齢だったのではあるまいか。

話が飛んだが、高杉には、この朴訥《ぼくとつ》なまでの純情さはない。悪くいえば都会ずれのした要領の良さ。人の顔色を窺《うかが》うことの巧みさ、当意即妙な話術がある。当世風の才子、という表現がぴったりする。牛のような西郷と好対照をなしている。切れ者で、融通無礙《ゆうずうむげ》な精神が、屢々《しばしば》、人の意表を衝く。誤解を招くことも多い。韜晦《とうかい》のうまさは、そこからきている。鋭鋒を避《よ》けるうまさである。こうした面からも、高杉の剣術はたいしたものではなかったのではないか。高杉の気性ではわれわれが剣（竹刀《しない》でも）を握ったときの、反射的な意志、殺《や》る！　倒す！　ということより、（勝てばよい）という要領が閃《ひら》めく。〝小手《こて》〟をとるのも勝ちにはちがいないのだから。

よくいえば柔軟性であろう。女を操ることの巧みさもそれだ。おうのも妻雅子も一本の手紙で喜ばされている。

こうした巧みさは本来町人の感覚なのだが、高杉は大藩の中士というエリート意識は最後まで捨てきれなかった男だ。同じエリート意識を持ちながら、自虐的な韜晦が、武士から幇間《ほうかん》へと転落させた旗本の土肥庄次郎《どひしょうじろう》などとは違った複雑さである。これを江戸っ子のいさぎよさと見れば、高杉の西国人たる気質も、分析的論証の要素たるを免れない。

先に高杉を洒落者《しゃれもの》だと言ったが、辺幅を飾るというだけで、人間を断定は出来ない。かれが小唄やどどいつを作るという通人ぶりから見ても、おのれにふさわしい衣服の生地や柄を選ぶのも才気といえよう。ただ、身を装うことに腐心するのとは、大きな違いである。

手に合った煙管《きせる》でないと煙草《たばこ》がうまくない、手に合ったものは銀の細身の煙管だった。というのと、銀の細身の煙管をちゃらちゃらさせていなければ、通人に見えないから、大金を投じて購《あがな》う、というのとは、あまりにも違いすぎる。この微妙な感覚的行動性がわからないと、高杉晋作という男は理解出来ない。

おうのの晩年の写真が残っているが、老いても若かりし日を思わせる美貌である。瓜《うり》実《ざね》顔でなで肩の細っそりした美人だったようだ。吉田《よしだ》町の除籍簿では天保《てんぽう》十四年（一八四三）生まれとなっているから、高杉とは四つ違い。知り合ったときは二十歳ということになる。

洒脱に見えながら、芸者のおうのを独占していたかったことや、洒落者である点、かなりの潔癖ではなかったかと思う。貧乏が一番こたえる。高杉がもしも泰平の世に生まれていたら、手におえない放蕩者《ほうとうもの》というにとどまったろう。

蕩児でもあるこの男の眼《め》から見れば、赤根幹之丞などは、無骨で愚鈍で好きになれなかったにちがいない。

赤根は周防《すおう》の玖珂《くが》郡柱島《はしらじま》の松崎《まつざき》という医家に生まれたが、赤根忠右衛門《ちゅうえもん》の養子になっている。かなり勉強している。勤皇僧といわれた月性《げっしょう》に幼少から学び、のちに熊毛《くまげ》郡阿月《あつき》の郷校に入った。ここは浦滋之助《うらしげのすけ》の支配地で、赤根家は浦氏の家来だった。養子になったのはこの郷校を出たころらしい。安政三年に吉田松陰の門下となって、高杉や入江らと知りあったが、上京して梅田雲浜《うめだうんぴん》に従学。いわゆる安政の大獄となった一斉検挙の際には、雲浜に寄せられた諸国志士の書翰など、一切の書類を焼いて証拠湮滅《いんめつ》をはかるなど、気の利いたことをしている。

そのとき一旦捕えられたが、言い逃れて帰国することが出来た。その後も、松陰門下生たちと交わり、京江戸を奔走して顔を売っていった。高杉や久坂や入江ほど頭はよくはないが、かれらの名があがるにつれ、同門というだけで、高く買われたのは否めない。

高杉がこの赤根を、陰で土百姓などと呼んだのは、エリートの思い上がりが言わせたことだが、キザで当世風の切れ者の目からすれば、どうにも我慢しかねる鈍重で感覚的に相容《あいい》れない面が多かったのだろう。

二人の体格が対照的なことも、宿命的である。出自の懸隔もそうだ。気性の違いがさらに輪をかける。高杉のエリート意識から見ると、赤根が奇兵隊幹部の地位を大事にして、諸事に便々たる風が見えることも我慢が出来ない。

（ほかの奴らより幾分マシだが、おれの才気に比べれば半分にもならぬて）

この高杉の軽侮が、赤根にはわかる。

五尺二寸で十三貫ほどしかなくてなで肩、面長《おもなが》、切れ長の眼とくれば、武士姿よりも女形にでもなったほうが似合いそうだ、と赤根の方では思った。

（才子なのはよい。才子を鼻にかけおる。ぺらぺらの口調も、武士にあるまじきことなのに）

ピストルを懐中にし、やけに長い刀を差している。

異人のように断髪にしているのは、この春激昂《げっこう》のあまり髪を切って剃髪《ていはつ》した名残りだが、儒教思想の大人物としては、どう見ても尊敬に足る風采態度ではない。

（人の上に立つ人物というものは、もっと重々しくなくてはならんものだ）

赤根の眼は高杉を見るごとに、アラ探しに歪んだ光を放った。劣等感を克服する意識が始終つきまとっている。高杉に対したとき、特に作用するようであった。高杉が二十四歳、赤根は一つ年上だ。

（要領のいい嘘吐《つ》きめが）

うますぎるのが腹が立つ。

（国家〈毛利家〉を救うは領民の力にあり、門地貴賤《きせん》の区別はつけぬ、と巧弁を弄して人気を集めながら、おれのことを土百姓などと蔑みおる。表裏のあるやつだ。悲しむべき世間の奴らは高杉のような男にコロリと瞞《だま》されていることだ……）

そうした考えにとらわれていること自体が悲しむべきことに、赤根は気がつかなかった。

赤根幹之丞が奇兵隊総管になれたのは、あくまでも他動的な情勢の変化によるものであった。

教法寺事件の二日後、京都では佐幕派のクーデターが起こっていたのである。

いわゆる堺町《さかいまち》御《ご》門《もん》ノ《の》変《へん》と称《い》われるもので、石清水行幸、攘夷親征とエスカレートする尊攘運動に巻返しをはかったもので、会津《あいづ》守護職松平容保《まつだいらかたもり》の痛烈な反撃であった。

公卿にも攘夷派ばかりでなく、公武合体派はむろん、佐幕開国派もいたのである。佐幕派の巻返しは迅速で果敢であった。朝議は一夜にして覆《くつがえ》り大和《やまと》行幸は中止となり尊攘派公卿の参内《さんだい》は禁ぜられ、長州藩の堺町御門警衛の任が解かれた。

いわゆる〝七卿落《しちきょうお》ち〟はこのときだ。三条実美《さんじょうさねとみ》ら尊攘派公卿は身辺も危くなって豪雨の中を長州へ落ちてゆく。前述の中山忠光を奉じて大和行幸の先駆として五条陣屋を襲撃挙兵した天誅組の悲惨な末路もこれに始まるのである。

この情勢の変化はまた毛利藩内の俗論党（親幕――公武合体派）に「愈《いよいよ》時機到来！」の感を抱かせた。会社の経営が思わしくゆかなければ、責任追及の火の手が冷飯組からあがるのと同じである。保守派の上士たちは藩公に拝謁を請い、現役の政府要員を弾劾した。京都に於ける失政をあげつらい、藩内の紛糾の原因もかれらに責任ありとした。悪いときに教法寺事件が起こったものだ。

「お先っ走りの攘夷好きの連中のために、藩祖日頼洞春《にちらいどうしゅん》様（元就《もとなり》）以来の名家を累卵の危うきに置かれまするか」

藩公慶親《よしちか》も世子長門守定広もこの突き上げには弱った。殿様などというものは、信念がない。勢いの強い方に鼻面をとって曳きまわされるだけだ。麻田公輔や毛利登人《のぼる》、前田孫右衛門《まごえもん》など政府要員は重職を解かれ、麻田は憤慨して三田尻《みたじり》から大坂へ脱走する。当役の宍戸備前《ししどびぜん》、毛利筑前《ちくぜん》、浦靱負《ゆきえ》なども連袂致仕《れんけつちし》の辞表を呈出した。殿様の不甲斐《ふがい》なさへの当てつけである。

「当てつけなど何にもならん。手ぬるいことをしていると盛り返しが利かなくなるぞ」

高杉は先頭に立って、世子を動かし、藩公に揺さぶりをかけた。奇兵隊の激発を仄めかすくらいのことはしたにちがいない。たちまちに再転、麻田らの復職を認め、高杉も政務役に返り咲き、同志の長嶺内蔵太《ながみねくらた》、楢崎弥八郎《やはちろう》が、つづいて久坂義助《よしすけ》（玄瑞）も政務役に任じられるというわけで、要職を占めるやたちまち、俗論党を〝徒党強訴《ごうそ》〟の罪で訴追。その領袖《りょうしゅう》には、それぞれの身分と罪状によって隠居、遠流《おんる》、切腹を命じ、一門類中には閉門、差控えなど弾圧を加えた。

こうなると、全く派閥政治。政治は力なり、というしかない。非情なパワーポリティックスである。ソ連や中共の粛清も誹《そし》れない。

高杉の地位が他の政務役をぬきんでて重視されるようになったのはいうまでもない。一小隊たる奇兵隊総管の比ではない。これをやめ、総管は河上弥一（市）、滝弥太郎を推した。

河上弥一は弱冠二十一歳、十分である。高杉を師表に仰ぐ少壮気鋭の青年で唇の紅さ、頬のなめらかさに至純な童心があらわれている。高杉のこの指名は赤根の野望への痛烈な皮肉であった。経歴や年齢や功績の序列からしても、この任命は納得できない。

（くそっ！　どこまでおれをコケにする気か）

どろどろした憎悪のよどみが胸にふくれあがった。メタンガスのあぶくを噴く汚水溜《だ》めのように赤根は臭い息を吐いた。

赤根は待った。（勇み足が土俵を割るさ……）若者のはねあがりが招く失敗を期待する眼になっていた。僅か四つ五つの違いでも、当時のこの年齢は相当の経験の差である。待てば海路の日和《ひより》である。河上弥一にはやはり総管の地位は早すぎた。思慮の浅い青年は過激な行動でしか、地位の表現を知らないもののように、平野国臣《ひらのくにおみ》の但馬《たじま》挙兵の急先鋒となって三田尻を脱走。但馬生野《いくの》に斬死している。

先に七卿護衛の命が下って、奇兵隊は小郡詰のまま三田尻に移っていた。七卿としては長州藩の力を背景に廟堂《びょうどう》への復帰を画策していて、奇兵隊はさながら、その親衛隊の観があったが、突如、七卿の一人沢宣嘉《さわのぶよし》が脱出したのである。但馬からきた筑前の平野国臣の献策で但馬挙兵の盟主たらんとしたのだ。藩公としては時機尚早として抑制したので、平野は沢卿だけを盗み出した。十月二日の夜である。挙兵には名目人たる有名人が必要だったのだ。この計画に河上弥一が巻きこまれたのは若さの故というしかない。前述の白石正一郎の弟廉作はじめ数人の奇兵隊士ほか尊攘派浪士が参加している。

いわゆる但馬生野の義挙である。浅薄な計画だ。半月と保《も》たずして、討伐の大軍に囲まれて河上らは斬死或《あ》るいは自殺し、沢卿は辛くも脱出したが、首謀者の平野は捕われた。翌年の元治《げんじ》禁門の変の最中六角《ろっかく》の牢獄《ろうごく》で牢格子の外から長槍で突き殺されることになる。

船出の日和待ちは長いものではなかった。この間、二十日と経《た》っていない。教法寺事件のときも騒擾の表面に出ず、この計画にも巻きこまれない。むしろ、河上弥一の若さを煽ったのかもしれない。赤根幹之丞は漸く、奇兵隊総管の椅子に坐《すわ》った。

もっとも滝弥太郎が先任総管で残っている。いわば補佐のかたちである。

(いまに見てろ、奇兵隊はおれのものにしてやる)

その願望が漸く実現したのは、翌年三月に入ってからであった。

この間、政情は激動し、高杉晋作の身分も目まぐるしく変わっていた。政務座役を命じられたときは一家を成していないという理由で表向き〝雇〟となっていたが、十月には百六十石を給されて奥番頭役に登庸、さらに翌月には世子上京用掛を命ぜられた。

その高杉が脱藩するに至ったのは、長州藩の雪冤《せつえん》のため大挙遊撃隊《ゆうげきたい》を率いて上京しようとした来島又兵衛《きじまたべえ》を君命で制止に出かけ、

「見損ったぞ高杉、いつも火事の火元のようなきさまが、水を掛けにくるとは思わなかったぞ、新知百六十石を頂いて命が惜しくなったか」

罵倒されて、くそ、貴公より先に死んで見せるわッ、と叫ぶと、その足で脱藩してしまったのだ。

直情径行もここまで激発的では、小児に類する。無思慮というより、幼稚単純だ。髪を切ったときと同じだ。我儘《わがまま》な育ちかたをした場合、往々にしてこういう気質が出来る。自分の意思が通らないと、泣いたり暴れたりする嬰児《えいじ》の原初的喚起性だ。高杉のエリート意識が、大人になってまで、まだ持続させていたといえる。これは社会性の欠如というより一種の天才的性格でもある。

ともあれ、この突発的な脱藩は、藩公はじめ政府員にしてみれば、木乃伊《ミイラ》とりが木乃

伊になったというわけで、またやりおった、と怒った。こうなっては同情論は出る隙がない。

「君命をないがしろにした上、脱藩とは許すべからざる大罪」

藩士の身分は二十四時間拘束である。半日所在不明でも、次第によっては切腹もあり得る。

感情的に脱走、京に走ったものの、在京の久坂義助は慎重論で、暴発をいましめられるし、京の空気は親幕が大勢を占めていて、面白くない。自然酒色にあけくれ、おうののことも忘れた。おめおめと帰国すれば死罪が予測されるし、いっそ死ぬならと、公武合体派の薩摩の島津《しまづ》久光《ひさみつ》暗殺計画をめぐらしたのは、このころである。自棄ッ八《やけっぱち》の様子が目に浮かぶ。

久坂も手古摺《てこず》った。召喚の使者が上京して帰国の羽目になったのは久坂が知らせたという説もある。船中で付木へ戒名を認《したた》めたり、すっかり死罪の覚悟をしていたという。だが意外にも永獄（終身徒刑）という処分で野山《のやま》の獄へほうりこまれた。余人ならば死罪が当然。その才気を惜しむ気持が世子長門守を容喙《ようかい》させたようである。

（それ見ろ、調子づくからじゃ、自分一人で天下を動かそうなどと思い上がりが招いたことよ）

赤根は奇兵隊総管になるや、それまで使っていた幹之丞の通称を捨てて、武人《たけと》、で通すことにした。当時やたらと改名することが流行《はや》ったが、脱藩者が追捕《ついぶ》の目を晦《くら》ます為の必要性や、思想家としてのもっともらしさや、改名したことによる発奮の効果などさまざまであろう。赤根はその後幹之丞を使用していない。

滝弥太郎の追い出し工作をはじめたのは、すでに河上弥一が在任中からである。総管が二人ということは社長代理の意味しか持たない。平重役では満足できなかった。河上や高杉との交遊が示す反体制の〝不穏分子〟たることを流言した。神経質になっている耳には僅かなことでも効果がある。河上の脱走の前夜密談していたというだけでも、先入観を持って聞けば未遂者の印象を与える。奇兵隊を三田尻から、ふたたび馬関警備にまわしたのも、沢卿と河上らの轍《てつ》を踏ませないためだから、こうした風説流言はかなり効果的だ。天誅組の挙兵も失敗に帰し、中山忠光が逃れ戻ってきたのすら、奇兵隊と結びつくのを慮って長府侯へ預け（軟禁）てしまったほどである。奇兵隊の存在は尖兵《せんぺい》の価値はあるが、両刃《もろは》の危険性を孕《はら》んでいる。政府では警戒を怠らない。

二月の末に滝弥太郎は山口に呼び出され、小納戸《こなんど》役見勤書物掛を命じられた。閑職である。病身ででもなければ陸地御台場掛の警備から転任させる役ではない。左遷《させん》と見てよい。ここに至って奇兵隊は赤根の掌握するところとなり、補佐に山縣小輔《やまがたしようすけ》が軍監として任命されているが、この山縣は後の元帥有朋《げんすいありとも》である。その出世ぶりに比べて滝弥太郎は後に岡山地方裁判長で終っている。伊藤博文《いとうひろぶみ》らの明治功臣バスに乗り遅れることになったのも、閑職に低迷していたからではないか。

奇兵隊総管の地位は転がりこんだ。赤根武人の得意や思うべしである。

馬関警備に著《っ》いたとき奇兵隊総数三百人となっている。その大部分が庶民であり、士分になることが全部の望みであった。これは赤根でなければわからない心情だ。赤根はその望みを果してやることで、総管たるの権力と人望を得ようとした。

四月二十三日、政事堂に提出した願書がある。

別紙名員帳赤根武人已下内藤忠次郎ニ至ル迄、多くは匹夫下賤之ものニ御座候得共、元来当隊発起之節、御届申上候廉も有之候通り、有志之者相集り候ニ付、陪臣軽卒藩士を不撰、同様相交、専ら力量ヲ以貴ひ取建候隊ニ而御座候。去年来攘夷之御場所再ひ出張被仰付候ニ付而ハ、一統素より醜虜と決戦之覚悟ニ御座候間、何卒格別之御詮議を以、入隊中同一士列ニ被準候様奉願候——

だが奇兵隊士を全員士分にするのは困難だったようである。功によって個々の士分昇格はあったが。

また激流の時勢はそうした小さな感情を押し流して進んでいる。京で池田屋の事件がめたのが五月、六月には禁門ノ変が起こった。「守護職松平容保を除いて君側を浄《きよ》めん」と叫んで上京した長州藩兵千六百人は佐幕諸藩の精兵の邀撃《ようげき》を受けて完膚《かんぷ》なきまでに叩きのめされ、来島又兵衛、久坂義助など討死。この敗戦で長州藩は有為の人材の半数を失ったといわれる。

血気の壮士の集団たる奇兵隊の大部分がこの戦さに加担しなかったのは、赤根武人の功績といえるかもしれない。赤根は極力暴発を阻止した。数人の脱走や軍規違反による処刑などはあったが、多くは馬関にとどまった。

八月に入ると四国艦隊の来襲である。近代装備の軍艦十数艘に二千余の海兵を満載した英仏蘭米の猛攻には貧弱な前田、壇ノ浦の砲台などものの数ではない。それでも二日間の戦闘では敵艦と海兵隊にかなりの損害を与えたようだが、三日目には長州側の砲台は完全に沈黙し、敵弾は馬関と市街を破壊し、弟子待《でしまつ》、山床《やまとこ》の両砲台をも占領した。

この戦さは明らかに長州側の敗北だった。藩公は涙をのんで止戦講和を進めることになり、その推進力となったのが、ロンドンから急遽《きゅうきょ》帰国した伊藤俊輔《しゅんすけ》（後の博文）と志道聞多《しじもんた》（後の井上馨《いのうえかおる》）である。高杉はこのころ病気恩赦で父小忠太《こちゅうた》の看視下に蟄居《ちっきょ》していたが、伊藤、志道の画策で、家老宍戸備前の嫡子に仕立てられ刑部《ぎょうぶ》と名乗って上使に立つという活躍ぶりであった。難関に処するには高杉のような奔放不羈《ふき》な性格が都合がいい。

禁門ノ変で敗《やぶ》れ、馬関でも敗戦で衰弱混乱している長州藩を、

「いまこそ叩き潰せ」

と幕府では征長の師を起こした。四面楚歌《しめんそか》だ。長州にとっては最悪の事態であった。藩内がふたたび二分されることになったのは、熾火《おきび》が炎を噴くように、先に弾圧された俗論派の生き残りが擡頭《たいとう》したからである。四国艦隊の来襲も前年の無謀な攘夷実行のせいだし、来島らの上京と敗戦もすべてが攘夷派の軽挙であるとし、あの弾圧の報復は今ぞ、と突き上げてきた。世禄隊《せろくたい》である先鋒隊士がその中核をなしていた。

その言うところ、征長軍に恭順を示し、尊攘派の責任者を捕縛あるいは斬首して社《しや》稷《しよく》を守ろうというにある。したがって保守俗論党はひたすら恭順であり、奇兵隊その他諸隊といわゆる正義派は武装恭順を押し進めた。これは武装して征長軍と和議を進めるがあくまで責任追及で戦争を仕掛けてくるようなら、堂々戦おうというのである。

連日藩論は動揺したが、藩主慶親公は遂に正義派の武装恭順説を採ることに決した。井上聞多が刺客に襲われて六ヶ所の深傷《ふかで》を蒙《こうむ》ったのはその帰途である。下手人は先鋒隊士数人と後日に判明している。同じ夜、主戦論を提唱した責を負って麻田公輔が自殺した。

このことによって、藩論は覆され、三たび俗論党が政事堂に復活した。一たん政務役に返り咲いた高杉も毛利登人らとともに、また失脚してしまった。

だけではない、図に乗って国司信濃、益田《ますだ》右《う》衛門介《えもんのすけ》、福原越後《ふくばらえちご》の三家老に切腹を命じ、その腹心と目された宍戸左馬之介《さまのすけ》ら四人を斬首。防長四境に迫った征長総督に対して〝ひたすら恭順〟の実を示したのだ。

こうなると、高杉晋作の身辺も危ない。ひそかに自宅を出、三田尻から徳地《とくち》へゆき、富海《とのみ》から船で馬関へ渡ると白石邸に身を寄せ、筑前藩士中村円太《なかむらえんた》の案内で博多《はかた》に奔《はし》った。勤皇派の野村望東尼の平尾《ひらお》山荘に匿《かくま》われたのはこのときである。

一方、赤根武人の動きには、微妙なものがあった。奇兵隊を中心として諸隊合わせれば七百五十人ほどで、武装恭順であることは述べた通りだが正義派が影をひそめてゆき俗論党の勢力が絶対になってくると、赤根は、

「大勢を無視して主戦論を固執するのは、隊の存亡に関わる」

として俗論党に接近した。

事実、諸隊の解散を先般厳命してきた。連署歎願《たんがん》して存続を願い出ているときだ。赤根は狡智《こうち》にも、〝恭順〟の言葉は避けた。正俗和合の〝調和〟をはかった。この間、ひそかに薩摩の西郷吉之助《きちのすけ》（隆盛）が馬関に来ている。薩摩が当時までは佐幕だったことは久光の意志にすぎない。西郷は長州と提携しなければ討幕の不可能なことを熟知して、自重を説きに来たのである。自重とはこの場合、雌伏《しふく》を意味する。

四面楚歌の長州藩が征長軍を受けて立てば滅亡することは必至。一たん降伏して存続

を討り、再起を期せ、その場合は薩摩が助力する。そのころまでには薩摩の藩論を討幕に収攬《しゅうらん》する自信がある。討幕という大事の前には長州藩の面目という小事を捨てろ、という西郷の肚裡《はら》は、高杉のような気性にはどうにも納得できない。

高杉が帰国したのが十一月二十五日、西郷の来関は十二月初旬である。

両者の斡旋《あっせん》につとめた中岡慎太郎《なかおかしんたろう》は当時忠勇隊《ちゅうゆうたい》の総督でもあったが、西郷の賛成で、したがって赤根武人の調和論もかなりの賛同者がいたのは疑えない。

調和論といい雌伏論というのも、高杉に言わせれば、すべて俗論であり佐幕論であり亡国（毛利藩）論にすぎない。高杉は熱弁をふるって諸隊を説伏した。一世一代の奔走であった。

「貴公らは赤根武人の正俗調和論に誑《たぶら》かされて大義の真髄を誤っている。武人がなんじゃ、やつは玖珂郡の芋掘《いもほり》百姓ではないか、大義など判《わか》るはずがない。この晋作は不肖なれども毛利家三百年譜代の臣、武人ごとき曖昧武士とは違うぞ」

高杉はエリート意識を剝《む》きだしにして、赤根を誹謗《ひぼう》糾弾、諸隊を動かした。こうなると高杉はきたない。日頃の毒舌が悪罵中傷のかぎりをつくす。

まず動いたのは力士隊《りきしたい》の総督になっている伊藤俊輔だ。遊撃隊総督石川小五郎《いしかわここ ろう》（後の河瀬真孝《かわせまさたか》）、参謀高橋熊太郎《たかはしくまたろう》なども説伏された。両隊四、五十人を中心にして高杉は馬関に乗りこみ、金銀米穀を徴発、檄《げき》を飛ばして有志を集める一方、三田尻に決死隊を派遣して軍艦を奪った。続々参集した者の中には奇兵隊士も交わっていて百五十人ほどになっていた。

萩政府では驚愕狼狽《きょうがくろうばい》した。高杉に呼応したと見られる正義派数十人を捕えると、ろくろく調べもしない毛利登人や前田孫右衛門ら七人を領袖と見なして斬刑にし、家老の清水清太郎にも切腹を命じ、高杉一派の追討軍を動員した。これらのことがしかしかえって革命軍を激発させ高杉の血を沸かせることになったのである。翌元治二年（四月慶《けい》応《おう》と改元）の正月には奇兵隊をはじめ諸隊ことごとく高杉の支配下に入っている。

赤根武人が伊藤俊輔にも裏切られて脱走、筑前へ奔ったのは『奇兵隊日記』によると正月二日になっている。

あれほど渇望し策動して手に入れた奇兵隊総管の地位も永久にかれの手から離れた。諸隊の中で最も人数も多く、功績もある奇兵隊は中心をなすだけにその総管は即ち聯《れん》合隊《ごうたい》の総管の意味ももつ。赤根脱走のあと、実権を握った（後任総管は山内梅三郎《やまのうちうめさぶろう》であるが）山縣狂介《きょうすけ》（有朋）が後年出世したことは前に述べた通りだ。一時は五百人を超す諸隊士を掌握した身が、流寓の悲哀を味わわねばならなくなったとき、赤根の心中に去来したものは何であったろうか。

俗論党が勝てば、それでも赤根の復活は望めたかもしれない。戦闘は高杉軍に利あり、内紛を憂える声が政府に満ちて俗論党が政治工作でも敗れて、首魁椋梨藤太《しゅかいむくなしとうた》は斬罪、中《なか》川宇右衛門《がわうえもん》は切腹その他も切腹遠流などで俗論党は完全に敗退し藩論は武装恭順に一致した。この内紛に乗じて戦端を開き攻撃してくれれば、長州はどうなったかわからない。長州壊滅すれば幕府の寿命は半世紀は延びたにちがいない。一致団結した長州藩の、したがって処分は生温《なまぬる》いものだった。この失敗が、再征の軍も腰くだけとなり、自滅への道を辿ることになるのである。

赤根武人の末路は哀れだった。ひとたび西郷らと連携して薩長同盟に画策するところがあったが、大坂で幕吏に捕われた。赤根の運命は地獄への道を転がりだしていた。近藤勇《こんどういさみ》は広島で故意にかれを釈放したが、赤根にとっては悪い結果を招いた。

馬関に上り故郷の柱島に潜伏中を捕縛されたのが翌慶応二年正月二日。いみじくも馬関脱走の日であった。

その十八日には判決あって二十五日に鰐石《わにいし》で斬首された。その罪案に曰《いわ》く。

——奇兵隊総監所勤中脱走せしめ、於上国被相捕獄中より存外之書面をも差出候由相聞へ此度帰国之上も数十日之同所に忍び隠れ候始末 旁《かたがた》 多年之御厚恩を忘却し不忠不義之至罪科 難 遁《のがれがたし》依之斬首被仰付候事。

存外の書面とは、一身の弁疏《べんそ》のためでもあろうが、幕府へ差し出したもので、長州の事情を説明し、恭順の方向を指導するという内容と伝えられるが詳細はわからない。罪案を信ずれば、藩政府は帰国後の赤根の事情説明を待っていたようでもある。〈御国事情委曲書面〉と風聞したことが重罪と目されている。〈――出獄帰国之上は悔前非可奉願国家心底も有之事に候得ば早速自訴可待罪之処更に無……全叛逆索乱之重科難遁事〉ときめつけられたのだ。

赤根に怨みを含む者、高杉らの報復のためのこじつけとばかり思えない。赤根は最後まで進退を誤った。〈数十日之間処々潜伏〉は畢竟《ひっきょう》小心のなせるところであろうか。

赤根武人にとって、せめてもの救いは、かれの首を奪う者があって梟首《きょうしゅ》三日の恥を曝《さら》さずに済んだことである。『防長回天史』にこうある。

梟首の夜覆面の士三、四人来りて刀を抜き番卒を脅かし首級《しるし》を奪いて去り其往く所を知らず。

と。少なくとも三、四人の同志は居たわけだ。以て瞑《めい》すべしか。

第二章　第二奇兵隊

暴　発

正に対する奇は、正規の藩兵に対する奇形の奇であり、奇計、奇策を以《もっ》てする新兵隊の意味もあろう。これを創設し、指揮したのが奇才ある異端児高杉晋作であることを考えれば、自ずから奇兵の名称の真意が解せよう。

長州毛利藩を攘夷倒幕の嵐に引きこんだ過激派たちと、因習的な藩士の間で確執が少なくなかったことは、革命前夜に展開される新旧の常態である。エリート意識はいつの時代にもある。高杉はおのれの手足とするため草莽《そうもう》の兵を集めて奇兵隊を作った。

藩士の軍隊組織が世禄隊と呼ばれたりするが、上士中士の子弟から成る先鋒隊が中核をなしていて、奇兵隊をはじめとする臨時措置の新隊は、有志隊とも呼ばれた。けだし、志を以て集まる者により結成されたものだからである。

奇兵隊の成功と、文久元治の風雲の去来が、靡然《びぜん》として結隊の風を作《な》し、多くの隊が生まれている。その重《おも》だったものが、八幡隊《やはたたい》、御楯隊《みたてたい》、南園隊《なんえんたい》、集義隊《しゅうぎたい》、膺懲隊《ようちょうたい》、鴻《こう》城隊《じょうたい》等である。

これらの隊は、一朝にして出来《しゅつらい》し、まとまったものではない。藩論の動揺や階級差の思惑や思想的合流や袂別《べいべつ》や、さまざまな情勢の変化で、興廃分合、定かではない。結隊と運営にはやはり軍用金の給付が関与するから、藩国財用の関係で、隊制を緊縮し人員を制限したり給与をひきしめたり一張一弛《いっちょういっし》、人員の増減が目まぐるしい。

奇兵隊だけでも五百人、三百人、三百七十五人などと表面上の隊員数も変化している。あまりに諸隊の数が増えて収拾がつかなくなったので、慶応元年（一八六五）三月に漸《ようや》く十隊千五百人という規矩《きく》で統率している。

『防長回天史』に拠《よ》ると、左の通りだ。

隊名	総管	定員	営所
御楯隊	（太田市之進）（御堀耕助）	百五十人	三田尻
鴻城隊	（森　清蔵）	百人	山口

遊撃隊　（石川小五郎）　二百五十人　須々萬。後に高森
南園隊　（佐々木男也《おなり》）　百五十人　萩。後に生雲
膺懲隊　（赤川敬三）　百二十五人　徳地
奇兵隊　（山内梅三郎 軍監山縣狂介）　三百七十五人　赤間関《あかまがせき》
八幡隊　（堀真五郎）　百五十人　小郡
第二奇兵隊（初め南奇兵隊）　（白井小助《しらいこすけ》（輔））　百人　岩城山《いわきさん》
集義隊　（桜井慎平《さくらいしんぺい》）　五十人　三田尻。後に船木
荻野隊　（森永吉十郎）　五十人　小郡の内

以上である。

国を守るための兵は必要だし、それだけの働きもあったろうが、食わせることも大変だった。

食物の怨《うら》みは恐ろしいというが、この食事や給養の問題が、大事を惹起《じゃっき》することになったのだが、藩財政はそうでなくても膨張して賄《まかな》いきれなくなっていたようである。

布令にこんな個所がある。

――終《つい》に今日の勢に立至り数千の人数莫大《ばくだい》の御物入にて量入為出之御目途《めど》更に無之

還《かえつ》て国力衰弱に立至可申に付云々《うんぬん》。

悲鳴をあげている。

だが、これら諸隊が、長州の第一線防衛軍となったのは疑いない。いやでも、その力をアテにしなければならないところに、長州藩は追い詰められていた。

藩内の俗論党が敗退したとはいえ、藩としては第一次長州征伐と外国船の襲来などで、開戦はしたくない。そこで武装恭順などという奇妙なかたちで、時を稼いでいた。

幕府としては威信にかかわるので、一挙に長州を叩《たた》きのめすつもりで、長州再征の勅許も奏請し、訊問使《じんもんし》永井主水正《ながいもんどのしよう》を派遣してきた。

謝罪という名目で、毛利父子の関東下向をもとめ、ていよく人質にしようという肚裡《はら》だった。こうした封建感覚は家康《いえやす》以来、少しも進歩していない。

この訊問使に応対したのが剛腹の宍戸備後助《ししどびんごのすけ》（山縣半蔵《やまがたはんぞう》、宍戸璣《たまき》）で、あれこれと弁疏《べんそ》して、一向に手に乗らない。

主水正は立腹して幕閣に報告すると、老中らは鳩首《きゆうしゆ》して処分案を決定した。曰《いわ》く、十万石の削封《さくほう》。藩主慶親《よしちか》の隠退、世子《せいし》長門守の蟄居《ちつきよ》（元治元年八月二十二日、官位を褫《ち》脱《だつ》された毛利父子は、松平の称号と将軍の偏諱《へんき》を停《と》められ、慶親は敬親《たかちか》、定広は広封《ひろあつ》と改名）、三家老の家督断絶というきびしいものだった。

主水正では埒《らち》があかないから、老中小笠原壱岐守長行《いきのかみながみち》が上使として出馬して来た。

「永井も小笠原もあるものか」

また宍戸備後助が名代になった。武装恭順というのは、イザとなったら闘うだけの下準備はあるのだから、

（どこまで突っ張れるか、だ）

やるだけやって、足を掬《すく》われたら切腹すればいい。そう腹を決めると、気楽なものだ。

二月、広島に着いた小笠原壱岐守は前述の苛酷《かこく》なまでの処分案を下達《かたつ》のため、毛利家及び三支藩、家老の出頭を命じた。四月十五日までに、という。その期限に先立つこと十日、第二奇兵隊に暴動が起こったのである。

岩城山に駐屯する第二奇兵隊は、南奇兵隊とも初めに称《い》ったが、高杉の馬関挙兵に際し、冷泉雅次郎《れいぜいまさじろう》、白井小助らが謀《はか》って大島郡及び室積《むろづみ》方面に徇《とな》えて創設したものだ。その行々《みちみち》沿道に徇えて室積に着いたころは三百人を超えていた、というほどの人気だった。冷泉は総督で、白井が軍監となり、本営を熊毛郡岩城山に置いた。

ところが、間もなく、冷泉は山口の御楯隊に帰り、軍監を二人にした。木谷修蔵《きたにしゅうぞう》が乗りこんできたのだ。木谷はのちの世良《せら》である。

暴動が最初に起こったのは去年の十一月だった。まず、藩の給附《きゆうふ》から事を発した。「食事がまずい」という声が起こった。このあたりの方言で苦情を並べたてることをガマガマ言うというが、かれらは、口々に苦情をいいはじめた。量が足りない。酒ももっと飲ませろ。給銀では賄いきれぬ。不平の声は、一石の波紋がひろがるように、隊中に瀰漫《びまん》していった。

岩城山駐屯はいうまでもなく広島方面、三田尻附近に対する押えであって、隊士たちには第一線を守っている気持がある。

乱暴者ぞろいの諸隊のことで、理論的尊攘《そんじよう》思想で投じた者は少ない。時代の風潮といってよい。真面目《まじめ》な者も中にはいたろうが、食い詰め者が多かった。貧乏郷士《ごうし》や農工商のあぶれ者、出奔者など、時代の混乱に乗じたい者たち。正式の武士になるのはいかに人材を求めた幕末でもよほどの才能があるか、財政建て直しの一翼を担うほどの献金をするかしない限り、格式や伝統があって容易ではないが、なんとなく、弁口《べんこう》の徒の尻馬にのって幕府の政治を非難して悲憤慷慨《ひふんこうがい》していれば、武士づらをして食える時代だった。長州はこうした浮浪者のメッカであり、うとましく思いながらも、戦力として、

(利用するのだ)

と、公言している連中もいた。高杉晋作らである。

諸隊士となれば、給銀は貰《もら》えるし、飯は食えるし、酒にもありつける。憂国の志士を

号して肩で風を切って歩ける。威勢がいいから女にもモテる。ひょっとすると手柄をたてて出世も出来る。当時の西国の若者たちの心をとらえるにたる魅力があったのは疑いない。

当時の給料は詳《つまび》らかではない。屢々《しばしば》増減があったが、文久時代は月俸銀三分あるいは日給二匁《もんめ》前後。大体、身分階級差で三段階くらいにわかれていたようである。後の話になるが、翌慶応三年二月には、〈一口一日米一升月別銀二十匁を給す〉とある。

いつの時代でも若者たちには不平がつきまとう。伸びようとする意志と、あふれる健康さと、年長者たちの牢固《ろうこ》たる支配権——体制である。体制は常に若者の野放図な欲求に理解は示さない。

若者というのは常に不平不満を抱いているものなのだ。その若者たちが大人になると次の世代の無理解者となる。この愚かで賢い繰り返しが人間の社会である。

「おれたちは尊攘運動の志士だ」

「おれたちは長州藩の藩屏《はんぺい》だ」

それなのに、この待遇は何だ⁉

血の気の多い連中でも、特に血気にまかせる調子者が叫びだすと、雷同する声が、まわりを埋める。

百人のはずの兵員が百二十五人にふくれあがったのに、その分の給附態勢が整わぬから、食事の量が必然的に減らされる。酒も二日に一度、三日に一度になる。それらが不満に火をつけたという。

「山口に行こう、あなえこなえ歎願《たんがん》するのだ」

兵隊たちは騒ぎ立てた。

槍《やり》をかいこみ、鉄砲を担ぎ、制止する士官たちを突き倒して屯所《とんしょ》から飛びだす。塩田《しおた》村に至って光明寺に泊った。

ここで意見が二つにわかれた。現代でいうなら内ゲバである。あくまで、山口に無理やり押しのぼろう、とするのと、要求が通るまで、この光明寺にたてこもる、とする一派だ。

内ゲバが狂熱のエネルギーを分裂させ勢力を弱めるのは自明だが、この混乱の中に山口から清水美作《みまさか》がとんできた。

「きさまらの言いたいことはわかった。わしにまかせてくれ」

と、いうことで、このストライキは腰くだけに終った。清水美作は説得力を買われて総督に任命されたのだから、藩政府の人事は場当り的で、定見がない。急速にふくれあがった軍事組織に士官不足人材不足を喞《かこ》ち、簡単な思いつきや縁故で、軽々に任命する。このときは、首謀者になった伍長《ごちょう》が髷《まげ》を切り罪を詫《わ》びて落着、ストライキを解いて帰営している。去年十一月初めのことである。

清水は白井、木谷ら幹部と相談して隊士の慰撫《いぶ》につとめた。

「やつらは血が沸《たぎ》っている。他意はないのだ。戦さとなれば、この連中がものの用に立つのだから」

と、木谷は軽く見ていた。木谷自身成り上がりの荒くれで、どうかすると隊士の野獣性に同調しそうな気配がある。その変質的下三白眼《したさんぱくがん》と張り出した顎に好戦的性格をのぞかせる横柄な態度が、清水にはどうしても馴染《なじ》めない。

そのうちに年が明けると、れいの赤根武人の事件が起こった。木谷は赤根が潜行中にひそかに会っている。それがひっかかった。山口から呼び出しが来、白井小助も巻きこまれた。謹慎処分で済んだが、軍監がいなくては、暴れ者たちは取締れない。

そこで奇兵隊から、林半七《はやしはんしち》をひきぬいて第二奇兵隊の軍監兼参謀にした。

これも連中には気に食わない措置だったようである。林はのちの伯爵友幸《ともゆき》。元老院議官、枢密顧問官まで成った男だ。どちらかというと秀才型で、れっきとした藩士だから隊士とはウマが合うはずがない。

木谷のような粗暴で大酒家の泥臭いところがないと、外人部隊のような荒くれたちを圧《おさ》えられない。毒を制するには毒を以てするしかない。が、それには危険がつきまとう。解毒にならないからだ。事件は四月三日の夜、些細《ささい》な喧嘩《けんか》から始まった。

血気の隊士たちにとって、広島での、ぬらくらした蒟蒻《こんにやく》問答のような駈引《かけひ》きは、ただじりじりさせられるだけだ。

「いったい、いつになったら戦さになるんだ」

なんでもいいから、鉄砲をぶっ放すか斬り合いをやらせてくれ、という気持だ。便々と女もいない岩城山なぞに駐屯していては埒があかない。

戦さが始まらぬことには、現状打開が出来ない。酒も好きなだけ飲めないし、艶っぽい女とも遊べない。村の女たちとよろしくやっている者もあるが、女郎遊びしか知らない連中には、口先一つで娘たちをひっかけることは難しい。このあたりの村では、奇兵隊の隊士に白い眼《め》をむけている。

「祭りがあるらしい」

と、小耳にはさんできたのは、武熊《たけくま》だった。

「ほう、どこだ」

「岩国《いわくに》領だがの、余田《よた》村じゃ。行かぬかい、祭りでは女もうちとけるぞ」

「酒が飲める」と、島橘太郎がべろりと唇を舐《な》めて、「振舞酒がな」

「おらの村では」と、寝そべって藁《わら》を噛《か》んでいた男が言った、「祭りの晩は、くらやみじゃけん、何ばしてもよか。娘でん人妻でん構うこっちゃなか」歯ぐきを剝《む》きだして、下卑た笑い方をした。

「他国者《よそもの》でも、いいのけ？　へねごね言われると、事件《こと》じゃ」

武熊が、それを気にしているのは、この村の娘から手甚《てひど》く肘鉄《ひじてつ》を喰《く》らったのかもしれない。いままでは藤田《ふじた》武熊ともっともらしい名前を名乗っているが、もとは馬喰《ばくろう》あがりで酒と博奕《ばくち》と女に目がない。

「好《え》えだろ」別の男が口をはさんだ、「若い衆に見られなきゃの」

「娘っコは男好きだわさ、男ぎらいの女がいるもンけ。体裁つけちょるだけじゃきに」

「村の男にしてみりゃ、村の娘が他国者とくッ付くのは面白くねいさ。おれらでもな。それに……」と、島橋太郎は仔細《しさい》らしい顔になった、「農兵どもがな」

岩国領は支藩だし、幕府を共同の敵としている現在、上層部には領界の問題はないが、下々のほうには、感情的な対立が免れない。

土地者の農兵たちにしてみれば、何処《どこ》の馬の骨ともしれぬ（全くその通りだ）外人部隊が、大きな顔をして横行するのは面白くない。況《いわん》や、娘や人妻に誘いかけるは言語道断。白眼視するのも当然だ。

なあに、うまくやればいい、一々農兵に遠慮していちゃ、酒にも女にもありつけねいわな。武熊は眼を血走らせていた。村祭りなど、年に何回もあるものではないから、機会を逃したくない思いが、他の者にも動いていた。

四人とも五番小隊で、司令士の櫛部坂太郎をうまく誤魔化して、祭礼に行ったのが昼少し過ぎ。

ところが、あてがはずれた。戦さの不安で日ごろよりも農作に精出せぬうえに、農兵訓練だ御警備だで男手をとられていては収穫が多かろうはずもなく、不安な世情は諸式を高騰させている。僅かな農兵手当くらいでは、収入減は埋め合わせない。

祭礼といっても、他国者に振舞う酒も食物もない。女たちもちっとも浮かれていない。祭りの景気もあがらない。太鼓や笛も一向冴《さ》えない。

「ちえっ、しわりくさい打ち方じゃ。おらに貸してみろや」

武熊はいまいましくて、氏子の手から撥《ばち》をもぎとるようにして、太鼓を打ち鳴らした。自分では、かなりいい音が出たと思ったのだが、誰もほめもしなければ、笑いもしない。

「よそもンが太鼓打ちよったら、村の神さまの腹がつめるでェ」

そんな野次が飛んできた。腹がじくじく痛むという方言だ。そうじゃ、やめろ、と口々にみんなが怒鳴りはじめた。険悪な空気になったので、島橘太郎はあわてて、撥をかえさせて、武熊を押し出すように境内から出た。

「ちえっ、吝《けち》どもが、これえな太鼓、けたえが悪い。勝手にさらせ」

面白くない。四人とも、すっかり不機嫌になってしまった。祭礼のぴィひゃららを聞きながら素面《しらふ》で歩いているなど、気の利かないこと夥《おびただ》しい。

日が暮れると生温い夜気が、一層、鬱屈した感情で四人をとらえた。こんなことなら隊で博奕でもしていたほうがいい。

そのまま戻ってくれれば、何事もなかった。村はずれまで来て、何時だろう、と一人が言ったのだ。

「そこン家《ち》で聞いてみよう」

武熊がつかつかと農家の入口へ近づいた。家の中では笑い声が聞こえた。御祭礼の提灯《ちょうちん》が軒先にかかっている。

「もうし、ちくとお訊《たず》ね申すが、何時ぐらいじゃろうのう」

武熊は胴間声《どうまごえ》で言った。

笑い声がやみ、幾つかの顔がこちらをのぞいた。奇兵隊じゃ、と誰かが囁《ささや》き、子供が脅《おび》えたように、奥へ駈けこんだ。入口近くで酒を飲んでいた若者が、どろりとした眼をあげて、

「昨日の今ごろだわい」

さして悪意はなかったろう、酒のせいもあろう。だが、こっちの虫の居所も悪かった。

武熊が、かっとして飛びこもうとしたのを、島橋太郎は一応押し止めている。

「お楽しみ中、卒爾《そつじ》だが」と、かれは酒の匂いにぐびりと生唾をのみこんで、武熊の言葉を繰りかえしている、「いま、何時ぐらいかのう」

若者は、そっぽをむいた。そして、吼《ほ》えるようにまた言った。

「つんぼけえ、昨日の今ごろじゃあ」

「うぬ！　それが返事か」

我慢もそれまでだった。島が飛びこむと、武熊も二人の隊士も飛びこんできた。

「舐めた口を利きくさって、表へ出ろ」

「なんじゃい、出てやるわい」

その手から、島は酒椀を叩き落とした。酒への怨みは深い。

表へ曳《ひ》きずり出された若者は、六尺ゆたかの巨軀《きょく》だった。四人は奇兵隊にむかって無礼ではないかと言った。だが昂然《こうぜん》と反駁《はんばく》している。

「糞《くそ》でんくらえ、うぬらが奇兵隊なら、こっちは岩国農兵隊じゃわい、このあたりでは、知らぬ者のいねい余田小隊の松二郎《まつじろう》さまじゃわい」

力自慢の上にかなり敏捷《びんしょう》であった。相手が四人もいては、素手ではかなわぬと見てか、やにわに武熊を突き倒すと、素早く島の刀を抜きとっている。

「わっ、こやつ」

ぱっと飛び離れて一人が抜刀した。

「斬るな、斬るな」

島には、まだそれだけの分別はあった。肥満体の武熊は溝の中に片腕を突っこんだので泥まみれになったが、そのまま、農兵松二郎の背後から組みついた。

「どくされめ、打《ぶ》っ喰らわせろ」

抜刀した男は峰打ちで松二郎の手を肘を、腕を殴りつけた。如何《いか》に硬い腕でもたまらない。奪い取った刀をとりおとす。島は素早く拾って手拭いで拭った。もう一人の男が下腹を蹴りあげる。頬げたを殴りつける。島も殴った。耳のあたりを殴りつけ、目つぶしに一発くれてやる。

強力でも巨軀でも、四人がかりではかなわない。力がぬけたところを、武熊は足ばらいをかけて、叩きつけるように道へ這《は》わせ、

「長州の奇兵隊さまを舐めやァがるな」

頭を蹴り、顔を蹴り、どすっどすっと上から踏んづけた。あてはずれた祭礼の酒と女の怨みを一ぺんにぶつけられた松二郎も災難だが、これも軽率から出た身の錆《さび》だ。

ほかにも男衆は二、三人いたが、老人や気の弱い者たちで、助けに出るどころではない。

「奇兵隊に無礼を働いたやつ、屯所へ連れもどって糺明《きゅうめい》する」

縛りあげると、曳きずるようにして、歩き出した。追い撃ちをかけられた際の人質だ。

（手荒だったかな）

と、ちくりと胸に翳《かげ》がさしたが、これで鬱屈が霽《は》れたのは否めない。四人とも、にやにやと顔を見合わせた。三日月が沈みかけて山の端にある。月を見れば時刻など聞くこ

とはなかったのだ。四人とも、それだけ平常心を失っていたらしい。

そしてこの喧嘩が、たんに溜飲《りゅういん》を下げただけにとどまらない、大事件に発展しようなどとは、夢にも思わなかったことである。

文書がある。総督の清水美作が藩庁に提出したものだ。正確を期するために掲げておく。四月五日付の報告書である。

過る三日夜中岩国領余田村に於《おい》て隊中藤田武熊島橋太郎外《ほか》に小隊二人通路之節外より農家へ何時歟《か》と相尋候処内より農兵松二郎と申者昨日之此頃と答候由左様申ては不相分に付押て尋候得共右同様之答致候に付右四人之者内へ入込雙方《そうほう》申結びに相成外に連出候処雑言手向等致候由にて及打擲《ちょうちゃく》終に縛し連帰懸候処岩国方農兵司令士駈付連帰は不為致に付預け方致置候段申置陣屋へ罷帰候……

農兵司令士があとを追いかけてきて、連れて行かれては困るというので、

「では、おぬしに預けるぞ、いずれ改めて掛合いに参る」

島橋太郎が大見得をきって陣屋へ帰ってきた。松二郎乱酔のていをはっきりさせてお

きさえすれば、後々、掛合いに有利だ。

それに食糧も不足だというのに、こんな見るからに大食漢らしい男を連れ戻っても始末に困る。

陣屋に戻って、代わるがわる喧嘩ぶりを話すと、皆大喜びだ。

「やったか、岩国の農兵はどうで一ぺんやっつけにゃならんと思うとったのだ」

「預けてきたとは惜しいことをした。曳きずってきて血祭りにすればよかった」

そんな兇々《まがまが》しいことを言う奴《やつ》さえいた。これが意外に同調者が多かったのも、髀肉《ひにく》の嘆《たん》を喞《かこ》っていたあまりのことであろう。

「どうだ、もう一ぺん、そやつ曳いてくるか」

こんなことを言いだした者がある。その過激な言葉に不似合な男だっただけに、一同は耳を疑った。

銃隊々長の立石孫一郎《たていしまごいちろう》である。

中断するようだが、ちょっと諸隊の軍制に触れておきたい。指揮系統がわからないと、納得ゆかない向《むき》もあろう。

諸隊の長が総管であることは前に述べた。正式には総管であるが、総督と称することが多く正式文書にも総督と書いたものもある。

総管は隊中一切の事を総掌し、賞罰を司《つかさど》り以て厳に隊中の紀律を維持する。これがために実際は殆《ほとん》ど生殺の権を握っていたにひとしい。廉恥《れんち》を破り紀律を干《おか》すこと甚だしき者はまずこれを自ら切腹せしめた後に、藩庁に届けきりにすればよかった。

絶対の信頼を得ていたというのではなく、藩庁の目はそこまで届かない。それに素姓のあやしい奴が多いのだから、藩庁では責任を総管に押しつけておいたほうが楽なのだ。

総管の次に軍監がいる。軍監は総管の副で隊兵を二分するくらいの勢力があった。その他の諸役に差引方、書記、稽古掛、会計方、器械方、斥候がある。隊員編制はおよそ三十人を一伍とし、伍長を置き、数伍をもって一小隊として数小隊をもって一隊とした。小隊に隊長、その副に押伍《おうご》という役付きがある。

この立石孫一郎は備中倉敷《びっちゅうくらしき》の脱走人で、無頼の荒くれに比べれば教養もあり銃の名手だった。はじめ南奇兵隊で第二銃隊々長となって応接掛を兼ねていたのは、弁口の才もあり、風采がよかったからである。

日ごろ荒い声もたてない男だったから、こんなことを言いだすとは誰も思っても見なかった。

岩国農兵隊から使者が来たのは、翌朝のことである。清水美作や林半七にしてみれば、

(困ったことを仕出かした)

というところが本心だ。

農兵隊のほうでは丁重に詫びを入れに来たことで現下の国難を控えてこれ以上問題を

発展させることは、お互いに好もしいことではない。内分に済ませようではないか、ということで、大体話はついた。

が、林半七にしてみれば、軍監兼参謀として赴任してきてまだ、時日は経《た》っていない。隊士に自分が好かれていないことも気がついている。

「この際だ、徹底的に、ひき締めては如何《いかが》でしょうかな」

と、提案した。

「さあ、あまり強くでるのも」

清水が弱気なだけ、林は反撥《はんぱつ》する。

「他領に行くのさえ、軍規を乱している。その上喧嘩だ。場合によっては、一人二人、切腹させたほうがよろしい、いましめになる」

その相談が隊士に洩《も》れた。

岩城山といっても、丘である。百二十五人があちこちに分屯していて警備の木戸や川すじなどに配置されている。この噂《うわさ》はたちまち、みんなにひろがった。

「そんな馬鹿なことがあるか、聞けば農兵が悪いではないか。軍監はどっちの軍監だ。農兵の廻《まわ》し者か」

「武熊と橘太郎が切腹だと？　われらは一蓮托生《いちれんたくしょう》だぞ、二人が殺《や》られたら、その次はわれわれだ」

「くそ、ろくに酒も飲ませもせんで、軍監づらが出来たものよ。鉄砲をとれ、弾薬を集めろ、こうなったら、農兵隊を襲撃だ」

「いや、農兵のこたァどうでもいい、山口に行くんだ、われわれの窮状を藩庁に上達せねばならん、とにかく、鉄砲だ」

誰が何を喚《わめ》き、誰が巧妙に煽動《せんどう》したかは、記憶に残らない。煽動者は常に人のうしろにいる。そして効果だけを見守っている。

「鉄砲だ、鉄砲だ」

自分たちが何をしようとしているのか、それがどれほど正義なことなのか、目的が狂気か正気の沙汰かわからなくなっていた。

昂奮《こうふん》とはそういうものだ。集団とはそういうものである。目的がはっきりしないまま、兵隊たちの狂熱が一致したのは、「鉄砲をとれ」「武装しろ」ということだった。

鉄砲は銃隊が常に携帯しているが、弾薬は五発限りしか持たされていない。それもかなりまちまちだった。後装ミニエー銃は若干あるくらいで、エンフィールド銃が大半であり改良のスナイドル銃もかなりあった。これらの弾薬や予備銃は寺の宝蔵を補修した武器庫におさめてある。

銃隊士数十人が、武器庫を襲って在庫のすべてを奪ったのは、事件のあった翌四日の二更だった。むろん番士が五、六人いたが、集団の襲撃の前には、ものの数ではない。

んでしまった。

「おぬしら、頭を冷やせ、そんなことをしてどうする気だ」

制止しようとした者は殴《う》ち倒され、俵のようにみんなに足蹴にされて藪《やぶ》の中に逃げこんでしまった。

日ごろ空腹の者は、腹いっぱい食っただけで気が大きくなる。粗衣しか着てなかった者は上物をまとうと胸を張る。銃隊とは名のみで実弾射撃などなかなかやらして貰えなかった連中は、弾薬箱いっぱい、両手に抱えきれぬくらい弾薬を持つと、天下を相手にしても恐《こわ》くなくなって、

「本営に行け、総督と軍監をひきずりだせ」

「言いたいことを言ってやるんだ、聞かなけりゃ、ぶっ殺せ」

集団の狂気は恐ろしい。

どっと本営に押しかけた。銃隊々長にして書記役たる立石孫一郎が指揮しているのだ。第一銃隊司令士引頭兵吉《いんどうへいきち》、前記の櫛部坂太郎らが、鉄砲をぶっ放すのだから、銃隊は面白がって撃ちまくる。鉄砲を撃つくらい気持のいいものはない。ジュール・ルナールも言っている。七歳にして子供は破壊の楽しみを持つ、と。狂熱がそれに辶《しんにゅう》をかけた。銃隊が増えた。予備の鉄砲を、ほかの隊士まで持った。見よう見真似《みまね》だ。危険きわまりない集団が本営に押しかけると、清水や林は奥深く隠れてしまって、

「追い払え、みんな、重罪だとおどかすのだ」

事実、これは叛逆罪《はんぎやく》を構成する。書記の楢崎剛十郎《ごうじゆうろう》は困惑して、

「だめです、ああなったら手がつけられません」

「隊長たちを集めて、説得させるのだ」

「それが、立石や引頭まで、いや立石が首謀者らしいので」

「立石が⁉」清水のこめかみに青みみずがきりきりとよじれた。

「誰か山口に急使を立てろ、それから高杉、山縣に救援を頼むのじゃ」

歯の根が合わなくなっている。去年の暴動どころではない。あのときは伍長に率いられた二十人ばかりの不平分子だった。こんどは殆ど全員だ。集団の持つ魔性は七分を包括すれば三分は自ずから吸収される。抵抗力を失わせてしまうのである。個人では弱い連中は、大河の中に巻きこまれることに、むしろ安心を見出《みいだ》す。その流れゆく先が見えなくても。

「絶対に中に入れるな、一人でも入ってきたら、楢崎、きさまの責任じゃ」

楢崎は真蒼《まつさお》になった。

田村石見之助などとともに、数人で表へ駈けだした。

楢崎剛十郎を撃ち殺した弾丸は、誰の鉄砲から飛びだしたものかわからない。怒号と罵声が楢崎の必死の鎮撫《ちんぶ》をかき消し、空に向けての威嚇《いかく》射撃が囂々《ごうごう》と本営を揺すぶった。

入れろ、入れない。会わせろ、会わせない。重罪だぞ解散しろ——この押し問答のうちに数発が、空にではなく、楢崎に向けられたのだ。

三発。腕と腹と額と。楢崎は即死。同時に田村も肩に一発喰らっている。

二人が転倒したのを見ると、わっと喚声をあげた。楢崎のほうは幾分でも気勢を削《そ》ごうとして、無腰だっただけに、やりすぎた、と思った者もいた。が、騎虎の勢いだ。ただ、かれの死は、清水や林を助けたことは事実だ。

「山口に行こう」

誰かが叫び、またわっと雷同する声が起こった。全く定見がない。

「藩庁に歎願にゆこう、総督と軍監の非を訴えようぞ」

その叫びには、楢崎の死も、おれのせいじゃねえ、と身を躱《かわ》す狡《ずる》さが、ひとつの流れを作った。死体から一刻も早く離れたい気持が、黒い泥の流れのように、第二奇兵隊を方向転換させている。

立石孫一郎に率いられた暴徒たちは、塩田村より田布施《たぶせ》へ出、遠崎《とおざき》の浜から船五艘《そう》に分乗した。遠崎はいまの柳井《やない》町（現柳井市）の東一里ほどだ。

とにかく海へ出ることだと、南下して大島を迂回《うかい》して南岸の入江、安下庄《あげのしょう》に上陸した。現在の橘町《たちばなちょう》（現周防大島町）である。立石に従う者、九十五人。

昂奮がさめてくると、自分たちのしたことが、そら恐ろしくなってきた。所詮、信念があってやったことではない。

立石はこの愚かな兵隊たちの心の動きを完全に摑《つか》んでいった。

「もうあとへはひけぬ」

山口へ行くか？　この問いにも、活潑《かっぱつ》な意見はなくなっていた。待遇の不平を鳴らし、陳情するには、どうも理由が薄弱なような気がした。武熊と島橋太郎の助命運動だとこじつけるには、いささかおかしい。処刑は噂だけだったのだ。

（どうして、あんな騒ぎになったのだろう）

みんなしきりに首をかしげ、思いだそうとしている。狂熱の余炎は、悪夢のように残っているだけである。

「いまさら山口へ行っても、どうにもならぬな」

と、立石孫一郎は思案顔に言った。

「楢崎を殺したことはとりかえしがつかぬ。このまま陳情しようとしても、耳をかしてはくれまい。藩では謀叛人《むほんにん》扱いするだけだ。軍律違反で、みな殺しになる」

動揺がわたった。それほどの重罪を犯したという気持がなかっただけに、怖れが黒い津波のようにみんなの胸を浸してきた。

「どうしたらようござろう」

島橋太郎は武熊を促して、孫一郎の前へ出て来た。

「われらの軽率より生じたこと、われらが腹を切れば……」

「無駄死だ、いまさら」と、孫一郎の静かな声が、むしろ辛辣《しんらつ》に聞こえた。「もはや石は転がっている。おぬしらの問題ではなくなっている。われわれ、みんなの問題だ。楢崎を殺したのは、島、おまえではない、武熊でもない、引頭でもない」

「………」

「軍律違反の罪を帳消しにする方法がある。一つある」

「それは！」と、みんなが飛びつくように、身を乗りだして、「それは、それがあれば、どんなことをしてでも」

「手柄をたてることだ」とあくまでも孫一郎は冷静だった。「第二奇兵隊の存在目的、それは尊攘討幕の尖兵《せんぺい》となることだ。幕府の軍を討ち破る。それしかない」

「し、しかし」と、引頭兵吉は鉄砲を磨いていた手をとめ、顔をあげて、「相手が仕掛けてこぬものを、やっつけようがない」

「こちらからやればよい。所詮、戦さになる。腰ぬけ家老どもの武装恭順が、いつまで続くものではないぞ。そうなれば、……われらは口火を切った尖兵となる。一番槍、一番大砲の名誉だ。これしか、暴発の罪を消す手だてはない」

立石孫一郎の言葉は、かれらの胸に光明となってさしこんだ。

まず初めに絶望させておいて、方策を授ける。巧弁である。荒い声をたてないだけ、愚かな者の胸にも滲《し》み通る。燭光《しょっこう》を感じた。

「わしは行く」引頭が吼えた、「隊長の指図通りにする。わしと行をともにする者は立ってくれ」

「おれも、隊長と行くぞ」

櫛部坂太郎がすっくと立った。

これで決まったようなものだった。全員がざわざわと腰をあげた。九十五人の第二奇兵隊である。武熊や島はいうまでもない。武熊など、涙さえ浮かべている。単純な男なのだ。単純さは導火線になるが、火をつけたのは誰だろう。立石孫一郎はみんなを見まわして、はじめてのように微笑した。その白面の下に隠されたものを見抜く力は、この愚かな暴徒たちの誰にもない。

煽動者

事件は意外に早く、山口の藩庁へ聞こえていた。

接幕《せつばく》に宍戸備後助とともに山口と高森《たかもり》を往復して席の温まる閑《いとま》もない広沢藤右衛門《とうえもん》が、山口を出発する前夜つまり六日の夜に岩城山の変報を伝える者があった。

詳細は不明。暴動を起こした連中は船で海上へ逃れたということくらいしかわからない。

「ただちに仔細を調べよ」

辺境の一支隊の暴発にすぎないが藩公も気がかりだ。藩庁で心配したのは、諸隊の暴動は他へ伝播《でんぱ》するからであった。

広沢藤右衛門は翌七日早暁、山口を出発した。途中で林半七に遭っている。途中というだけで何処かわからない。おそらく三田尻ではないか。山口からの海路はおおむねこの港を利用するし、陸路もまた山陽道の要衝であった。藩の役所があり休息所や旅宿も完備している。

林半七は急いでいたが、藤右衛門は委細を聞いた。海上へ逃れたことは確認されたが、どちらへ向かったかはやはり不明だった。

が、現下の情勢から考えて、東へ向かうとは思えない。山口へくるつもりにちがいない、と思った。半七もそうである。先に立石らに駈けこまれて、罪を押しつけられてはたまらないので、あと始末もそこそこに馬を飛ばして来たのだった。

「海上なら、どこぞへ寄港する。室津《むろつ》か上ノ関《かみのせき》だな」

藤右衛門は確信を持った。三田尻で藩船を解纜《かいらん》すると、一路上ノ関へ向かった。

だが、立石らの消息はなかった。九十五人もの大人数である。その行動は隠蔽《いんぺい》できるものではない。にもかかわらず、室津でもわからなかった。

藤右衛門は数日、あたりを捜索して山口に帰った。高森へ行く予定を変更している。武装恭順をうたいながら長州藩には、まだ親幕派に近い保守のいわゆる俗論党が藩公にゆすぶりをかけていた。立石らの一件を幕府に通知したりしているのだ。何も内ゲバを敵にわざわざ知らせることはあるまい。

一説によると、藤右衛門が半七に献策して政府にその必要を説き、政府側も同意見だったという。このあたり、幕府体制の転覆を号しながら、いじいじと旧習を守っているようなところがある。今日から見ると、不思議というしかない。広沢藤右衛門は間もなく兵助と改名し、明治になって、真臣《さねおみ》などと名乗って参議に昇ったが、明治四年、暗殺されている。

広沢も林も、明治の功臣といわれる連中にはどうも抵抗運動にしても、何かふっきれない部分がある。つまり純粋さに欠けるようだ。だからこそ生きのびて、参議、死後は従二位《じゅにい》を贈られるという栄誉を得たのであろう。

これらに比べると、暴発した愚かな連中、武熊にしても島橋太郎にしても、人間的に親しめるようだ。愚かな行為で、損な道を歩み、愚かゆえに、煽動者に踊らされているのに気がつかない。これは、九十五人全部にいえるかもしれない。指揮者である立石孫一郎をのぞいて。

〈尊攘の尖兵〉

と、孫一郎は言った。

「幕軍を討て」

だが、かれが九十五人を向かわしめたのは、芸州《げいしゅう》広島ではない。広島にはすでに幕府の代表たる小笠原閣老が出張《でば》っている。これを急襲するのかと思うとそうではなかった。

「備中だ」と、いう。

不審顔の連中に、孫一郎はこう説明した。戦さに勝つには、強いか、賢いか、だ。おれは後者を選ぶ、と。

その賢明な攻撃とは、かれに言わせれば、本陣の背後を衝《つ》くにあるという。広島まで来ている閣老とその軍勢を孤立させるには背後との連絡を絶つに如《し》くはないと。

背後の拠点は、

「倉敷だ」

昂然と孫一郎は言った。

倉敷は天領である。幕府の直轄地で、代官所がある。代官所は米の集積所を持ち、戦時には後方基地になるから、軍用金弾薬その他満杯になっているはずだ、と。

隊長はどうして備中のことを御存知なのか、と聞かれて、

「おれは倉敷にいた、七歳のときからだ」

舳《へさき》に立って孫一郎は目をほそめている。

左手に備中の陸地が見える。大島を出てから五艘の船は東行した。島々の南側を回り、五艘をばらばらに間隔をおいたり、じぐざぐに方向をくらますなど細心の注意を払っての航行であった。

だから備中国窪屋《くぼや》郡西浦《せいほ》に着いたのは九日の昼ころ。西浦の連島《つらじま》、といっても島ではない。地名だ。ここから倉敷を目ざして、三々五々、潜行した。

立石孫一郎が引頭兵吉に語ったところによると、前名は大橋敬之助、という。倉敷の豪商大橋平左衛門が養父で、三年前に脱走したが、それには深い事情があるらしい。

どちらにしても、天領は幕府領でありその代官所を襲撃することは、第二奇兵隊にとって爽快な上に、目的意識を満足させるものであった。

立石孫一郎は倉敷の見取図を書くと、伍長以上の士官たちに示した。

「いいか代官所はここだ。ここに川が流れている。木戸はここと、ここと……」

一伍ずつ攻め口を指示して三方から攻めこむことにした。流れ玉が味方を傷つけぬためには、四方から包み撃ちが出来ない。

「よんどころない場合のほかは、町に火をつけるな、町人を撃つな。町人農民は味方につけねばならぬ」

倉敷は街並がととのって、酒も美味《うま》いし女も美人が揃《そろ》っていると誰からとなく言いだし、それも士気を鼓舞することになっているようだった。

「酒も女も、代官を血祭りにあげてからだ」

と、孫一郎は笑いを消して言った。

その言い方が、真剣なものだったので、笑いに逃げようとした者も、肩を竦《すく》めた。

「代官は桜井久之助。卑劣で苛斂誅求《かれんちゆうきゆう》、鬼のような奴だ、ああいう奴を生かしてはおけぬ」

「………」

「桜井久之助は、幕府そのものだ、奴を血祭りにあげることが、倒幕へ一歩を印することだ、逃がすなよ」

孫一郎の言葉も表情も、桜井久之助のこととなると、急に憎悪がこもるようである。語気も荒く、声音も甚だしくなるのに気がついた者も多い。

だがそれよりも、いよいよ戦さだという昂奮が一同を包んでいた。代官所の常員は少ない。二十人足らずである。戦時だから多少は増えているかもしれない。それに、幕府側でも近在の農民の子弟で屈強の者を集め、農兵隊を結成している。

聞くところによれば、苗字《みようじ》帯刀《たいとう》御免とか、御年貢半減とか、涎《よだれ》の垂れそうな見返りがある。餌であった。餌に食いつく魚も多い。天領で生まれ、天領で育った者には、幕府批判も、尊攘云々もない。日常の単純反応があるだけなのだ。

慶応二年四月九日の夜――いや正確には十日だ。月の入りは子《ね》ノ下刻（午前一時ごろ）。突然、凄《すさ》まじい銃声が倉敷の眠りを破った。月が沈んだばかりの暗闇に第二奇兵隊の暴れ者たちは、木戸を破り、喊声《かんせい》をあげて代官所に襲いかかった。

この第二奇兵隊一件に就《つ》いての記録はあまりない。実状が不明な部分が相当ある。人数などもそれぞれ違っているのは、首謀者の自白や手記などが無いためと、混乱の中で転々としているからであろう。

岩城山を脱走、遠崎から乗船したのが立石孫一郎ほか九十五人、とする説には、在営百二十五人の人数と、かなりの違いがある。総督や軍監その他、楢崎、田村などのほかの二十人あまりはどうしたのか。一説によると、岩城山を脱走したときは百二十人前後いたのが、遠崎から乗船に際し、立石孫一郎の趣旨に不賛成の者が脱落、別行動をとったという。

だが、この連中は四散したものか、一人も別行動で捕まった者はいない。後に悲惨な目を見たのは、いずれも、孫一郎と行動した者ばかりである。倉敷代官所襲撃が藩庁と幕府を憤激させたせいもあるが、この暴発に誘われて諸隊の動揺も少なくなく、脱走した連中は厳罰を以て臨まれている。したがって岩城山脱走人というだけで、死罪は免れない。それにしては一人の逮捕者の記録もないのは、孫一郎らの行動が派手だったために、司直の眼が一方にむき、逃走を容易にしたのかもしれない。

ところが、この連中が、あとを追って、また合流したのではないかという説もある。それは、遠崎の浜で五艘に分乗した九十五人とは袂別《べいべつ》したのではなく、船が足りなかった、というだけの理由とする。

つまり、大島の安下庄の安楽寺《あんらくじ》に半泊したのは、この連中を待ったのだとする説に符合する。

これらの推測は、いずれも、倉敷代官所襲撃の人数と九十五人が食違うところから発している。在営者との食違いも裏付けとなる。

百三十人計《ばか》り、あるいは百五六十人計り、というのが代官所襲撃の人数とされている。減る、というのはわかるが、増えていることに、史家の興味がむけられるのだ。

前記の広沢の意見を参酌した小田村文助《おだむらぶんすけ》（後の楫取素彦《かとりもとひこ》）の芸藩への届書には、こうある。

周防国南部に罷居候兵卒之内百四五十人如何之旨趣に候哉器械相携当月四日夜令脱走候行方探索厳重取紀可申付候得共其内不取敢致御届候……

この人数の矛盾はしかし、器械云々の点から一つの推測を許されるようである。

この器械というのは大砲のことらしい。多人数の行動には糧食その他の運搬力も必要になってくる。こう考えてみると、西浦に上陸してから人夫を徴発したのか、雇い入れるかしたのではあるまいか。その大砲も分解しての運搬だったようだ。種類はわからない。鉄砲は雷管式になっているが、大砲の場合は、まだ殆どが火薬で点火する。弾丸と火薬それぞれの箱の量もかなりのものだったろう、役夫を必要とせざるを得ない。

砲声が天領の町を揺すぶった。木戸が破られたのは、その小半刻《こはんとき》前である。代官所の周辺へ先行した連中が、番所役人の注進を阻んだ。これらは鉄砲を使わず、刺した。

万全の手配りの上で、砲撃を加えたのである。

「民家を焼くな、弾丸を外《そ》らすな」

立石孫一郎は厳命している。

「憎いのは代官だけだ。代官と役人だけを殺せ。もっとも手向うやつに容赦はいらぬぞ」

代官所の焼き打ちには一刻ほどかかっている。はじめ、大砲を撃ちこんで、あとは鉄砲の一斉射撃で、誘いをかけたが、代官所からは何の応戦もない。

「もぬけの殻だ、われらの勢いに驚いて、とっくに逃げだしたのだ」

反応がないことに、肩すかしを食ったような気ぬけがした。とたんに、猛然と相手は撃って来た。

「しまった。撃て、撃ちかえせ」

どどどッと銃声が天地を揺るがして、相手を沈黙させる。農兵もいたろうが、急場に間にあったのは、少数だったにちがいない。

数倍する銃声の合い間を縫って大砲の音が雷鳴の凄まじさで、この静かな美しい町を恐怖に陥れていた。奇兵隊の乱射は、黒と白の造形美を誇るなまこ壁の塀や土蔵の白亜を無惨に砕き、削り、醜い穴をあけた。

はじめに火を吹いたのは裏門と格子窓である。窓は二重になっていて、無双《むそう》作りで密閉されている。こいつを狙って数発撃ちこんだあと、銃床で打ち破る。さん俵に火をつけてほうり込む。

頑丈な表門は大砲で砕いたくらいでは、なかなか埒があかぬ。桜井久之助はこうした変事を予測していたわけではあるまいが、鉄板乳鋲《ちびょう》で城門まがいの門扉《もんぴ》を作らせたばかりだった。

「焼け、焼け玉でなくては、打ち破れぬ」

大砲が榴弾《りゅうだん》でないことが苦しい。窓と同じく一斉射撃で沈黙させ、決死行で火薬にそこらの砂利をぎゅうぎゅうに詰めこんだ箱を運ぶ。門扉の傍《そば》に置いてきて、それを大砲で狙い撃ちした。立石孫一郎が銃隊々長であった。火薬の認識が、即席に榴弾効果を案出したのである。

だが、この思いつきは、結果から見れば、さして役に立たなかった。代官所役人の心胆を寒からしめるのには有効だったろう。肝腎の半鉄門扉は、僅かに扉の下方を大きくゆがめ、木部分をえぐりとったくらいである。

ここが破れる前に、裏門が破られた。

「ぶち殺せ、代官をぶち殺せ」

孫一郎は狂気したように叫び、おのれも短槍《たんそう》を手にして、走りだした。

それは、百数十人の隊長の立場すら忘れた勇敢な行為というより、血と銃火に狂った狂気の姿に見えた。

誰もが異常になっていたし、権力の象徴である代官所へ闖入《ちんにゅう》する昂奮が、目を血走らせ、怒号し、その喧騒《けんそう》がさらに、かれら自身を狂暴な野獣性にかりたてていた。

誰も、したがって冷静に孫一郎の狂気を見守ってはいなかった。ただ、強烈に目に残った姿が、昂奮がさめたあとで、

(隊長らしくもない……)

と、思いだされたことだ。

日ごろから放埒無頼《ほうらつぶらい》な行動をしている者は、こんな際に多少の振幅も当然だ。猫が虎

になるのは、大したことではない。羊が狼《おおかみ》になれば、冷めて後に、驚きと不審が甦《よみがえ》る。

人間の社会は、どんな時代でも、支配層と被支配層から成り立つ。政治体制であるかぎり共産社会でも変わらない。被支配的境遇に満足している者たちは、それゆえに、おのれの行動が欲望的で卑俗であることを許容し、また、それゆえに支配層へ非人間性を要求する。指揮者は汚れてはならない。下から上への信頼感はそこで成り立つ。

(どうせ、おれらは無頼者で下司《げす》だわさ)

しかし隊長がそれでは困る。

遠崎以来、立石孫一郎とかれらの関係はその意味では完璧だった。白皙明敏《はくせきめいびん》で、冷静沈着――この風丰《ふうぼう》姿勢がかれらを従わせたのだ。

あの狂気は、

「普通じゃない」

誰もが思った。

孫一郎は火と煙の中を狂気の叫びをあげながら代官の姿を捜して走りまわった。

もう鉄砲は役に立たず、槍と刀が凄絶な殺戮《さつりく》で閃々《せんせん》とする代官屋敷である。火を放ってまわる者、傷ついて哀願する役人を、次々と芋刺しにする者、必死に抵抗する者は、数人がかりで滅多斬りにされた。

「殺すな、いや、殺す前に代官の行方を聞き出せ」

そんな孫一郎の叫びは、阿鼻叫喚《あびきょうかん》の地獄の騒音の中でかき消されている。

何処を捜しても代官の姿はなかった。漸《ようや》く、炎上する屋敷から、未練を残して外へ出てきた孫一郎は、がっくりとなって、まるで敗戦の将のような落胆ぶりに見えた。

半死半生の役人三人が曳きずって来られた。桜井代官は広島へ出張っていて、明後日に帰ってくる予定だったという。

嘘《うそ》とは思えなかった。三人は、苦しみのなかでそう言い、前後して死んでいる。

「嘘だ、こいつ、嘘だ」嘘だと思いたい孫一郎の心情は、そんなおのれの惨めさに、自嘲の、泣くような笑い声をあげたことであった。


この華々しく浅ましい一戦と、それにつづく倉敷での一日が、大橋敬之助こと立石孫一郎にとって、生涯での最も輝かしい時間であったかもしれない。

牢を破って、囚人を解き放し、兄を救いだして養家大橋家へ帰った。一刻ほど眠っただけで、暁天《ぎょうてん》に北郊の観龍寺《かんりゅうじ》に詣でている。養父母と祖先が眠る菩提寺《ぼだいじ》である。

桜井代官は討ち洩らしたが、何分の恩返しは出来たような気がした。養父の大橋平左衛門は倉敷では旧家で豪商として聞こえていたが、隣家の米穀商と相場の取引のことで争い、訴訟に敗《やぶ》れた。桜井久之助が賄賂《わいろ》に目が眩《くら》んで平左衛門を曲事としたのだ。兄が孫一郎は人別を抜き、米穀商を斬って出奔《しゅっぽん》した。三年前のことである。人別を抜いて養家とは縁を切ったのだから法的には問題は残るはずがなかったが、桜井久之助はしつこく、何かと大橋家を迫害した。天領での代官の権力は、生殺与奪といってよい。平左衛門夫婦は、悶々《もんもん》のうちに老衰を早めて歿《い》ってしまったのだ。

孫一郎はこの事実を秘していた。

倉敷にいたのは一日だけ。厳密には半日だ。十日の昼すぎには隊伍《たいご》を率いて北上しているから。

「永居して、町の衆に迷惑がかかってはならぬ」

と、孫一郎は町民にも、隊士にも言ったが、真意はこの事実の洩れひろがることを怖れたのではないだろうか。

かれは、代官所襲撃を、

〝公憤〟といい、〝義憤〟ともいった。功利的には、〈功を樹《た》て、以て罪を償わんには若《し》かず〉

おのれも含めて、隊士一同の罪科帳消しのための戦闘だったはずである。

それが、

「私怨……」

わたくしの怨み霽《は》らしに、百人をも利用したと知れたら、どうなるか。

桜井代官を討ちさえすれば、という願いが、この無謀で狡猾《こうかつ》な一挙に駈りたてたのにちがいない。

万一を慮《おもんぱか》ったのか、善行を誇示したかったのか、勢力を増したかったのか、その何《いず》れでもあろう、牢を破って囚人を解き放すに際し、屈強の者、若壮の者を役夫として従軍させることにしている。あるいはこの連中も、前述の百三十人より百六十人という、大雑把な員数にかえられているのかもしれない。

囚人たちにしてみれば、〝私怨〟であろうとも、自由を齎《もたら》してくれた孫一郎は恩人にちがいない。刷毛《はけ》ついででも、利用されても、飯にありつければいい。囚獄の生活は奴隷の思想を骨の髄まで滲みこませるものだ。

倉敷から三里あまり北方の井上《いのうえ》村宝福寺《ほうふくじ》に行き、屯所とさだめたのは、ここが浅尾《あさお》領であり、敵に備えるには恰好《かっこう》の地形だからである。以前、何度か出かけてよく知っていた。

浜から水分山《みくまりやま》を越えて三軒屋《さんげんや》に出、ここで隊を前後に二分し、前隊は右に三須《みす》より浅尾を経て宝福寺に行き、後隊は左に甲部《こうべ》川《がわ》の前後を見張って湛井《たたい》へ出、同寺で会するという、慎重な行軍だった。一刻の眠りで、孫一郎は平常心をとりもどしていた。

(こうなったからは、もはや桜井のことはあきらめよう。如何に生き延びるか、だ)

孫一郎の計画はまず美作《みまさか》へ出ることだった。

かれの生まれ故郷は播州《ばんしゅう》三日月《みかづき》だが、幼時に美作の津山《つやま》にある親族の立石家で育てられた。倉敷を出奔して長州に走るに及び、立石を名乗ったのはそんな関係からである。

ところが、かれらが宝福寺に入るや、浅尾の領主、蒔田相模守《まいたさがみのかみ》は狼狽《ろうばい》した。もう倉敷襲撃の報は入っている。大名といっても一万石だから、旗本の大身とさして変わらない。実高は四千石余、内所はかえって苦しいくらいだ。浅尾には城なぞない。陣屋があるきりだ。国詰《くにづめ》の士卒合わせても百人といない。近代装備で勢いに乗じた第二奇兵隊の敵ではない。

急使を岡山と松山に星馳《せいち》させる一方、温厚な家老を上使として平服で宝福寺にやる。

一応、来意を問わせた。

「われらは毛利藩の第二奇兵隊であるが、志すところあって北国に赴かんとしておる」

立石孫一郎も平静に対した。このときまではまだ余裕があった。

「就いては準備の都合もあり、当寺に二、三日滞留したいと存ずるが」

「それは困ります。正式に毛利家よりの書状を頂いておらぬし、当分人心不安の折、これほどの人数に居坐《いすわ》られては」

「居坐るとは言うちょらん」

櫛部坂太郎が怒鳴った。かれは鉄砲で片耳を撃ちぬかれ、片目が隠れるほどの繃帯《ほうたい》をしている。それも血がべっとり噴き出して凄惨な姿だ。

「二、三日、いや四、五日だ。それ以上は、頼まれてもとどまらぬ。なんとか御許可願いたい」

孫一郎は温厚な微笑をしているが、傍では刃こぼれした刀を研いだり、鉄砲の掃除をしたり、険悪な空気だ。家老は倉皇《そうこう》と帰っていった。

翌日、他の上使が来た。これは壮年の声の大きな男で、仁王のように逞《たくま》しい。即刻立ち去って貰いたい、という強硬な文面だった。

これにも孫一郎は、丁重に申し入れている。

三度目の拒絶はその次の日、十二日に来た。文意はそっくり同じで、使者はこんどは伝来の具足に陣羽織という恰好だ。

このときはもう、奇兵隊のほうでも斥候がさぐってきている。陣屋の近くに松山藩の兵四百数十人が応援に来ている、という。浅尾藩の強腰はそのせいなのだ。

了解した、と孫一郎はにこやかに言った。

「貴藩に迷惑かけるのは本意ではない。立ち退《の》こう」

「隊長、それは！」

と、引頭兵吉が口をはさもうとするのを、白い、女のように指のつけ根に笑窪《えくぼ》のある手がおさえて、

「立ち退く。今日のうちに」

「しかと、お約束下さるか」

「明朝はこの寺が、塵《ちり》一つとどめぬ静かなものになっていましょう」

確かに、宝福寺の翌朝は、静寂そのものだった。

あれだけの人数と大砲や弾丸糧食の牛車、荷車など大世帯《おおじょたい》が、忽然《こつぜん》と寺を去った。夕食を済ませると、支度して、出立する方から掃除をはじめて、宝福寺一年一度の清掃というほどに綺麗《きれい》に掃き浄《きよ》めた。

倉敷の提灯屋で買占めた数十の提灯をともして、がらがら大砲や荷車を曳きながら出立するのを、物蔭《ものかげ》から見送った浅尾の家老たちは、

「月夜に提灯か」

「あの若い隊長、悧巧《りこう》そうな顔をしておった。用心深いのじゃろ」

「やれ、肩の荷がおりたわ。あの無法者どもに牙を剝かれたら陣屋などひとたまりもないわ」

大名でもたった一万石では肩身が狭いから自然、気弱になる。大藩では陪臣《ばいしん》でも三万石前後はざらにいる。家老たちは、松山藩四百数十人に懇切に礼を述べて引き取って貰った。

「大丈夫かな」と、隊長は首をかしげて、「そんなに素直な連中かのう。どうでも一戦

あるものと思っていたが。で、行先は何と申しておりましたか」

「野山《のやま》の妙本寺《みようほんじ》にひとまず参るそうで、いや、厄病神退散でほっとしたわい」

吉備《きび》郡野山村はいまは大和村（現加賀郡吉備中央町）に包含されたが、妙本寺は日蓮《にちれん》宗で俗に西身延《にしみのぶ》といわれるほどの由緒ある寺だ。弘安《こうあん》四年（一二八一）の開山というから古い。現在、ここの鎮守堂は国宝になっている。宝福寺からはやはり真北にあたり、三里あまり。

夥しい提灯の群れは地ひびきさせて流れてゆく。十二日の月が空にある。まことに明月だが、提灯を消そうとしない。湛井へ出て、道は甲部川の左岸に沿う。宍粟《ししぐり》のあたりで甲部川は西へまがっているから野山村へ行くのなら、真《ま》っ直《す》ぐ北進しなければならない。

そのあたりから、提灯が消えはじめた。先頭のほうから、二つ三つと消えてゆく。やがて全部消えた。黒い行列は北上はせず、甲部川に沿って西へ遡《さかのぼ》ってゆくのである。

このまま行けば、伯耆備後《ほうきびんご》のほうへ行ってしまう。そうではなかった。提灯を消したのも北上と見せるためであろう。一里とゆかぬうちに、行列はとまった。河原におりたのである。牛馬荷車大砲や荷物などを河原に置いて、三十人ばかりを残すと、百人あまり、粛々として河原をあと戻りしはじめたのである。

「やつら、厄介払いしたと思うて、枕を高うして眠りこんでいましょうな」

こう囁いたのは櫛部坂太郎。先頭を孫一郎とゆく。

「奇兵隊の奇兵たるところを見せてやろう。浅尾の奴ら驚くぞ、寝耳に水だ」

「宝福寺が葬いで賑《にぎ》わうでしょうな」

河原をひたひたとやってくるうちに月は沈んでいる。

浅尾の陣屋では篝火《かがりび》こそ門前に焚《た》いていたが露ほども疑いを残していなかったから、突然の銃声と鬨《とき》に仰天してはね起きた。代官所夜襲で味をしめた第二奇兵隊だ。銃隊は三分の二、六十人あまり。この一斉射撃は、それだけで戦意を失わさせてしまう。

応射がまばらで乱れていると見ると、槍と抜刀が飛びこんでいった。鉄砲を逆手に持つ者、そのまま棒のようにふるう者。凄まじい殴り込みである。武装するひまもなく、相模守は老臣近習に守られてほうほうのていで逃げだした。家族の殆どは江戸屋敷にいたから、こちらはお国夫人と腰元水仕《みずし》などだけだ。こうなったらかまっていられない。

あざやかな夜襲だった。注文通りの成功をおさめると、息つくひまもなく、銃隊を要所に配置して、宍栗川原の大砲弾薬を曳き戻させる。一方、孫一郎は櫛部と岡山藩の陣所に馬をとばしていった。

岡山藩池田《いけだ》侯はいうまでもなく外様《とざま》の雄藩で、尊攘運動は生温《なまぬる》いが、広島の浅野よりも話がわかる。さきに長州の立場に同情し、幕府の処分に反対だと聞いている。第二奇兵隊の窮状を理解してくれるだろうと思った。

接見は川田村善言寺《ぜんげんじ》の本堂だったが、そして応対の士官の態度も非常に好意的だったが、もう石は転がりだしていた。

山口政府よりの書状はまだとどいていなかったが、（十三日には筑前《ちくぜん》小倉津和野《つわの》へ脱兵糾明厳重捕縛を要請している。第二奇兵隊の一挙に唆《そその》かされて諸隊で脱走者が相ついだのである）芸藩と小笠原閣老のところには来ている。少しおくれて岡山へ来たのには、

御領内立入候儀も有之候はヾ尚《なお》又乍御手数御存分に御所置被成下候

となっている。

毛利藩の気持が、これを処罰して藩辱を洗滌《せんでき》するにあることを内外に示している以上、憚《はばか》りがない。

立石孫一郎は祈るような気持だった。あてにならぬものをあてにしていた。

この二日間、まる一日の苦しみは耐え難いものだった。岡山藩の使者が来たのは十四日の朝。小雨の中を、来た。

ふるえる手がひらいた。

昨烏《さくう》は始めて面晤欣然《めんごきんぜん》此事に候然は備前守殿寛大公正之処置殊《こと》に正義勤王之士に被為

在足下之党攘夷之赤心可被嘉候……

読み下してゆく間、吉報だ、と思っていた。われわれの攘夷の赤心を認めてくれる。切羽詰った行動の理解者だと思った。ところが、そのあたりから文意はおかしくなってきた。しかし、とつづいた。

――可被嘉候得共今般公料（領）騒蔵（倉）敷隣領奪浅尾拠其墟跋扈《ばっこ》之状其罪不軽不鎮之則庶民不能安政令勢ひ不得止事今十四日正午勢を揃雌雄を干戈《かんか》の間に決可申尚佐《さ》藤滝之助《とうたきのすけ》可申述候此旨隊将被申付如此に候謹言

四月十四日　　森下立太郎景郷

立石孫一郎殿

櫛部坂太郎殿

軍　配　下

目の前が真暗になった。なまじ文初で親しみをこめた言葉に接しただけに、反動が大きかった。文字通りの美辞麗句にさえ、一喜する自分が情けなく感じられたのである。

岡山藩は五十万石近い。何千何万でも動員できるのだ。雌雄を干戈の間に決めるなどという戦国用語は遠い昔の、信玄謙信《しんげんけんしん》に於《お》ける甲越《こうえつ》の戦いのように伯仲《はくちゅう》した力の場合にのみ用いて然《しか》るべきではないか。

「櫛部、一騎当千というのは言葉の綾《あや》だなぁ」

「せいぜい三人までにお願いしたいもので」

坂太郎はふいに顔をしかめ、痛そうに耳をおさえた。傷あとが化膿《かのう》しかけていた。

正午とあれば、もう幾らもない。夜襲の成功も一場の夢だ。無念の涙をのんで、立石孫一郎は撤退することにした。

川沿いの道を下った。また海へ出るしかない。途中で五隻の河船を奪って流れに乗った。上陸地点の西浦の連島の東方、亀島《かめじま》附近にやってきた。

「どこへ行くか」

孫一郎には方策はなかった。河船では海へ出られない。浜辺で大船を奪ったらいいと、引頭兵吉が提言した。それしか方法はない。だが、ひとたび転がり出した石は、坂の途中では止れない。孫一郎のいまの心境は、岸にも上れず、沖へも出られぬ片羽鳥のものだった。

敗亡の賦

人間は上昇機運にあるときと、下降線を辿《たど》りはじめるときと、おそろしいほどのひらきが出来てくる。同一人物と思えないほどだ。頭脳も行動も、機運によって開発され、あるいは衰退するのか。

立石孫一郎がそれだった。

武熊と島橋太郎たちの些細な喧嘩から、第二奇兵隊の殆どをおのれの配下にしてしまい、暴徒と化せしめて、岩城山の本営に叛逆させたことも図に当った。

海上に逃れて、備中倉敷まで連れてきたのも予定通りだった。代官所の夜襲も、そして浅尾陣屋の奇襲も、成功した。われながら思いがけないほどの成功だった。

孫一郎の人望と才覚だけではない、いろんな、偶然の幸いと、ツキもあったろう。孫一郎の人心収攬《しゅうらん》の巧みさに出るものとしても、それにも時の運ということが作用する。ただその自信で、ぐいぐい押していったのが、好結果に出た。上昇気流に乗ったときのツキは望外の力が発揮される。それがツキ、というのなら、そのツキが落ちたのか。奇襲をかける強さと、奇襲を受ける弱さの相対性である。

孫一郎は、その奇襲を受けたとき、全くの受身だった。

するどい痛みが頰を掠《かす》めた。百雷の一時に落ちるような、凄まじい轟音《ごうおん》に感じたのも、すでに心が虚《うつろ》になっていたからであろう。それが待ち伏せの銃声だと気がついたのは、あやうく舷側《げんそく》からのめりそうになって、武態に支えられたときである。

「待ち伏せだ、撃て！」

そういいながら、孫一郎は狼狽して、直感力も判断力も失っているおのれに、腹だたしさを感じているのだった。

あの鋭い感性はどこへいったのか。直感的な閃《ひら》めきは、的確に、敵の存在を摑んだのに。川岸の葦《あし》の中、樹《き》の蔭、段落の窪《くぼ》みに隠れてさかんに撃ってくる敵の人数も、銃の種類もまるっきり見当がつかなかった。

ただ、数倍する敵、勝つ見込みのない敵というだけははっきりしていた。

「撃て、玉のつづくかぎり撃て」

船から飛びおりて岸辺の積材に拠って応戦した。せめてもの幸いだったのは、間もなく日が暮れてきたことだ。孫一郎は、船に引きかえすしかない、と思った。宵闇にまぎれ、死傷者を捨ててかれらはふたたび船に乗った。海上へ、海上へ、四面楚歌《しめんそか》の追われる身は海の上にしか息つく場所はなかった。

この伏兵が、あろうことか山口藩政府からの〈御存分に御所置被成下候〉という書状を受け、また倉敷からの飛報に憤激した小笠原閣老の派遣した軍だということは、むろん孫一郎にはわからない。

軍兵千五百が汽船二隻で黒崎《くろさき》に至り、一部は玉島《たましま》に上陸し、附近を守っていた。その連中が発見したことで交戦になったわけである。

前にもちょっと述べたように、毛利藩では高等政策の邪魔になることと、軍律違反を許容すれば、他の諸隊へ波及するおそれがある。それを心痛することもあって、寸毫《すんごう》も仮借なき厳罰でもって臨むことに決まったのである。

事実、奇兵隊はじめ、八幡隊、集義隊、義昌隊《ぎしょうたい》などで脱走する者が出はじめたのだ。藩庁では、第二奇兵隊の編制改正を急ぎ、総督は従前通り清水美作で、脱走兵の処分は槇村半九郎に委ねることにした。誅戮《ちゅうりく》及び臨機処断の権を授けた。もっとも林半七と協議するように、と但し書がついている。

脱兵処罰案は苛酷厳正なもので、こうある。

——最前本陣へ乱妨《らんぼう》に及び脱走之砌《みぎり》途中より抜帰候者迄《まで》重科難遁事に付他藩へ之響合にも相係り候儀故分明相知候上は速に誅伐梟首《きょうしゅ》をも被仰付候事。

但場所之儀は大島村熊毛郡上ノ関三ヶ所最寄之地に於て……とあるが、井上聞多より木戸《きど》貫治《かんじ》（桂小五郎《かつらこごろう》）にあてた書翰《しょかん》の中では、この処分案に就いて、激越な文字が見える。

多人数を処分するのは大変だが必ず厳科に処置すれば国内にも見せしめになる、といって、

──現場を以外藩へも相洩れ候方可然左すれば馬関にて十人上ノ関にて十人山口にて五人萩表にて五人も処置有之候得ば云々。

と、言っている。井上は英吉利《イギリス》より帰国して間もなく刺客に襲われて六ヶ所の重傷を負い、やっと助かったことがあり、暴力を憎んでいた。

槇村の伺定書は三ヶ条にわけられていて、
一、南奇兵隊の陣営に乱暴したるも国外に出ざる者は死一等を免じ流罪。
二、南奇兵隊の陣営に乱暴せし者に非《あらざ》るも国外に附随して乱暴せし者も亦《また》同前。
三、南奇兵隊の陣営に乱暴し並《ならび》に国外に出《い》で乱暴したる者は斬る。
というのだ。一蓮托生で反抗するのを分断しなければならぬ。

ここで南奇兵隊となっているのはいうまでもなく第二奇兵隊のことで、こうした誤記

は当時の記録に散見する（もっとも改編前の呼称だから、関係者の間では、南奇兵隊で通っていたらしい）。名前なぞもアテ字、誤りが多い。

面白いのは、前記の処罪案は諸隊へも配布されたのだが、効果覿面《てきめん》で、集義隊報告書には、

〈本文之趣三隊へ相拘《かかわり》候処粛然如深夜鎮静罷在候〉と見えている。

第二奇兵隊の脱走兵ばかりではない。諸隊では集義隊の四人。山田十郎、英三郎、御《み》簇《むら》五郎、赤瀬英二（司）、前三人は徳山の断頭場で割腹させられたが、大いに悔悟の様子があったという。

四人は脱走に際し、伍中の少年たちを唆《そそのか》している。船の手配で間誤間誤《まごまご》しているところを捕まったのだが、見せしめのため、特に赤瀬の処刑はその少年たちの手で銃殺。〈少年輩より撃殺に及ばせ〉複数である。本邦最初かどうかわからないが、銃殺刑はまだこのころ珍しい。

義昌隊の西太郎左衛門も隊中の人たちを誘って脱走しようと企てているところを捕まって、これは集義隊の三人と同じく徳山断頭場で割腹。これなど、報告書によると〈御時節柄を不顧暴挙相企候段自深く悔悟仕候に付〉とあって割腹処置にしているのだから、武士の立場はきびしい。極刑たる梟首《きょうしゅ》を許されたわけだ。

赤間関の奇兵隊からも脱走者は出た。六人のうち波多野十吉、有田常吉（蔵）、山本

竜之進三人は船木《ふなき》で捕まった。処置は斬首。大下辰之輔、生雲六郎、沓野猪三郎はとうとう行方不明になった。

もっとも大がかりだったのは小郡の八幡隊で、数十人で集団脱走した。黒潟《くろかた》で潮時を待っているところに総督堀真五郎《ほりしんごろう》はじめ軍監など駈けつけて強弁説得、漸く連れもどったが、〈多人数（若年之輩数十人を盟約）を誘導し暴気を企候段不恐上次第〉というわけで、首謀者五人を斬首の上陣門の内で梟首した。五人とは、水戸新兵衛、貫田源之進、野村兼千代、伊藤求馬、中村吉五郎である。

こうして一応、諸隊の脱走騒ぎは落着したわけだが、血気のせいばかりではない。諸隊の不満には共通点があったようである。

広沢より槇村の書翰のなかで、こう指摘されている。〈無趣意之卒等他国にて一挙に及候得ば多安《たやす》く士分の位禄も被請候事と而已《のみ》相考〉隊にいて便々と警備しているだけでは出世できないというわけだ。その不満。尊攘も討幕も出世の手段。純粋思想などない。早く、〝士分の位禄《いろく》〟を受けたい、ための諸隊勤務だとすれば、当然の成り行きだろう。ところが、どうせ集まった連中は浮浪の徒、食い詰め者だからと、広沢ははっきり軽蔑している。

〈無謀無策之浮浪生迚《とて》も将帥《しょうすい》之位は扠置《さておき》兵卒中にても中等以下位之馬鹿者〉これほど長州毛利藩指導者たちの内心をあらわしたのも珍しいが、これだけでも、尊攘運動なるものの実体がわかる。

さらに、斬首の上梟首、銃殺と厳罰したから〈反《かえっ》て後日一際差迫候節之規律締りにも相成り雨降《あめふり》地堅《じかたまる》之訳にて可有之哉不幸中幸歟《さいわいか》と奉存候〉といっているのは、先般の大学騒ぎでのゲバ棒検挙のあと某大臣が言っていたのとよく似ている。体制側の共通感情であろう。百年前もいまも同じだ。大学生の鬱屈した感情も諸隊兵士に似通っていないか。幕府体制を否定する長州藩の指導者たちの体制意識がそこに見える。広沢や山縣、木戸など正義派を称する頂点にある高杉晋作を反体制の体制主義というのはその点にある。

いみじくも、長州藩新体制軍事組織の欠陥を露呈することになった諸隊脱走人さわぎが第二奇兵隊の暴動に誘引暴発されたものであり、その内実が、立石孫一郎の私怨に発したことは、実に喜劇的である。

そして、この喜劇の立役者《パンチネイロー》たる孫一郎にはそれにふさわしい終幕が用意されていたようだ。

西浦から海上へ逃れた孫一郎とその率いる人数はどのくらいいたかはっきりしない。

待ち伏せを喰らって銃撃戦の後、〈隊兵多くは暗に乗じ再び船に搭じて逃れ去り余兵は四散せり〉とあるから、大半が孫一郎に従ったわけだが、死傷者も出たろうし、すでに隊員は当初の人数以下になっていたはずだから、多く見積っても五、六十人を出なかったのではなかろうか。

この人数が、その後そっくり孫一郎と行動をともにしたかどうかわからない。敗戦者には逃亡流寓の困苦が待っている。大砲は捨てても鉄砲で武装した連中だから船を奪うことは容易だ。

その逃走経路を辿ると、備前下津川《しもつがわ》に至り、更に渡海して讃岐《さぬき》の丸亀《まるがめ》藩を頼った。

丸亀は京極《きょうごく》氏、外様だし、ここまでは毛利からの探索通知は来ていないと思ったのだ。ところが、岡山とは指呼《しこ》の間。噂も伝わるのは早い。倉敷代官所焼き打ちなどは大変なニュースだし、奇兵隊の動向は長州藩の台風の〝目〟だから、第二奇兵隊の名称が注意をひいた。幕府側はむろん、長州藩でも厳罰主義で追及しているとあっては、丸亀の勤皇派でも、同情の寄せようがない。こうした小藩では、佐幕も勤皇も大是は藩の存続に帰一する。大勢を占めるのはことなかれ主義である。

丸亀には有名な勤皇やくざといわれた日柳燕石《くさなぎえんせき》がいる。その剛腹な、いわば義俠心《ぎきょうしん》を頼ったのであろう。ところが、燕石は不在だった。ここでも、孫一郎のあてははずれた。不運というしかない。桜井久之助を討つための工作が不在の屋敷の焼き打ちで、墓穴を掘ることになった。またここでも、唯一無二の庇護者《ひごしゃ》が留守という悲運。

墓穴を埋めてくれる手は、もうどこにも見当らなかった。孫一郎たちはまた海上に漂い出るしかなかった。燧灘《ひうちなだ》あたりで海賊でも働くしか生きる道はない。

「こうなったら、当って砕けるしか、活路はない。周防へ戻ろう」

孫一郎は腹を決めた。

「死ににゆくようなもんだがなあ」と、櫛部坂太郎は癖のようになった耳を掻《か》きながら言った。傷はどうやら癒えたが、痒《かゆ》くてたまらない、という。「いっそ江戸へでもいった方がいいと思うんだが」

「逃げまわっていてもしかたがない。おぬしらのことは、おれが腹を切っても穏便の計らいを頼んでみる。何分の配慮はあると思う」

孫一郎の誤算は、とにかく第二奇兵隊の実力を示すことになったのだし、これだけの剽悍《ひょうかん》気鋭の兵隊は、長州藩の先ゆき役に立つ戦力だ、と過大に評価したことである。

戦力が欲しいときには、囚人でも利用するのが古今東西、戦さの実体だ。同人数では、どんな敵にも負けぬ自信のようなものは、たしかに孫一郎にも隊士にもあった。奇襲、転戦、殺戮《さつりく》――実戦がその戦士としての自信をつけていたのは疑いない。

「おれは隊長と同行する。反対の者はそういえ。そこらの島におろしてやる」

引頭兵吉がこういうと、さすがに誰も反対を唱える者は出なかった。

「遠崎ノ浜から、隊長に一命を預けているのだから」と桜井軍記《ぐんき》が言った。それが隊士たちの意思を代弁したことになった。

大津中島に出て大船を奪うと、ふたたび周防灘へ戻ってきた。二十四日の夜陰である。隊士たちを上ノ関岩見島《いわみしま》附近に残して孫一郎は引頭兵吉と二人で小舟に乗り、翌二十五日、室積に上陸した。

まず浅江《あさえ》村の誓教寺《せいきょうじ》に入って住職により清水美作に訴願の書を届けさせた。岩城山の暴動は誤解による血気の連中の愚かな行動で、自分はそれを制止しようとして巻きこまれてしまった。脱走の罪科重々恐れ入り奉り、せめては勤皇忠誠の一助たらんと幕府代官所を襲撃仕るなどの功績有之、隊士の罪科御宥免被下度《ごゆうめんくだされたく》伏して願上げ奉る、と認《したた》めた。

ここに至ってもまだ巧弁をかまえている。清水は知行所の立野《たての》でこの書面を受けとると、直ちに捕縛を命じた。あるいは孫一郎が真実、隊士の救命を考えたなら、腹を切った上で、衷情《ちゅうじょう》を訴えるべきだったろう。そうすれば、一掬《いっきく》の同情を得ることはできたにちがいない。才子の陥り易い詭弁《きべん》となまじ流麗な筆跡は清水の唾を浴びただけである。

誓教寺で沙汰を待っていた孫一郎のところに返事を持ってきたのは、長徳寺《ちょうとくじ》の僧で、清水が会うという。翌二十六日夜、孫一郎と引頭は髪を洗い垢《あか》を落し、身仕舞いして出かけた。

島田《しまだ》橋にかかったあたりで、暗くなってきた。寺の小坊主が提灯に火を入れようとしたので孫一郎は足をとめたが、何気なく見まわした目に、橋の袂《たもと》で急に人影が隠れたように思った。

その刹那《せつな》、孫一郎の脳裡《のうり》に電光のように掠めたものがある。伏兵だ。伏兵が、なぜだ？　罪を認めて出頭する途中である。抵抗の意志のないことは縷々《るる》と述べている。伏兵や暗殺などの必要はない。にもかかわらず、孫一郎自身が、伏兵を感じたことは、清水美作の老獪《ろうかい》さに不信を持っていたからだ。かれを素直に受け入れるはずはない。その不安と絶望が胸の底に澱《おり》のように残っていたのであろうか。

「逃げろ！　待ち伏せだ」

孫一郎は引頭を突き飛ばして、刀に手をかけた。銃声が数発起こり、孫一郎は右腕に焼火箸《やけひばし》を突きこまれた、と思った。突風にあおられたように半転して前にのめった。刀は半ば抜きかけていたのである。一瞬に手先が痺《しび》れ、白刃が鞘《さや》からすべりおちた。がっくり片膝つきながら、左手で刀を拾った。そのうしろ肩を、掛矢《かけや》か何かで殴られたような痛みを受けたが、夢中で小手返しに背後に半円を描いている。馴れぬ左手使いだったが、骨に触れた手ごたえがあり、悲鳴が頭上を奔《はし》った。片脚、薙《な》いだ、と思った。が、反撃はそれまでだった。拝み撃ちの一刀が額から鬢《びん》へかけてざくっと入った。鮮血が眼前を蔽《おお》う寸前、孫一郎はそこらに引頭兵吉の姿が見えないのを知った。

（逃げたのだ）

逃げおおせた、逃げてくれ。すがるような法悦がうすれてゆく意識の中で、孫一郎の唇に淡い微笑をきざんでいた。

引頭兵吉はその孫一郎の最期を、逃げこんだ町家の格子窓から見た。部屋の隅には、突然の銃声と怒号と、そして抜刀の闖入者《ちんにゅうしゃ》に竦《すく》みあがった女たちが、ふるえている。どどっと先を争って戸口に殺到してくる連中に、撃つな、女がいる、と叫び、兵吉は刀を逆手に持つと切尖《きっさき》を心臓にあてた。背中で格子を殴るようにぶつかり反動で前へ倒れた。

知らせを聞いて山口から駈けつけた槇村半九郎は立石の首を梟《か》けさせ、新編制の第二奇兵隊及び麻郷《おごう》兵に命じて岩見島海上の残兵を捕えた。逃れた者も大島郡岩国、山代《やましろ》、小周防《こずおう》、花岡《はなおか》など各地で多く捕われた。槇村の審断、林の検証で、五月末までに処刑された者前後四十八人に及んだ。

しつこく逃げまわったのは櫛部坂太郎と桜井軍記である。櫛部は、〝脱兵巨魁《きょかい》の一人〟と目されていたから、追及の手はきびしかった。岩見島の逮捕を遁《のが》れてから、豊後《ぶんご》、伊予《いよ》、讃岐、但馬《たじま》の各地を流転し、遂に伊予の西条《さいじょう》で捕《つかま》った。三木《みき》某の家に匿《かくま》われていたのだが、その性格は、ひっそりと潜伏など出来ない。〈其行動亦往々海賊類似の聞《きこえ》あるを以て〉とあるから、目立ったのであろう、林半七が命令を受けて部下十数人を率いて乗りこんでいった。西条藩に交渉して逮捕したのが、翌慶応三年六月だから、一年二ヶ月かかっている。二人は投獄数日の後、斬首された。十一月十八日。桜井軍記とはふざけた名前だが、楠木正成《くすのきまさしげ》にあやかってつけたのか、本名生国まるきりわからない。こうした輩《やから》が長州の諸隊には多かったのである。やはり、〝素姓あやしき者〟の集団だったのだ。

第三章　小倉城炎上

幕軍迫る

いつの世でも人間の集団には、常に陥穽《かんせい》が設けられている。人間が人間である以上、そこには地位や立場のギャップからくるところの利害得失の差と、感覚の違い、感情的なものも、集団を一つの塊《マッス》、一つの力《パワー》として形象化することはあり得ない。形骸化された非人間となり得たとき、はじめて集団は一つの方向を発見する。

それが、蜂や蟻《あり》と人間の違いともいえる。個々の感情の集団であるところに矛盾とその抗争を宿命的に孕《はら》んでいるわけである。前述の高杉晋作と赤根武人の相剋《そうこく》、立石孫一郎と一般隊士の暴挙は長州藩をもって回天の主役たらしめんとする意図に悖《もと》る事件だ。

高杉晋作の創設したときの奇兵隊は、目的のために、私心を捨て団結して事に当る存在でなければならなかった。

隊規を紊《みだ》す者は斬る！　規約は簡にして字句また広義の解釈を許すが、その指向する所は士分としての体面にある。切腹、斬罪で奇兵隊を除名された者が少なくなかったのは、その厳しさを物語っている。

藩侯と藩政府のバックアップで創設され、賄《まかな》われながら、藩政府を攻撃し、所謂《いわゆる》正義派の青年行動隊的な存在であったことに特殊性がある。

たとえば、会津藩の新選組《しんせんぐみ》、見廻組《みまわりぐみ》などが、単に京坂《けいはん》に於《お》ける別動隊の意味しか持たなかったのとは、根本的に違っている。

当初はそうした藩政府の意向があったことも否めないが、高杉は強引に主導権を握るに至った。熱血の連中がこれにならって、次々に兵を集め、隊をこしらえ、藩政府ではこれらを諸隊として扱い、利用しようとした。利用されると見せて、主導権を握ったのは逆手である。

先の第一次長州征伐では、装備の貧弱さと外国艦隊の聯合《れんごう》による強力さで、敗北に追いこまれ、藩政は因循《いんじゅん》な俗論党の握るところとなった。

かれらの考えは進歩改革の限界が公武合体であり、徳川幕府の大諸侯たる長州藩であることを以《もっ》て事たれりとする、保守安逸を目的としている。いわゆる正義派や晋作らの改革派は、〝藩の存続を危ぶませる害虫〟であった。保守の俗論党が資本主義で、改革派、いわゆる正義派が革新の社会主義という図式はこの場合あてはまらない。ある意味では晋作はゲバラであるが、またヒットラーの要素をもその性格と行動から見出《みいだ》すことができるのだ。

嘗《かつ》て上海《シャンハイ》に遊んだときは、欧米諸国の文明の高さに驚嘆し、開国論に傾斜しながら帰国するや、極端な国粋主義の尊攘《そんじょう》の急先鋒《きゅうせんぽう》となる。そこには思想の一貫性は見られない。若さといってしまうには、あまりに揺れすぎる。そうした行動の中で、常に一貫しているものは、権力への攻撃と利用。アウトサイダーながら権勢への憧憬、そして自己顕示欲だ。

革命児たることが必ずしも、改革を意味しないという両面性の、かれなりの融合がそこに見られる。ただ、その野望の大きさが、小心翼々として小成に甘んじる一般と比較すれば偉大に見えるにすぎない。高杉晋作はもし長生きしていたら、その意味でマキャベリズムの権化になっていたかもしれない。

ともあれ、俗論党にとっては邪魔な存在だった。敗戦と同時に左翼が擡頭《たいとう》したように、俗論党は正義派の領袖《りょうしゅう》を切腹、あるいは斬罪にして巻きかえしにでた。高杉は身の危険を感じて筑前に脱出——このあたり、実に鮮かである。戦後、わが世の春とばかり暴れ回り火焔瓶《かえんびん》闘争を先鞭《せんべん》づけた日共の徳田球一《とくだきゅういち》は レッドパージ後、巧みに中共に逃亡したが、リターンすることなく、異郷で死んだ。晋作は雪の中を孤舟に痩軀《そうく》を托《たく》して潜入、奇兵隊の生き残りを糾合して蜂起。疾風迅雷《しっぷうじんらい》、藩庁の支所などを襲い、勢力を挽回《ばんかい》し、またたく間に藩論を牛耳る地位にのし上がった。

つまり、敗戦による屈辱的約束のすべてを放棄させる体制——抗戦組織を作ったのだ。その意味でも第一次大戦の賠償責任を一蹴したヒットラーに似ている。

幕府では怒った。

「こんどこそ長州を叩《たた》き潰せ」

勅許を得て、各大名に令し、長州へ征討軍を繰りだしたのだ。

長州藩の藩是は、再征軍の動きだした当時は〝武装恭順〟という巧妙な態度で応じている。

敵対はしないが、武装はしている——ということは、眠そうな眼《め》つきの獅子《しし》や虎も爪をのばし、牙を研いでいると、いうにひとしい。

広島まで訊問使《じんもんし》が来て呼び出しをかけるのをぬらりくらりと弁疏《べんそ》しては時間を稼いでいた。第二奇兵隊の事件が起こったのは、このときである。事件の核心はきわめて私的なことに由来しているが、煽動《せんどう》されたとはいえ、百人もの人数が、踊らされたということは、それだけの素地《したじ》があったことを意味する。

武装恭順という誤魔化しが、内部で感情崩壊をもたらしていたのだ。高杉がいつになく動かなかったのは、藩論が一致すれば、あとは時機を待てばよい。その時機は各藩改革派の連携による長州再征中止にある。すでに筑前福岡の野村望東尼の山荘で、高杉、西郷、坂本《さかもと》の三者会談が行なわれたらしい。再征が中止になれば、幕府の面目は失墜する。その機をはずさず、不信任の突き上げで、討幕へ一気にもってゆこうというのだ。

こうした革命リーダー、あるいはクーデター首謀者たちの肚裡《はら》は、下々にはわからぬ。一介の草莽《そうもう》の志士たちの知るところではない。すでにして、ここで革命集団に於ける階級差が判然と露呈されていた。第二奇兵隊も諸隊も辺鄙《へんぴ》な地方の守備を命じられ、晋作や領袖たちは、連夜紅燈《こうとう》の巷《ちまた》に遊び、茶屋酒を飲み芸妓《げいぎ》の膝枕で、〝やがてくる、われらの天下〟の夢を語っていた。

むろん、その間に軍備を整え、薩長土《さっちょうど》三藩聯合《れんごう》の密約の裏づけを固めていたのであるが、明治以来の待合政治の源流となったことは疑えない。

さらに、第二奇兵隊の処分が苛酷《かこく》だったことも、ただに軍規をただすという理由ばかりでなく、倉敷代官所襲撃は、長州の関知せざる暴徒のしわざと表明し力説するためにも、敢《あ》えて、その処置をとったといわれる。愚父豚児を殺して賢婦ひとりおのれを守るという官僚政治の萌芽《ほうが》が見える。

さて永井訊問使があしらわれて江戸へ帰ってきたことに激怒した幕府では、閣老小笠原壱岐守長行《いきのかみながみち》を派遣して最後通牒《つうちょう》の膝づめ談判をはじめた。

のらりくらりと鉾先《ほこさき》をそらす長州藩に対し、十万石削封《さくふう》と、藩主慶親《よしちか》の隠退蟄居《ちっきょ》、世《せい》子《し》長門守の蟄居、幼嗣子《ようしし》与丸《よまる》の家督——を最後的に強制するために、藩主父子に出頭を命じたが、病気で出向できないという。では家老を、ということになったが宍戸備後助もそこまで来ていながら、足が痛いなどと見えすいた嘘《うそ》をかまえて時間稼ぎをしている。そのくせ手まえ勝手な陳情はする。幕府に反抗の気持はなかったのだから、何分とも寛大な処置を願う、などと、ぬけぬけと述べたてる。とうとう長行は怒って宍戸と副使小田村を捕えて芸州池田侯へ預けた上で、征討諸藩に総進撃を命じたのである。

期日は六月五日。

幕閣でも、この戦さが威信恢復《かいふく》にかかっていることを百も承知しているので、大軍を送りこんできた。

すなわち先鋒総督には紀州《きしゅう》侯徳川茂承《もちつぐ》。副総督は老中松平《まつだいら》（本荘《ほんじょう》）伯耆守《ほうきのかみ》宗秀《むねひで》が任命されて、六月三日には広島に到着した。小笠原閣老は九州側総督となって海路豊前の小倉へまわった。西と東から防長二国を包んで挟撃する戦法だ。石州《せきしゅう》口は福山《ふくやま》浜田兵、芸州口は井伊（彦根《ひこね》）榊原《さかきばら》（高田）の兵が先鋒となり、後詰には、紀州大垣《おおがき》宮津《みやづ》の軍勢を配した。四国口は松山兵がふさぎ、彦根、馬関と海峡をはさんで対岸の豊前には、九州諸藩の軍勢が集まることになっていた。

これに対して、長州藩は、防長四境を固めて、決戦に備えた。芸州口である大手小瀬《おぜ》川《がわ》方面には総督毛利幾之進《いくのしん》の遊撃隊を主力となして御楯隊のほか岩国兵が加わった。例の第二奇兵隊暴発の因となった農兵たちが含まれていた。膺懲隊《ようちょうたい》、鴻城隊《こうじょうたい》などは浅原《あさばら》方面で総指揮益田孫槌。石州口は支藩である清末《きよすえ》、須佐《すさ》の藩兵に南国隊、精衛隊が加わっていた。総指揮は名目上藩侯だが、実権は大村益次郎《おおむらますじろう》が握っていた。清末侯は山口に来ていることが多い。

北東南方の守りがこれで完璧であり、肝腎の馬関口——馬関海峡方面が奇兵隊の守備範囲と定められたのは、最も激戦が予測されたからであり、また高杉晋作が自ら申し出てのことだ。

「小倉藩には、申し分がある」

と、軍議の席で晋作は昂然《こうぜん》たるところを見せた。

高杉はひところから見ると、かなり痩せていた。もともと肉附《にくづ》きの悪い体質の上に、痩せが目立ち、頬など削《そ》いだように落ちている。顔色も悪く、ときどき、悪い咳《せき》をした。筑前流亡時の無理がたたって胸を悪くしているようであった。深酒して妓《ぎ》と戯れることが多かったのも、病気の自覚をまぎらせるためもあったにちがいない。

小倉藩への怨《うら》みとは、先年の四国艦隊とのいわゆる馬関戦争のときのことを言っているのだ。晋作ばかりではなく、奇兵隊の誰もが、腹に据えかねた。長藩では勅命に応じて攘夷《じょうい》の口火を切ったのに、外交問題で悩まされた幕府から小倉藩に慎重な行動をとるように機先を制されて、攻撃しようとはしなかった。のみか、田ノ浦に上陸したフランス軍艦に薪水《しんすい》を提供したり、むしろ、利敵行為をしている。豊前領から砲撃すれば海峡のせまさが大いに利となったはずなのに、沈黙を守っているから、敵艦は小倉側を通り、ために貧弱な馬関砲台では着弾距離の短さに、地団駄踏んだものだ。

剰《あまつ》さえ、

「そちらでやってくれぬなら、当方でやるまでのこと」

と、砲台を設置しようとすると、

「それは困る。幕府の許しがない以上……」

と拒んだ。奇兵隊の壮士たちは一戦をまじえても占領してしまえ、と乗り込んでいって田ノ浦を占領した。

攘夷は勅命だから、奉じねば逆賊だ。小倉討つべし、として罪五ヶ条を数え、弾劾書を正親町《おおぎまち》少将に提出して、小倉征討の先鋒を乞うというところまで発展したのだ。

五罪とは前記のことを、一々数えたてたのである。

長州シンパの所謂《いわゆる》勤皇公卿《くぎよう》たちを動かして、もう少しで小倉征討の勅諚《ちよくじよう》が出ようとした矢先、幕府の巻き返しでクーデターがあり、長州は逆賊、七卿落ち、そして長州征伐、という苦境に急転したわけなのだ。

小倉藩への怨みの深さは、このことによってもわかる。

「さあ、いよいよ小倉の狸《たぬき》退治じゃあ」

奇兵隊の壮士は、白刃をうちふり、鉄砲をあげて喜び、勇躍、馬関に進んだ。吉田に駐屯していて命令を受けとったのである。

一ノ宮に着陣して、編制したときは、四百二十五人。高杉は海軍総督となり、主に海上全般の指揮をとり、奇兵隊総管には山内梅三郎が任じられた。四百二十五人は七銃隊に大別され、砲隊は四隊。各銃隊長には押伍《おうご》（伍長）がつき、ほかに小隊司令士、半隊司令など役職があり、軍監は前と同じく山縣狂介、福田俠平《ふくだきようへい》で、参謀が三人、書記一人。ほかには長府侯の兵報国隊と山内の手兵正名団と名づけたのが百五十人。全部で七百人余というから残りの百二十人ばかりは身分ある者の従者とか小者などであろう。いずれも意気軒昂《けんこう》、寝刃《ねたば》を研いで、西の陸影を睨《にら》んでいる。

宿怨

長州が小倉を怨んでいる以上に、小倉では長州を怨んでいた。人間の立場の相違は、常にお互いが〝正義〟に固執していることにある。立場の相違で、正義の解釈も色分けも違ってくる。

「無謀な長州が！」

浮かれた攘夷論などで外国船を砲撃するから悪いのだ、という気持がある。すべてはその過激思想、一部のはね上がり分子の所為《せい》だ、と見ていた。どこの藩にも、どこの家にもそうした青年たちはいる。そいつを押えるのが大人の良識ではないか。

小倉藩のほうから見れば、長州藩は、その悪童どもに引きずられて、一家中が気狂いになったように見える。

もともと、小倉藩は保守の空気が強い。

藩祖小笠原忠真《ただざね》は徳川家康の外曾孫にあたる。譜代《ふだい》大名としても関係は深いほうだ。明石《あかし》から小倉に移封したのは寛永《かんえい》で、以来連綿として豊前六郡十五万石を維持して来ている。たんに縁辺というほかに、譜代大名の九州における存在意味が、強力な外様への圧《おさ》えであることはいうまでもない。地図を一見してわかるように、豊前の小倉は西国街道の要衝である。九州の咽喉部である。九州外様への探題であり、毛利元就以来一筋縄でいかない防長毛利氏の看視も兼ねている。

長州再征の決定は、

「こんどこそ本当《ほんなごつ》に長州ばやっつけられるばい」

と硬骨派を欣喜《きんき》させた。

近いだけに、情報が早い。長州藩の動きが手にとるようにわかる。密偵もむろん入っていたが、何気ない往来の旅人の口から伝えられるだけでも内情を窺《うかが》うに足る。

高杉晋作が潜入帰国以来、狂的な過激派の巻き返しが功を奏して、藩内が武断一色に塗り潰されてくる様子は、小倉藩の褌《ふんどし》を引き締めさせるのに吝《やぶさ》かではなかった。隣家の犬が牙を研ぎはじめるのを見て、あわてて塀を高くするようなものだ。だが、この獰猛《どうもう》な犬は、高塀ぐらい難なく飛び越え、塀をぶち破る逞《たくま》しさを持っている。

毛利氏はもともと石高からいっても小倉の倍以上の大国で裕福な上に、新田開発などで実高は七十万石からの収益があり、したがって藩兵の数でも問題にならぬ。その上に狂犬のような奇兵隊をはじめとする諸隊の所謂、〝尊攘派志士〟は食いつめ者や人斬りに狎《な》れた暴徒だから、強い。思想はとにかく、血気のあまり国を飛び出した放浪の連中だ。温室育ちには太刀《たち》打《う》ちできない強靭《きょうじん》さ、勇猛さを持っている。かれらだけでも数千人というのだ。先般の田ノ浦占領の際、その非道横暴さに無念の涙しながら、手を出せなかったのは〝慎重なる観察〟を要求されたからでもあるが、狂気したような外艦砲撃の集団に圧倒されたのも事実である。

儒教精神に訓育され、剣の心を活人救世の道として学んだ士道と、既成の秩序に安住出来ない圧迫感の吐け口を、体制打破の殺人剣に見出した連中の血狂いとでは、はじめから勝負がついているようなものだ。

人を斬ったことのある者と無い者では、同じ腕前でも格段の違いが生じる。生胴と巻《まき》藁《わら》ではまるきり違う。そこから生じる自信の差が、抜刀したとたんに段ちがいとなってあらわれる。

隠忍自重《いんにんじちょう》の美徳など、喧嘩《けんか》馴《な》れた連中の前では、一片の反古《ほご》でしかない。

（だが、闘わねばならぬのだ）

小倉藩の中老、島村志津摩《しまむらしづま》は昂奮の渦中にあって冷静に戦局を予測していた。

心強いことには、再征決定と同時に、幕命を受けた九州諸藩が、続々軍兵を送りこんできたことだ。

小倉藩の支藩には新田で一万石の小笠原近江守《おうみのかみ》、播磨安志《はりまあんじ》の飛地、これも一万石の小笠原幸松丸《ゆきまつまる》などがあるが、いずれも、本家危しとばかり家来を引具して小倉入りした。

小倉小笠原とは、遠縁になる閣老の小笠原長行のほか、大目附《おおめつけ》として塚原但馬守《つかはらたじまのかみ》、永《なが》井監物《いけんもつ》が来た。ほかに目附として木下大内記《きのしただいないき》、松平左金吾《さきんご》、斎藤図書《さいとうずしょ》が徒士《かち》目附、お小人《こびと》目附などと随行している。幕府がいかに小倉を重要視しているかわかる。その護衛を兼ねた旗本たちは、講武所《こうぶしょ》組と八王子《はちおうじ》の千人隊で、隊長は多賀靫負《たがゆきえ》、長坂血槍九郎《ながさかちやりくろう》である。

主力となる応援の軍勢はまず肥後《ひご》の熊本藩。細川越中守《ほそかわえつちゆうのかみ》はむろん出てこないが、名代《みようだい》として家老の長岡監物《ながおかけんもつ》、中老溝口蔵人の指揮のもとに一万の精鋭。それぞれ城外専教寺《せんきようじ》と足立《あだち》村福聚禅寺《ふくじゆぜんじ》を本営として、兵士らは小隊単位で村々に駐屯した。何しろ大部隊だから、せまい城下の町家では収容しきれない。

その次の大部隊は筑後《ちくご》の久留米《くるめ》藩。これも有馬中務大夫《ありまなかつかさだゆう》の名代として中老渡辺内膳が千人近い兵隊を連れてきている。これは本陣を城下の小姓《こしょう》町宝典寺《ほうでんじ》に置き、紺屋町《こんやまち》から鳥町《とりまち》あたりに分散宿泊した。町民たちにしてみれば、町を守ってくれるという感謝がある。

これらの大部隊が戦線を張れば、狼《おおかみ》のような奇兵隊も歯が立つまい、と思われた。その安易な考えに暗い影がさしたのは、他の九州大々名、隣国の黒田《くろだ》、鍋島《なべしま》、薩摩の島津などが、幕命に従おうとしないことだった。

黒田や鍋島はしぶしぶ近くまで出てきたが、島津は、はっきりと拒絶した。長州征伐そのものが反対であり、内乱を招くような戦さは中止すべきだとまで、意見を表明している。これはもう長州の味方だと公言しているにひとしい。薩長土の密約も、こうしたかたちで、うすうす感づいている。

福岡の黒田藩は、もともと保守党の強いところだった。加藤司書《かとうししょ》や平野国臣、野村望東尼など勤皇党への弾圧は苛烈《かれつ》だったが、時勢が微妙に動いてくると、どうしても灰色になってくる。

筑前と豊前の国ざかいに布陣して、一歩もこちらへ入ってこようとはしない。国ざかいが洞ヶ峠《ほらがとうげ》であった。鍋島藩もまた直方《のうがた》村あたりに駐屯して成り行きをうかがっている。

黒田や鍋島にしてみれば、薩長の動きを無視できない気持になっていた。ことに鍋島などは、長州から鉄砲など発注したりして、かなりに親密で改革派のシンパが多い。その点は有馬藩にも、新しい動きがあったが、渡辺内膳は硬骨で聞こえた保守である。久留米水天宮の神官真木和泉《まきいずみ》や淵上郁太郎《ふちがみいくたろう》らの運動に弾圧をもって報いていた男だ。真木和泉が天王山《てんのうざん》で討死したことから、いまは逼塞《ひっそく》気味にあるが、内在した親長州の空気は、保守派の老人たちをますます硬化させていた。

六月三日に小倉へ着いた小笠原閣老は、炎暑に閉口しながら、いささかの迷惑と、大いなる期待に迎えられて城下の馬借町《ばしゃくちょう》開善寺《かいぜんじ》に入った。

「いよいよ、明日から進撃じゃ」

小笠原壱岐守長行はつとに英邁《えいまい》の聞こえ高い貴公子である。すらりと長身で面長の蒼《あお》白《じろ》い顔には緊張をやわらげるつもりか、いつも微笑をたたえているが、それは見ようによっては柔和というより、気の弱さを感じさせた。

(頼りにならぬ御方だ)

島村志津摩は、不安の黒いものが胸にひろがるのを知った。

幕府の存続と倒壊と――どちらが国家的利益につながるか、民族の至福を齎《もたら》すか、それは志津摩の関知するところでなく、この戦さの意義まで考えようとは思わない。ただ小倉十五万石の家老として本分を尽くすだけだった。その戦さの総指揮者としては、あまりに線が細く、荒野に出《い》でて狼と闘うのに頼りなさをおぼえた。

（おれがやらねばならぬ）

あらたに編制された軍制では、中老六人をもって六番組にわけて隊長として、一番手二番手と称した。ほかに銃隊は別に定め平井某、高橋某を小隊長に任じたほか、遊軍、小荷駄《こにだ》（輜重《しちょう》隊）を定めた。

番手の組それぞれに三百人の下士と卒を置く。一組百人で士分は二組の槍《やり》隊から成り、残りをやはり二組にわけてこれは卒である。役職としては隊長の下に御旗奉行、大目附、番頭《ばんがしら》、物頭、軍師、使番《つかいばん》、御筒頭……この称呼を見てもわかるように、すべて旧式の軍法にのっとっている。あまりにも古い。長州奇兵隊の新しい兵制と対比するならば、すでに勝敗を明確にしていなかったろうか。頼みの銃隊たった二小隊、それも西洋銃陣というふうに名づけていたらしいところから見ても、古風さは歴然たるものだ。

新装備の奇兵隊の狼のような闘争心の前に、武者人形を並べたような――むろん、長州藩の前衛として、農工商を問わず志ある者を徴募して諸隊を作ったように、小倉藩でも、右の士卒以外に有志を集めて作ってはいた。がそれでもたかだか三百名あまりである。むろん鉄砲を扱える者は一人もおらず、槍も持たぬ。身分階級差は一藩の危急存亡の際にも、なお根強い壁に支えられていた。

そうした欠陥は、開戦となれば、いやでも露呈されずにいない。

表面上の兵員だけで、優劣をきめるなら小倉藩の聯合軍の方がまさっていたろう。馬脚をあらわすのに、半月とかからなかった。

すなわち、小笠原閣老が、総進撃を命じた日から十一日目——六月十七日の払暁《ふつぎょう》、馬関海峡は突然、火を吹いた。

暁闇《ぎょうあん》は霧のため一層ふかく海上の船影も見わけ難い時刻であった。

田ノ浦には島村志津摩、門司村には渋田見新、中間に小笠原織衛《おりえ》が布陣して、一衣帯水の馬関を望んでいる。寝苦しい夜の暁闇がうすれかかったころ突然、大砲をぶちこんできたのだ。

陽《ひ》があがってからわかったことだが、田ノ浦に向かったのは丙寅丸《へいいんまる》に率いられた癸亥《きがい》丸《まる》と丙辰丸《へいしんまる》で、門司村を襲ったのは坂本龍馬《りようま》の乗った乙丑丸《いっちゆうまる》と庚申丸《こうしんまる》だった。

寝耳に水で小倉藩兵は狼狽《ろうばい》した。暫《しばら》くの平穏が、眠りを深くしていたのだ。

「奇襲だ！」

と、小倉兵は怒りに駈《か》られたが、長州側では、

「大島の報復」と号していた。

というのは、小笠原閣老の方針に遅れること僅か二日、六月七日には上ノ関沖に姿を

あらわした幕府の軍艦が大島を占領したのだ。

周防の東端、安芸《あき》灘に面したお玉杓子《たまじやくし》のようなこの島は、例の立石孫一郎が暴発して遠崎の浜から船に分乗、一まず上陸して行動を決めたところだが、その安下《あげの》湾に入ってきて、安下庄《あげのしょう》、外入《とのにゅう》に砲撃、さらに周防東端の海岸線を砲撃して、油《ゆ》（由）宇《う》、前《まえ》島《じま》へ上陸している。

油宇へ上ったのは伊予松山の兵で、前島を占領したのは広島大本陣からの幕兵だった。一応こちらにも長州兵は配置されていたのだが、農兵などで弱かったから、正規兵の猛攻でもろに敗退している。

高杉晋作は急報に接して三田尻から丙寅丸で室津に行き、第二奇兵隊の軍監林半七と襲撃奪回の謀をめぐらした。何しろ幕府の軍艦は富士山丸、翔鶴丸《しょうかくまる》、八雲丸《やくもまる》（以上汽船）、旭日丸《あさひまる》（風帆船）、等々の艦隊だから、正面きっての海戦はできない。晋作ほか、乗組は山田市之允《やまだいちのじょう》や後の光顕伯爵《みつあきはくしゃく》田中顕助《たなかけんすけ》らだから、指を咥《くわ》えてひっこみはしない。

深夜、ひそかに艦隊に近づいた。十二日の夜である。

安下庄とは反対側の久賀《くか》沖に、碇泊《ていはく》しているのへ、孤艦突っこんでいって、撃ちまくった。小さいから小回りが利く。月があるはずだったが梅雨空《つゆぞら》は重く垂れこめていて奇兵隊に幸いした。

「丙寅丸乗組山田市之允報告」によれば――賊艦へ乗懸《のりかけ》砲発七八発も打懸候得共狼狽致

候哉《や》賊艦よりは砲発不致候……とある。しかし丙寅丸のほうでも、〈暗夜に付玉付矻《たまつきしか》と相分り不申候へ共〉とあるようにさしたる損害を与えるに至らなかったが、旭日丸を傷つけ、混乱を巻きおこして、第二奇兵隊の大島上陸を助けた。小笠原孫右衛門《まごえもん》の率いる浩武隊《こうぶたい》三十七人が油宇の敵へ突撃して多くを仆《たお》し、大島に渡ると僧兵からなる護国団とともに安下庄を奪取、久賀村からも敵を追った。占領軍は幕艦に乗って逃げ去っている。

「こちらはこれでよし、次は馬関じゃ、小倉の出鼻をくじいてやろう」

小笠原閣老が小倉に回ったことはすでにわかっている。高杉晋作は、閣老こそ幕府そのものだとして戦いを挑んだのである。

汽船は当時まだ少ない。高価だし航海術の習得者も少ない。多くは帆船である。したがって、多勢を運び、あるいは同一行動をとるには、帆船、櫓舟《ろぶね》を曳航《えいこう》することになる。先の大島郡への幕兵の進攻も和船数十艘を軍艦が曳《ひ》いてきて上陸させたのだ。

丙寅丸は癸亥丸と丙辰丸を率いて走りながら田ノ浦へ砲撃をかけた。払暁七ツ時過――というから午前四時過ぎだ。

「撃て撃て！　長州の二十五斤《きん》砲の威力を見せてやれ」

殷々《いんいん》たる砲声は早鞆《はやとも》の瀬戸《せと》から周防灘一帯にひびきわたった。暁闇をひき裂いて飛来する弾丸は浜辺や海水に落ちていたが、しだいに明るくなってくるにしたがい、正確さを増してきた。

田ノ浦砲撃の第一発が合図だったように、門司の方からも砲声が聞こえた。これが坂本龍馬の率いた乙丑丸の応砲だったのである。

乙丑丸は薩摩が買ったユニオン号で、いわゆる桜島丸《さくらじままる》だ。丁度龍馬が海援隊士《かいえんたい》とともに操縦して来ていたので、晋作が説いて砲撃させることにしたのだ。

説いて――といっても、無理口説きではない。龍馬のほうから買って出たいほうだったろう。もっとも、表沙汰になっては困る。かれらが上陸しなかったのは、そういう配慮のゆえである。

これら艦隊の砲撃は、いうまでもなく、まず駐屯の敵の度胆をぬき、混乱のうちに、長州兵を上陸させて敵勢を一掃する。旧田ノ浦も新開の田ノ浦、そして門司村と敵をほふって、馬関海峡を渡り、小倉城を陥れて、豊前地方を従《したが》えるにある。

丙辰丸のあとから、伝馬《てんま》、小早《こばや》などの軽舸《けいか》を連ね、奇兵隊、正名団、報国隊のほかに奇兵隊の砲隊士までが乗り込んでいたのは、敵陣の砲台を毀《こわ》すか分捕《ぶんど》るかするためだった。操作に馴れた者なら、余分の労力なく、それが出来る。

だが、さすがに田ノ浦の守兵は、島村志津摩の薫陶を受けた門田隊だけのことはある。周囲に落下破裂する弾丸にもめげず、猛然と反撃してきた。旋条砲は新式でこそなかったが、正確な狙いで、癸亥丸の一部が破損し、指揮をしていた士官山崎四方七がふっ飛ばされた。即死であった。

「くそっ、あの砲台をぶっ飛ばせ」

これを見た丙寅丸から友の仇《かたき》とばかりどんどん発射されてくる。癸亥丸は砲座がぐらついて沈黙してしまった。丙辰丸からも田ノ浦砲台を狙い撃ちにしてくる。大久保《おおくぼ》の砲台が粉砕され、住吉《すみよし》も沈黙した。そうするうちに、ふいにばたりと砲声がやんだ。

「どうした？　命中したか」

島村志津摩は、汗を拭きながら目を凝らした。

海上には彼我《ひが》の硝煙が漂い、漸《ようや》く明けてきたにもかかわらず判然としない。長州艦の三隻の影はおぼろに見えるが、三本マストの丙寅丸も、他の二隻も、火災を発した様子もなく、傾いてもいない。

「はて、弾丸がなくなったのか」

それにしては様子がおかしい。疑惑が雲のようにひろがった。そのとき、けたたましい叫びがあがった。敵だ、と誰かが叫び、その叫びを打ち消すような喊声《かんせい》が、わーっと、海浜にまきおこり、どどっと銃声がひびいた。

硝煙の渦巻きのながれる底に、新式だんぶくろの長州兵が見え、三つ星に一つ引きの毛利の紋章が幾流も朝風にひるがえり、次から次と上陸してくる伝馬や小早で浜辺はたちまち黒く塗りつぶされてくるように見えた。

「ひるむな、引きつけて撃て、みな殺しにしろ」

浮足立つ配下を叱咤《しった》して、志津摩は倒れた男の手から槍をもぎとった。汗で手がすべった。督励しながらも、絶望が暗く鋭く胸を咬《か》んでくるのを拒めなかった。銃隊の貧弱さが、いまさらのように思いかえされる。

（なんという滑稽さだろう、わしらが古すぎるのか、奴《やつ》らが新しすぎるのか）

志津摩は身に鎧《よろ》っている具足をひき剝ぎ、投げ捨てたいような気がした。

砲台には幔幕《まんまく》を張りめぐらし、夥《おびただ》しい旗を立て、竹束、楯《たて》、土嚢《どのう》を積んで砲座を作っている。こんな仰々しいことをするよりも疎林の中に隠していて発射すれば、それだけ狙われることが少ない。たとえ砲火が目印になるにしても、幔幕や旗で、ここだここだと、目標を教えているような愚かさよりはいい。

それに、この大時代な鎧《よろい》だ。兜《かぶと》から腹巻、籠手《こて》脛当《すねあて》佩楯《はいだて》に至るまで、戦国時代から一歩も進んでいない。重くて不自由なのに、かれらの軽快さはどうだ。

筒袖パッチのだんぶくろに白い兵児帯《へこおび》をしめて刀をさしている。陣笠《じんがさ》か鉢巻か、軽快そのものだ。鉄砲を担ぐのも、撃つのも、軽やかで敏捷《びんしょう》な動作は、混迷の時代のまがう方なき存在——明日へつながる行動性の象徴として、志津摩を圧倒した。かれらの手にした銃も、小倉藩のゲベール先込銃《さきごめじゅう》とは違い、新式らしく操作が早い。

びゅんびゅん敵の弾丸が飛んできた。

「近づいたら斬込むのだ」

嗄《か》れた声で命じながら、こう近くては伝来の鎧も弾丸《たま》よけにはなるまい、と思った。

上陸してきたのは奇兵隊第一小隊山田鵬輔《ほうすけ》、第一銃隊久我四郎《くがしろう》、第六銃隊三浦五郎《みうらごろう》、第七銃隊鳥尾小弥太《とりおこやた》、一番砲隊神田撰十郎《かんだせんじゅうろう》、そして報国隊などだった。その一部は田ノ浦門司村間の新開地に備え、残りは弾雨をおかして突進してきた。

前にかれらのことを獰猛きわまる狼と評したが、命知らずで剽悍《ひょうかん》という意味でも、それは正しい。

火と化した鉛玉を真向《まっこう》に浴びながら、抜刀をふりかぶって突進してくるのだ。汗にまみれた顔で怒号し、歯を剝《む》き、ぎらぎら眼を光らせ——

そこには理非を超えたいのちの燃焼があった。膏《あぶら》ぎった生命感が、閃々《せんせん》たる白刃と照応して、一種の魔力となって小倉兵を襲った。正兵と奇兵との違いは、正気と狂気の違いともいえる。異常な時代の、狂気だけが持つ強さである。あるいは、この日の異常なばかりの暑熱のせいでもあったろうか。

白兵戦はその強弱の差を判然とさせた。小倉兵は浜辺の砲台を捨てて、山上に逃げのびた。

「それ叩き毀してしまえ」

砲兵は早速、大砲の破壊にかかる。山上にも砲台が出来ていたが、海の方をむいて固定してあるので、こちらには届かぬ。

小銃で狙い撃ちしてくる。手こずっているうちに、門司の方から奇兵隊第二銃隊が応援にくるのが見えた。

これは田ノ浦と門司砲撃に守備兵の眼が分散しているのを幸いに、古城山《こじようやま》の麓《ふもと》に上陸した連中だった。

乙丑丸は門司村砲台と陣所に数十発の大砲を撃ちこむと馬関に引き返した。坂本龍馬と海援隊である。これ以上、とどまって戦ってはボロがでる。奇兵隊の方にしてみれば、たしかに、これだけでも御《おん》の字だった。あとは庚申丸が門司沖合に錨《いかり》を投じて、どんどん砲撃した。これに応じて壇ノ浦の隠蔽《いんぺい》砲台も海上を越しての長距離砲撃をする。四国艦隊に攻められたときは、みんな着弾距離が短くて切歯したので、先般あらたに設置したものだ。

駈けつけたのは三好六郎を隊長とする奇兵隊第二銃隊、堀潜太郎《ほりせんたろう》の第三銃隊、岩本勘九郎の二番砲隊、時山直八《ときやまなおはち》参謀らの率いる正名団、報国一小隊などで、半数は門司村陣営に斬りこみ、残り半数が早鞆の岬にある砲台を襲った。この連中である。

「おうい、そっちの砲台はまだか」

「頑強な奴じゃ、おぬしら向うへまわれ、一気にやってこまそうぞ、挟み撃ちじゃ」

新式スペンセル元込銃《もとごめじゅう》やシャープス騎銃などの一斉射撃には、鎧武者もたまらない。山上の砲台を捨てて山中に四散した。

「追え、追って門司村まで突っこむのだ」

少数が田ノ浦を守り、合流した奇兵隊たちは、住吉社内から山越えして楠原《くすばる》へ追走、小倉兵は横撃されて、転走するしかない。二手にわかれた奇兵隊は追って楠原に至り、近江守の本陣に放火して、さらに幸松丸の兵をも撃ち払い、門司で総督山内梅三郎の率いる奇兵第四、第五小隊並びに三番砲隊、四番砲隊などと会した。

「この勢いに乗じて一気に小倉城へ迫ろう」

という者が多かった。望外の勝利は昂奮を伴い、思慮を誤まらせるものである。

山内はじめ、軍監の福田、参謀の片野十郎、書記の湯浅祥之助などはいつになく気をはやらせていたが、高杉は珍しく慎重論でおさえた。

「初戦ではすでに勝った。長州藩の威力のほどを九国に示したのだから、引き上げるに如《し》かず。虚《むな》しく敵地に留まるも、進んで小倉へ追撃するのも賢明ではない」

そして、門司を焼き払い、馬関に引き上げた。大軍だったから、二度に運んだのだが、丙寅丸はさらに庚申丸が柁《かじ》を折られて、流されているのを牽《ひ》いてもどった。奇兵隊の死者は飯田権之進以下数人だった。が、捕虜八名を得、銃砲兵器等分捕っていたし、敵の被害を数えれば大勝利といわねばならない。

田ノ浦では、小倉藩兵をして馬関へ斬り込みさせようとして用意した小舟数十艘《そう》が燃えあがっていた。むろん放火したからである。

自ラ焚ク

「必ず、門司を取りかえしに来るぞ」

そのことは予想されたが、大部隊をとどめておく設備はない。農民も漁民もみんな家を捨て食糧などは米一粒あまさず携行して近在の縁辺を頼って逃散《ちようさん》している。門司村と田ノ浦と古城山には、占領地の確保に必要最小限度の小部隊を残留させた。

小倉兵の逆襲があった場合は、古城山砲台から狼煙《のろし》をあげる手はずである。

一ノ宮の本営にもどった奇兵隊は快勝の祝酒をあおったが、高杉晋作は、両肥《りようひ》、筑前、久留米、柳川《やながわ》の五藩に書を送って、かれらの不安感の解消につとめている。策士である。遠交近攻策でもある。

——大膳大夫様長門守様多年御忠誠之御心事天下之公論不可欺条理明白天地鬼神へ相質《ただし》候て毫末《ごうまつ》も可羞懼儀無之候……

忠誠とは、天朝への忠誠で、つまり幕府の存在を頭から認めない。こういう論理には、旧体制否定から新体制希求の底意が見える。

——然るを幕府奸吏《かんり》之輩《やから》猥《みだり》に私心を挟み不容易事件を申立兵威を以て是非可令脅服との謀略当此時臣子之至情実以痛哭《つうこく》之至に候尚其《なおその》内も御誠意貫徹致候はゞ自然公平至当之決議も可有之と度々広島表まで歎願申出今日に至るまで悲泣黙々罷居候豈料《あにはからん》於広島表暴《にわか》に銃隊を以て御名代として被差出候宍戸備後助其外を縛し加之数艘之軍艦を以領内所々砲撃市街を焼払ひ土民を殺害する等之儀実に奸悪無道之所業……

舞文曲筆《ぶぶんきよくひつ》という言葉があるが、全く表現如何《いかん》で、白も黒になる巧妙な文章である。これで見るかぎり、長州藩は温厚篤実な小市民の集りで、ひたすら幕府権力に恐れおののいている子羊の如《ごと》くである。幕府という猛虎、豺狼《さいろう》が悪虐の限りをつくして、おらをいじめた、何もしねえのによ、と巧弁をかまえている。天下周知の浮浪人集団をもって、山犬の如く天誅《てんちゆう》剣とやらをふるっていることなど、けろりと忘れている。

もしも封建制度、そのものへの懐疑と否定、革命心があるならば、堂々と披瀝《ひれき》すればいいわけである。あくまでも〝いじめられたから堪忍袋《かんにんぶくろ》の緒を切った〟これでは浅野内匠頭《たくみのかみ》の弁解と同じで、思想でもなんでもない。つまりは、かれらが幕府にとって代わりたかっただけだ。(そのことは明治政府の悪政と暴戻《ぼうれい》を見ればわかる)幕府の制度そのものへの批判否定ではなく、徳川幕府を訴えている。ここに革命思想の貧困さがある。

――最早何程情実を以て申宣候ても決して聞入無之然る上は常々覚悟之通臣子之分相立候外余算無之此度及戦争候儀に御座候是迄《これまで》箇様《かよう》之《の》暴論とも不相考条理恭順を以て兵機を誤り終《つい》に莫大《ばくだい》之羞恥を負候儀全以臣子之大罪今申訳無之次第に御座候……

いくら勘弁してくれと詫《わ》びても許してくれないので、家に火をつけて、わからず屋の亭主とそのシンパをやっつけてやった、でも御近所に迷惑をかけるつもりはないのさ。という非論理に恬然《てんぜん》としている女房のせりふに似ている。あんまりあたしが叱られっぷりのいい女房すぎたのがかえっていけなかったようだねえ、と、どこまでも殊勝な顔をしてみせている。高杉晋作に女性的な狡智《こうち》な面がうかがえる。女は先天的に嘘吐《つ》きである。

これを五通、書きながら、どんな顔をしていたろうか。策士であるおのれに満足していたにちがいない。悪女と伝えられる女に悪女はいない。おのれの悪を巧妙に隠して、常に他人の同情を惹《ひ》こうとする女の悪を、晋作は持っていた。時に処女の如く、同情憐愍《れんびん》を集め、終りに脱兎《だっと》の如し、というやつだ。

——於御藩は従来之御定論も有之殊に御両敬之御間兼て御懇誠を蒙候儀に付勿論貴藩へ対し□隙無之儀御座候ば死力を以及争闘候儀毛頭有之間鋪《まじく》就中《なかんずく》小倉藩之如きは兼て怨恨も不少此度幕府奸悪之所業に付ては抽《ぬき》て令主張尚切りに促兵期候由其聞有之弥以万々可悪奸猾《かんかつ》中《もうす》までも無之……

うらみつらみの呪咀《じゅそ》にも似た中傷のあげくに、〈——御出張御重役之御方被仰合御一定之御国論を以朝廷向御助力之御處置有之度奉願候恐惶《きょうこう》謹言〉と結んでいる。

中国人は喧嘩をするとき、友人でも夫婦でも、家の中で殴り合いなどせずに、外へ飛びだして、両方で背中合わせになって近所の人へ、自分の正当性と、相手の不当性を述べたて喚《わめ》き散らす。日本人のようにつかみあいや西欧人のように殴り合いにはなかなかならない。第三者の口説き方に上達するだろう。晋作は上海《シャンハイ》に遊んだとき、あるいはそれを身につけてきたのか、狡智を弄ぶ卑小な性格は先天的のようでもある。

そして、女の涙がよく男を瞞《だま》し終《おお》せるように、晋作のこの弁明状もまた、五藩に対して効果を発揮したようである。

紙幅がないので、並記できないが、谷潜蔵の名で、政事堂に提出している報告書には、人家を焼き払ったこと、フランス式元込（銃）等の名器（不知其数）を奪ったことなど得々として報じている。女性的な二面性のあらわれである。

こうした、密書が届けられたとは知らぬ小倉藩士たちは、

「かれらが傍観していたからだ」

と、いきまいた。あの大軍が開戦と同時に進発してくれたら、海上戦だけにとどまり、田ノ浦〈人家を悉《ことごと》く焼払〉、門司を焼かれることも占領されることもなかったはずだ。

肥後兵は広寿山《こうじゆさん》を本営として大里松原《だいりまつばら》を守り、幕府旗下の千人隊は赤坂《あかさか》附近、久留米兵は長浜《ながはま》の浜辺を守ったまま、応援の兵を出そうとしなかった。対岸の火事視していたのである。

小笠原閣老はじめ大目附などは何をしていたのであろうか。進発救援の命令を出した様子もない。小倉藩を信頼、といえば体裁はいいが実戦の経験がなかったので、ただ周章狼狽《しゆうしようろうばい》、指揮どころではなかったのであろう。閣老は政治家であって軍人ではない。将器ではなかった。

それにしても小倉藩の貧乏クジは、あまりにもひどかった。武将として島村志津摩が、この恥辱を雪《すす》ごうとやっきになったのは当然であろう。

かれは、諸藩の非をなじるのをやめ、協力して巻き返しの決戦に持ちこむことを提案した。

「まず御軍艦順動丸《じゅんどうまる》を以て大里の沖に出で、船島《ふなしま》の砲台と陣屋、馬関の町などを砲撃すれば、敵船が出撃してくるのは必定、これと海上決戦をいどむ一方、われら先鋒三手は海岸の砲台より応戦する。予備の砲を牽いて用意しておきます。この応戦の間に乗じて、対岸の彦島《ひこしま》を占領して頂きたい。千人隊と肥後藩、並びに四番手中野一学どの三百人。この陣容なれば彦島の守備兵など一蹴できましょう。さらに後陣として、近江守さま幸松丸さまの兵が続くなれば、長州側は腹背に攻撃をうける羽目になる。彦島と馬関は川のような小瀬戸で区切られているだけ、これを押し渡るのは難くはない。いまや長州を討つには、これしか手がございません」

志津摩は縷々《るる》として熱弁をふるったが、小笠原閣老も塚原但馬守も、興のなさそうな顔で、

「その時機ではない」

と、繰り返すだけだった。

はじめからかれらには戦意はなかったのだ。役目上、小倉に来ただけで、その脳裡《のうり》には妾《めかけ》の肌と、江戸屋敷の贅沢《ぜいたく》な生活しかなかったのではないか。

二十四日の朝、二隻の外国軍艦がやってきた。小倉城下では、応援のために来てくれたのだと思ったがそうではなかった。翌日には出発してしまったのである。これは魯西亜《ロシア》と仏蘭西《フランス》で、数人の士官が水兵に守られて上陸してきて、閣老と談笑しただけで

ある。その上、塚原但馬守はその軍艦に乗りこんでいってしまった。広島に報告という口実が、命拾いさせた。

「閣老も逃げだすのではないか」

「まさか。公儀の名代なくば、われらがなんのために血を流すのだ」

小笠原閣老が島村志津摩の出撃提案を斥《しりぞ》けたとき、器械（銃砲）未《いま》だ備わらず諸藩来会の兵数未だ足らず、と言ったが、出兵督促が功を奏したのか、大分集まってきていた。軍艦もやってきた。

「さあ、いよいよ、閣老の重い腰もあがるぞ」

その期待が、しかし実現しないうちに、長州兵が、また奇襲してきた。七月三日の昧《まい》爽《そう》である。やはり、前回と同じ時刻。大瀬戸に碇泊中の富士山号が、突然、至近距離から大砲の連発を喰《く》らった。

こうしたこともあろうかと、船島、小森江《こもりえ》の線には看視の小舟を置いて、潜入を許さない。木ノ葉舟一枚通さぬ、はずだったのである。どうやって潜りぬけたか。

咄嗟《とっさ》には、天から降ったか、潜水してきたか、味方の裏切りかとすら思った。が実は、小瀬戸をぬけ、彦島の北岸を迂回《うかい》し響灘《ひびきなだ》へ、反対側から来たのである。

それも上荷船を用いていた。二艘を結合し三貫目の大砲三門をのせてサン俵や何かで大砲を隠し、乗組んだ砲手と漕手《こぎて》が五人。それでも誰何《すいか》されると、適当に誤魔化して縫い進んだ。至近距離から富士山号に三発発射した。船腹を傷つけただけで貫通しなかったのは、やはり大砲が小さかったせいだ。積載砲をぶっ放すと役目が終ったとばかり決死隊は逃げだす。富士山号ではあわてて戦闘準備にうつる間に、時を待っていた弟子待砲台が吼《ほ》えた。

幕艦めがけて砲身も焼けよと射ってくる。応戦するよりは逃げるに如《し》くはない。奇襲に対してまともに撃ち合うのは心配なのだ。三艦とも泡を喰らって小倉港に逃げこんだ。

奇兵隊の狙いはそこにあった。

すでに深更の海を渡って門司に上陸していた奇兵隊は、海岸、本道、山手の三道に分かれ暁闇を身にまとい大里の近くまで進んできていたのである。

海上の砲声と汽船の逃亡を知るや、奇兵隊は一斉に鯨波《とき》をあげて大里に押し寄せた。火を放って三方から乱射を浴びせた。

軍艦は逃げるし、奇襲を受けてはひとたまりもない。小倉兵は陣所から逃げだした。追走はげしいあまり、動顛《どうてん》した小倉兵は東はずれの町に火を放って逃げた。

指揮していたのは山縣である。深追いはさせなかった。手痛い打撃を与えたのを見ると、

「もうよい、それくらいにしておけ」

と、兵を収めて引き上げた。大里には守兵を置いた。門司から大里と、着実に小倉城

の咽喉《のど》もとへと奇兵隊は解放区をひろげてきたわけである。

奇兵隊はその名の如く奇襲戦法を得意としただけに、奇襲が成功したときは、敵を混乱壊滅させるが、正面きっての戦いには苦戦することも少なくなかった。

二十七日の第三回の攻撃の場合がそれだった。小倉城では、延命寺《えんめいじ》、馬寄村《まいそう》、上鳥越坂、山越町に至る防塞線をひいて、長州軍の侵入を阻んでいる。もう戦火が街を焼くことは免れ難いとして、町人たちは避難をはじめていた。

長州方の偵察では延命寺と馬寄の防塁《ぼうるい》がもっとも固く見えた。赤坂の延命寺は小笠原近江守、幸松丸の本陣で、ここを抜かれたら小倉城の存亡は旦夕《たんせき》に決する。馬寄村近辺は島村志津摩を主将格に、渋田見新、小笠原織衛の軍が守っている。

上鳥越あたりを肥後熊本藩、山越町は講武所組千人隊、筑後久留米藩という陣容だったが、延命寺がこの戦線の中心部をなしていたことは、近江守が藩主大膳大夫忠幹《ただよし》公の名代として金の采配を振っていたからだ。

忠幹公は長い病床にあって、この存亡を賭けた戦さに臨めぬのを残念に思っておられると発表されていたが、実は去年すでに死亡していたのである。このことは厳秘に附されていた。危急の際に、太守の死は、藩内の動揺を齎《もたら》し、士気を衰えさせる、と家老たちは相談し、御内室とも計って、深く喪を秘めることにした。嗣子豊千代丸《とよちよまる》が十歳にみたない幼君であったからでもある。

戦さが終ればすぐにも公表するつもりだったのが、長びいたために、忠幹の魂魄《こんぱく》は宙に浮いたままになっている。そうしたことも小倉藩首脳部に一種のうしろめたさを感じさせていたようだ。

ともあれ小倉城は守らねばならぬ。近江守と島村志津摩が計った防衛戦は、門司から大里を通り、赤坂、長浜を通って小倉城に至る本街道（西国街道）であるところの海岸通りが、敵の主力攻撃路になるはず、と見て、新町から馬寄、藤松《ふじまつ》を第一の塁、延命寺を第二の塁とした。この間に藤松谷から鳥越坂がある。現在高速道路を通すにもトンネルを掘っているほどで、これは間道《かんどう》である。街道はこの小山の北端が海になだれおちる海岸を走っていて、小倉城下に入る東方の木戸となっている。

つまり、長州軍を、この嶮《けん》で食い止め、丘上と馬寄、藤松谷の上から雪崩《なだれ》撃ちに海岸へ追い詰め、これを海上から幕艦が砲撃、殲滅掃蕩《せんめつそうとう》するという作戦だ。

この作戦は殆《ほとん》ど完璧に見えた。

長州軍は奇兵隊を主力に正名団、報国隊、磐石隊《ばんじやくたい》その他で三千の新式装備軍をもって、前記の丙寅丸など四艦の援護のもとに新羅浜《しんらはま》に上陸、猛然と襲撃してきた。高杉晋作は、からだの工合が悪く、馬関に残って山内、山縣が陸海の指揮をとっていた。

長州艦隊の果敢さもしかし、当時日本一を誇る富士山丸の装備の前には大人と子供で、陸上兵の援護をするよりも、どうやって巨砲を避《よ》けるかに腐心するしかなかった。

作戦通り小倉軍は、大里から雪崩をうって敗走し、馬寄からの伏勢は追走してくる長州軍を横合から撃った。ために、海岸通りへ流れたところへ巨弾が落下する。たちまち混乱して隊伍《たいご》は乱れ、奇兵一小隊の山田鵬輔は丘上の砲台奪取に先頭に立って斬りこんだが、狙い撃ちの弾丸に仆《たお》れ、ほかにも死傷者が続出、やむなく退却しなければならなかった。

だが小倉軍の損傷も大きく数十名を失っている。一説によると、藤松谷に火薬庫があり、これが引火爆発したために、手はずが狂って、長州兵を追いこむのが少なかった。作戦通りなら、千人の死傷者が出たにちがいないという。

それでも、小隊長山田鵬輔をはじめ、奇兵隊だけで十五名の死者、負傷者二十二名を出し、半隊司令阿部宗兵衛《あべそうべえ》も大怪我《けが》をしている。『奇兵隊日記』には〈此日の戦近来苦戦也〉と記されているほどで、傲慢尊大な奇兵隊士も、〝敗戦〟は否定できない。面白いことは小倉側でも、〝敗戦〟としていることだ。

いかに激戦だったかわかる。

同じ損害でも小倉藩のほうには、精神的な打撃が少なくなかった。ここに烏合《うごう》の衆の陥《おと》し穴がある。敗戦の衝撃は、責任のなすりあいになるし、感情のもつれと、したがって相互不信が、協力態勢の絶望をたかめる。

この二十七日の戦いで奮戦したのは、島村志津摩や渋田見新らの小倉兵と支藩の兵で、熊本藩は少数の負傷者をだしただけだ。久留米や幕臣たる講武所組などは殆ど戦っていない。

「一体やつらは何をしに来たのだ」

小倉藩兵の不満の声が高まると、久留米兵なぞは、

「鍋島や黒田が出てこないのに、われらが怨まれるのは筋ちがいだ」

と言いだしたし、熊本兵も、「くたびれ儲《もう》けの馬鹿らしい戦さだ、出兵してきたことが間違いだった」と言う声が高くなった。藩内では異端とされていた勤皇派への同情と、ひいてはそれが、長州兵と斬り合うことの無意味——というよりは後難を考えはじめたようである。

残念無念の島村たちは、

「最良の防禦《ぼうぎょ》は攻撃にありじゃ、こちらから奇襲をかけようではないか、全軍を結集しての大逆襲でもって頽勢《たいせい》を挽回しようぞ」

と、呼びかけたのにも、

「いや、守るに如《し》かず、赤坂の嶮さえ守っていれば」と姑息《こそく》な態度を見せ、ついに晦日《みそか》の逆襲計画を反古《ほご》にしてしまったのみか、どんどん後退しはじめた。たしかに、ほかの

藩にくらべて熊本藩は馬鹿を見ている。小倉は長州の隣藩で、境界や漁業のことなど隣り交際はもともとうまくいかないから、積怨もあろうし、それはお互いさまといえても、熊本藩だけが大金をつかって、はるばる出兵してきて、負傷兵を出すわ、長州に憎まれるわ、では間尺にあわない。長州だけではない、薩摩や土佐がなかまとすればかれらの憎悪を買っているのは明白だ。いうならば長州を尊攘討幕のメッカとしている諸藩の勤皇派全部を敵にまわしたともいえる。

佐幕一辺倒だった硬骨漢長岡監物の気持が変わったとすれば、熊本兵一万は頼みにならぬ。綜合《そうごう》小倉兵力は半分、いや三分の一に減ったといえる。

こうした情勢が、小笠原壱岐守長行の絶望感を殆ど決定的にしたようである。晦日の夜、闇夜を利用してかれは小倉を脱出した。

数人の側近だけで、面を隠し、本陣の開善寺裏から小舟に乗じ、河口に奔《はし》った。むろん舟番所に誰何されたが、

「小笠原壱岐守様御用にて富士山丸へ参る」

と、目附の斎藤図書が言い抜けた。

同じ日、幕僚の大監察平松謙二郎《ひらまつけんじろう》、松平左金吾らも、日田《ひた》出張を口実にして去った。日田には郡代窪田治部右衛門《くぼたじぶえもん》の農兵三千がいる。

壱岐守が脱出したことを直後に知った島村はすぐさま詰問使を追いかけさせたが、艦

上から小銃を撃つなどして近よせない。壱岐守は艦内でふるえていたのだ。翌朝、錨をあげて走り去る幕艦の黒煙くらい、小倉藩兵たちに無念の涙をのませたものはあるまい。

(友軍にまで裏切られた……)

「あれが大公儀なのか、おれたちは何のために、闘ったのだ、誰のために血を流したのだ」

切歯するかれらの前を、講武所組や千人隊などが一団となって、切火縄の鉄砲に槍の袋鞘《ふくろざや》を払ったものものしさで、顔をこわばらせて黙々と香春口《かわらぐち》を南下していった。かれらも日田に逃げていったのである。

当時、小笠原壱岐守は長崎へ逃げたと思われていた。富士山丸ははじめ針路を左にとったからである。だが、実は響灘を遠く芦屋《あしや》沖へ出てから、藍《あい》の島を迂回して日本海を新潟へ走ったらしい。

ともあれ、征長九州総督たる壱岐守の逃亡は、小倉藩の運命にとって、あまりにも決定的であった。

小倉からどんどん他藩の兵は引き上げ、遂に一兵も見ないようになった。国境《くにざかい》まで進駐してきていた黒田、鍋島勢も、関り合いを嫌って、引き上げる。少数の兵を国境に残したのは、むしろ小倉兵の逃亡侵入を阻むためだったろう。

小倉藩は完全に孤立したのである。

「信じ難きを信じ、頼み難きを頼んだことが今日を招いた」

島村志津摩は渋田見新にこう洩《も》らしている。

幕府との関係は、小倉藩を佐幕たるべく運命づけていたのだ。殆ど勤皇派というべき者もいず、そうした運動もなかったにひとしい小倉藩は、ただその封建制下の一大名として、佐幕体制をとり、命令に従った。憾《うら》むらくは、この土壇場にしてその幕府閣老に見捨てられたことであり、友藩に非情な背をむけられたことである。

頑《かたく》なに士道を守ってきた島村たちにしてみれば、時勢に応じて巧妙に変身する者たちの要領の良さが、許し難いものに見えたろう。

「闘うぞ、おれだけは」

たとえ、一人となっても、闘う。いのちの続くかぎり、信念は曲げぬ。士魂は炎のように燃えさかって、闘志をふるいたたせた。

「われら孤立し、守兵少なしと知れば長州勢は猛攻撃をかけてまいろう、籠城して闘うか、出でて闘うか」

後者はゲリラ戦を意味している。島村を含めて家老、中老、用人、奉行など重役たちは最後の評定をした。幼君豊千代丸と母公の前でそれが行なわれたのは、議事の経過と決定が、そのまま小倉藩の命運を賭けることになるからである。

はじめは籠城説が大勢を占めた。慶長《けいちょう》五年（一六〇〇）、細川越中守忠興《ただおき》が三十六万石の城として築いたものだ。難攻不落といわれた名城であるが、あくまでも戦国期から江戸初期にかけての貧弱な兵器時代のことで、日毎《ひごと》に威力を増す火砲に対しては、堅牢《けんろう》と言いきる自信はなかった。殊に、小倉城は海岸から数丁の河口に在《あ》る。海上から砲撃を喰らったらひとたまりもない。

延享《えんきょう》ごろの城の規模は、城外曲輪《そとくるわ》回りが二里一丁余、総櫓《やぐら》数は平櫓百十七ヶ所、二階櫓十六ヶ所、門櫓十二ヶ所、天守は石垣の高さ水際より九間半、高さ十二間三尺五寸、となっている。城中の畳数千五百畳に少しきれる。これから幕末になって防備や改築などで変化はあったろうが、どちらにせよ、二十五斤砲弾丸を百発もぶちこまれたら炎上破壊、天守などあとかたもなくなるだろう。

「どうせ破壊されるのならば、いっそ、我らの手で焼こうぞ、長州兵に城を乗っ取られる無念を思えば、そのほうがよい。一つにはかれらの鼻をあかし、いま一つには退去して山に籠り、あくまで闘いぬけるというものじゃ」

島村志津摩の果断な言葉には、一座粛然となったという。

城があれば、城に拠《よ》る。城を恃《たの》む心が強くなる。その心は、落城によって凋《しぼ》み萎えるにちがいない。はじめから城に頼る気持がなければ、最後の一兵まで徹底抗戦できるはずだ、というのである。

島村志津摩のこの士魂が、近江守たち一族と重役家臣らを納得させるのに一刻を要している。さすがに、〝自ラ城ヲ焚《や》ク〟には逡巡《しゅんじゅん》が多かった。

が、ここまで情勢が不利になっていれば、やむを得ない。もはや最善の策だったのだ。漸《ようや》く深更に至ってそう決定すると、ただちに城下に布令して、町を守っていた町人たちに避難するように告げた。時間を限ったのは、一刻の猶予も出来ないからだった。

まず伝来の財宝什器《じゅうき》調度などを車馬に積み、幼君後室腰元などが落ちのびるのを待って、侍屋敷の外部から火をかけ、城内数十ヶ所に放火した。自らの城を自ら燃やす悲痛さに、小倉藩の人々は上下こぞって慟哭《どうこく》した。その涙は、しかしどこへ向けられるべきだったろう。信頼を裏切った小笠原壱岐守か、幕府か、熊本藩か、その他の藩か、それとも長州か、奇兵隊か。あるいは、時勢の流れに昏《くら》かった自分自身に対してか。

武士たるものは、時勢の方向を見定めて行動することは許されなかった。ただ本分を全うし、行って、死して後、熄《や》む。その信念にしたがうしかない。だが、おのれの手で点じた火が、風を呼び、火勢を増して、猛々《たけだけ》しく、天守その他の櫓を包んで囂々《ごうごう》と唸《うな》るのを見ていると、島村志津摩は、その信念に一抹の疑惑の雲がひろがり浸すのを禁じ得なかった。

こうして、天を焦《こが》して炎上する小倉城と城下をあとにした小倉兵は城主一族をまず香春の別墅《べっしょ》に送ってから、金辺峠《きべとうげ》の要害を死守することにした。以来小倉藩の抗争は、将軍家茂の喪が公表（八月二十日）されて、休戦令が発せられたあとも、なお続いた。もはや勤皇佐幕の埒外《らちがい》であった。

隣合わせた藩の運命的抗争であった。

薩摩や肥後藩の調停で止戦条約がまとまったのが十月、だが奇兵隊の条件が豊千代丸の人質、島村志津摩の斬首をもとめていたのが、話をこじらせた。

小倉藩は妥協を見せずに金辺峠で決戦を望み、とうとうその年も暮れた。さすがの奇兵隊も、この頑強な豊前魂には折れざるを得なかった。奇兵隊が要求を寛《ゆる》めて講和が成立したのは翌慶応三年正月二十三日。

六月はじめの田ノ浦攻撃から実に九ヶ月。この戦さがあるいは高杉晋作の命とりになったといえないこともない。講和の締結を病床で聞いた高杉の命はそれから三ヶ月と保《も》たなかったのである。

第四章　世良修蔵の死

男子志ヲ

高杉晋作は死んだ。

肺患であった。この病気の特徴で、いつごろから、この一代の驕児《きようじ》をむしばみはじめたかわからない。後に述べるが、長州人は概して痩軀《そうく》が多く、永年にわたる禄米《ろくまい》のお借上《かりあげ》などで、半知、三分の一になっていたりして全体的に栄養不足が慢性化していたようである。晋作が、時に利あらず、筑前に亡命していたころ、すでに微熱を出していたらしい。

かれの、一見奇矯《ききよう》に見える言動は、その性格もあるが、肺疾の自覚もかなりに、厭世《えんせい》的な一面を与えていたことも否定できないようである。
死ぬ少し前にこんな発句《ほっく》をした。
おもしろきこともなき世をおもしろく
戯《ざ》れての即興であったろう。これに野村望東尼が下《しも》ノ句をつづけて、
すみなすものは心なりけり
として、句となしたというが、晋作がすでに改革者としても、尊攘《そんじょう》討幕の思想家としての意欲も失って、シニカルな笑いに唇を歪《ゆが》めているのが見えるようだ。
もっとも、高杉晋作の行動をふりかえってみても、深遠な思想から発した行動や、政治理論とはかなり懸隔があるようだ。常に突飛な思いつきが多く、政治理念に裏付けられたものではない。屢々《しばしば》、無謀で狂的な行動が、人を驚かし、それが無謀であるがゆえに、意表を衝《つ》いて成功し、局面打開に思いがけず幸いしている。
かれの作と伝えられる都々逸《どどいつ》の、
三千世界の鴉《からす》をころし
ぬしと朝寝がしてみたい
という発想など、愛妾《あいしょう》おうのとの愛恋のはげしさ、〝醒《さ》めては論ず天下の事、酔うて

は枕す美人の膝〃的な粋人の証左として人口に膾炙《かいしゃ》されているが、朝鴉のうるささに、癇《かん》をたかぶらせた過激な神経に病的なものが見える。

過度な神経症は、それだけで病的だ。かれが普通の癇癖と異なった点は、それを洒脱《しゃだつ》さでまぎらすことを知っていた点である。

　時勢を慨嘆して、自ら髷《まげ》をぶっつり切ってしまったりする衝動的な行為もそれだ。大日本狂生と名乗るほど、狂的な性格の一面を自覚していたようだ。軽忽《けいこつ》な行動を、福に転じる。その才気に非凡さがある。

　また、議論が嵩《こう》じて激発するや、すぐに刀に手をかけて「腕でこい」と叫ぶ。そのくせ、晋作の剣術は、さしたることはなかったという。真剣勝負をした経験はない。たいてい、その気迫にのまれて、斬り合いまでに至らなかったのが、晋作のためには幸いだったろう。

　激発的性格は多血質の豪快武断的なものではなく、酸性過剰からきている。虎狼《ころう》のそれではない。痩せ犬ほど吠《ほ》えるという部類だ。日ごろから血色の悪い顔で、飲むほどに目が血走り、死人のように蒼《あお》く冴《さ》えてくる。

　どうせ短命ならば、という一か八かの出たとこ勝負だ。それが功を奏した。

　幕末という動乱の時代の特色は、名前の売り込みである。尊皇攘夷論が沸騰して派手な言辞を弄し、やたらと暗殺、脱藩が流行したのも、熱意のあらわれというより、天下に名を売る、という意味が大きい。頻繁な志士の往来もその一つである。坂本龍馬などもその例に洩《も》れない。

晋作の場合は意識的にやったというよりは、長州人の性癖たるその軽佻《けいちよう》さと、酸性体質に負うところが多い。

かれが奇兵隊の名づけ親だったことを見てもわかるように、正に対する奇、実に反した虚、その逆手戦法が勝機をもたらした。常に奇道を執《と》り、虚術に依《よ》る。かれの場合、気性と戦術が混然となって、どこまでが性格的なものか、不分明な点が、ある種の魅力となって効果を発揮した。人は煙にまかれているうちに、知らず知らずに、かれのペースに乗せられている。現代でもこういう男がいる。

無謀ということはときに魅力的なものだ。奇矯なふるまいは人目をそばだてずにはいない。が、無責任な喝采が、さらなる次の舞台へ、かれを追いやる。道化役者が、より刺戟《しげき》的な道化を要求されるように、奇矯異才を売物にするからには、次々と衣裳《いしよう》を替えねばならない。

小倉戦争で海軍総督になると軍艦の甲板に烏帽子《えぼし》大紋に直垂《ひたたれ》すがたで四斗樽《だる》をひきつけて、柄杓《ひしやく》で酒を呷《あお》りながら指揮したという。すでに時々血痰《けつたん》を吐き、総督の任に耐えず、海陸軍参謀に身を退《ひ》いたくらいだから、病気は重くなっていたのだ。愚かな道化者だ。

高杉信者に言わせれば、飄々乎《ひょうひょうこ》としてユーモアのセンス云々《うんぬん》と賞讃するが、向う受けを狙った安っぽい見栄っ張りである。筒袖だんぶくろの洋式戦闘時代に大紋直垂とは、はしなくも晋作の思い上がりが表面化したといえる。エリート意識は蔽《おお》えない。真の改革者、革命児にエリート意識はあってはならない。

何かといえば議論の相手を百姓呼ばわりして罵詈《ばり》雑言《ぞうごん》を浴びせたことと無関係ではない。士農工商の別なく、とうたった奇兵隊に出自による階級差をもうけたことは、前に述べた通りだ。赤根武人への蔑視、執拗《しつよう》な追及と残忍な処断は、日ごろ、

「大島の芋《いも》掘《ほ》りが何を吐《ぬ》かす」

などと罵倒していたことも、ただ赤根個人への嫌悪だけではなかったのだ。

妻子があるのに、芸者おうのを妾《めかけ》にして両手に花を楽しみ、巧弁で糊塗《こと》しているが、そうした点にもエリート意識は窺《うかが》える。

その上、長崎では、女を売り飛ばしている。海外視察の名のもとに、上海行きを命じられたときだ。幕吏根元助太郎に随行という名目で、長崎に逗留《とうりゅう》月余に及んだ。その間、幕吏たちは旅費がたっぷりあるので、日毎夜毎《ひごとよごと》、丸山《まるやま》の廓《くるわ》で大尽遊びをした。官僚の官費の浪費は今日と変わらない。

晋作はこれが癪《しゃく》にさわった。こんなことが癪にさわるというところが、卑小な心情である。公憤とは違う。自分がおこぼれに与《あず》かれないための口惜《くや》しさだから、卑しい。少

なくとも天下に為《な》すところある大丈夫の心事ではない。

晋作は些少《さしよう》の旅費で女を楽しみ、かれらの鼻をあかすことを考えた。愚劣な考えだ。即《すなわ》ち、評判の芸者を身請けして、妾宅を構え、根元らを招いて大盤振舞いをしたのだ。根元らは驚いた。

短期間の滞在だというのに芸者を手活けの花としてこんな贅沢《ぜいたく》に耽《ふけ》るとは、一体、幾ら持っているのか計り知れない、と仰天した。

さんざん女体を楽しみ、幕吏の度肝を抜いた高杉は、その芸者を〝叩《たた》き売って〟船に乗った。

身請けした元値には売れなかったが、七分や八分にはなったろう。利用したあとは古道具屋に払い下げるようなものだ。人情のかけらもない。人買い女衒《ぜげん》よりももっとタチが悪い。高杉晋作とはこんな男である。奇兵隊も、かれが長州藩で実権を握るために作ったようなものだ。新しい時代を生むための尖兵《せんぺい》どころではない。天下万民の至福を果して考えたことがあったろうか。女も革命も、かれには遊びだったとしか見えない。道具でしかない。

結果としては討幕に功があったのは事実である。幕府という勢力に挑む楽しさが、かれを動かしたにすぎない。師松陰の復讐《ふくしゆう》も、攘夷も、晋作の青春を彩る片々たる事件にすぎなかったのだ。

衰弱の身に、喀痰《かくたん》が咽喉《のど》をふさいで、悶死《もんし》するとき、その板のようなうすい胸を横切った思いは何であったろうか。

慶応三年(一八六七)四月十四日、晋作は二十九歳であった。


高杉晋作は確かに時勢が生んだ驕児であり、回天に必要な時代の子ということはいえる。その性格と才気は特異ではあるが、長州という国の風土から見れば、あながち異とするに足りない。

奇兵隊を識るには、その師《し》、吉田松陰の言葉を引いてみるのも、無駄ではあるまい。

――地を離れて人なく、人を離れて事なし。人事を論ぜんと欲せば、先《ま》づ地理を審《つまびら》かにせざるべからず――

高杉晋作はいい意味でも悪い意味でも長州人である。はっきり言えば、長門《ながと》人なのだ。

毛利藩の領土を一口に長州と言いならわしているが、実は、長門と周防で三十六万石。長防二国である。二国を劃《かぎ》るのは一条の山脈で、さしたる高さではないが人情気質に大いなる相違がある。

山陰と山陽とが中国山脈によって分けられて寒暖の差が甚だしいことは知られているが、その分類からすれば、長門は山陰に属する。しかし、三面を繞《めぐ》らすに海をもってし、日本海の風濤《ふうとう》におびやかされているものの、石見《いわみ》や因幡《いなば》のように凛烈《りんれつ》たる朔風《さくふう》に吹き荒されてばかりはいない。柑橘《かんきつ》類が繁茂するくらい、温暖なのは黒潮の影響で、この気候風土が、長門人に、一種独特の性格を育んでいるようだ。

長所は勤勉、倹素で才気奔放。敏捷怜悧《びんしょうれいり》ではあるが、往々、軽佻浮薄《けいちょうふはく》、口弁の徒に見える。体質的にも、痩軀《そうく》が多いせいで殊《こと》にその感が深い。

それに比べて周防人は、温和静寂の瀬戸内海の風光を浴びているので、長門人よりは体格にもめぐまれ、寡黙的で緩慢、沈着敦厚《とんこう》だ。長門人の典型を、高杉晋作や山縣狂介とすれば、周防人は伊藤博文、大村益次郎、寺内正毅《てらうちまさたけ》（伯爵、後の朝鮮総督）などで風《ふう》丰《ぼう》体格がきわだって違っている。それらに共通していることは、前者の陽性驕慢に比べて、不言実行、蚕食《さんしょく》型で、目立たないうちに勢力を得ているというふうだ。

この両者の差異は、明治になってからの栄達の分布を眺めてみると興味があるが、晋作の勢力が強かったころは、防州出身者はかなり進出を阻まれている。

その好例が、のちの奇兵隊総督赤根武人だ。

赤根は防州でも、殊に南のはずれ、玖珂《くが》郡柱島の出身で、萩の城下に中士の子に生まれた晋作などにしてみれば、辺境の島者に見えてしかたがなかったのであろう。

赤根の悲劇はここでくり返すつもりはない。問題は、この晋作の赤根嫌いが他へ及ぼした影響だ。ただに辺境というだけでなく、晋作には、防州的性格が気に入らなかったのではないか。晋作の衣鉢を継いだ山縣狂介と、大楽源太郎《だいらくげんたろう》や世良修蔵の運命のあまりの違いを、この地理的環境に見るのである。

大畠瀬戸――といえば第二奇兵隊が暴動を起こして幹部を殺し、船に乗ったところだ。一衣帯水に大島が横たわっている。

この島から月性《げっしょう》という、いわゆる勤皇僧が出た。詩をよくし、憂国の情を吐露して国学に造詣ふかく、尊攘思想を鼓吹して時流に乗った。いまは柳井市に編入されているが鳴門《なると》村妙円寺《みょうえんじ》という真宗寺院の住職であった。時流に乗るということは恐ろしい。吉田松陰とまじわり、梁川星巌《やながわせいがん》や頼三樹三郎《らいみきさぶろう》など安政の大獄で、刑死した志士らと交流しているうちに、天下の名僧、海防僧の名を恣《ほしいまま》にした。

この僧月性の名は知らずとも、
男子志ヲ立テ郷関ヲ出ヅ――

の詩句は知らぬ者はいまい。月性も一つ間違えば大獄の刑死者に名を連ねていたろう。病いを得て帰郷しているうちに死んだ。船中で毒殺されたという説がある。

まだ四十代半ばだったが、その名を慕って門下となった者も多い。前記赤根武人や大楽源太郎らである。赤根が松陰とその門下との交流によって奇兵隊でも重んじられるようになったのも、月性の余光といえる。

世良修蔵は月性の門に入ったようだが、名をあげる目的だったろう。赤根の名があがると、周防一円から郷党の先輩を慕って若者が集まってくる。大島郡は大小数十の島嶼《とうしょ》から成っているが、世良修蔵もその小さな椋野《むくの》村に生まれた、無名の青年にすぎない。赤根の父は医者だし大楽も軽輩ながら士分だったが、修蔵は一介の漁師の子だったといわれる。庄屋の子という説もある。赤根の世話でこの辺を知行地としている藩の家老浦靫負《ゆきえ》の家士《かし》に登用されたらしい。特に才能を買われたのではあるまい。若党のたぐいであったろう。修蔵は中司《なかつかさ》、重富《しげとみ》、木谷《きたに》、世良と何度も改姓している。ともあれ、修蔵にとって必要なのは出世の足がかりであった。

赤根よりも四つ年長なのに、かなり後まで名前があらわれなかったところを見ても、隠忍の期間の長さと、出自の差を見ることが出来るようである。高杉らのような調子のよさに欠けていた。

ある意味で、修蔵という男は不運の生涯だったといえる。周防人らしくねばり強く隠忍の時期を経て、漸《ようや》く、名が出たと思うと、間なしに赤根の失脚によって頓挫《とんざ》せざるを得なくなっている。

木谷修蔵の名がいくらかでも世にあらわれるようになったのは、編制替えによって、南奇兵隊を前身とする第二奇兵隊が岩城山の守備に遣《や》られてからである。

総管は、奇兵隊総管の山内梅三郎が兼任し、白井小輔《こすけ》と並んで木谷修蔵は軍監となった。隊員百二十名。度々の編制替えで、寄せ集めの質は落ちていたが、ともかく、これだけの人数の軍監だ。軍監は総管の副である。出世といってよい。

ところが、第二奇兵隊の暴動に先だち、赤根武人の事件によって、修蔵は謹慎の身となった。

外艦攻撃にはじまる長幕戦で降伏した長州では、因循《いんじゅん》派（保守派）が藩政を牛耳り、高杉は筑前に亡命。当時、奇兵隊総管になっていた赤根は藩内抗争を憂え、高杉の過激思想についてゆけず、調和論をもって、薩長幕の協調体制にもってゆこうとしたのである。

薩摩は第一次長州征伐では中立というより幕府側に立ったから、この赤根の調和論を支持していた。あくまでも藩内保守派を敵と呼び、徹底的討幕を旗印とする高杉晋作にしてみれば、調和論をもって画策する赤根は、

〝獅子《しし》身中の虫〟

でしかない。

高杉の赤根嫌いが、赤根にそうした道をとらせたともいえるのだが、ともあれ、赤根の立場は、いつの世でも中庸たらんとする者が味わう苦境に立たされた。幕府からも過激派からも狙われた。高杉が雪の中を潜行、ひそかに戻って同志を糾合、馬関に旗あげしてから俗論党を叩き伏せて政権を掌握するという快挙は、そのまま、赤根の運命を決定的にした。

高杉の成功がなかったら、赤根の調和論は長州の藩是となっていたかもしれないのだ。動乱は常に勝者と敗者の価値転換を弄ぶものである。赤根は捕われ、叛逆者《はんぎやくしゃ》の汚名のもとに斬首、梟《きゅう》された。

当然、修蔵も同類としての嫌疑をかけられ、糾問された。ただに赤根の腹心と見られていただけでなく、逃走中に周防の阿月で会っている。

「上司の秋良敦之助《あきらあつのすけ》、芥川《あくたがわ》十右衛門より呼ばれて参ったところ、かの仁が居合わしたので極力自首を奨《すす》めた。それだけでござる」

と、陳弁した。

修蔵は巧弁の徒ではないが、下積みで苦労していて、頭を下げるのは厭《いと》わない。どこまでも鞠躬《きつきゆうじょ》如として屈辱に耐え得る。漁師そだちの頑丈なからだを縮めて、咄々《とつとつ》と弁《べん》疏《そ》する姿は陰謀家には見えない。

かれの処分が謹慎で済んだことは前述した通りである。

立石孫一郎による第二奇兵隊の暴動がかれの謹慎中に行なわれたことは、不幸中の幸いといえた。赤根武人によって世に出た修蔵は、赤根武人によって、第二奇兵隊軍監の地位からも去らねばならなかったが、ひとたび記された肩書を、ムザと捨てるようなことはしない。

かれは、しげしげと高杉晋作はむろん、木戸準一郎《じゅんいちろう》(孝允)や大村益次郎らに陳情し、自省と至誠を伝える労を吝《お》しまなかった。赤根の弟分といってよい大楽源太郎は大《だい》道《どう》村で私塾を開いていたが、敢《あ》えてこれと絶ち、その縁から知った大村益次郎などには頻繁に飛翰《ひかん》して窮状を訴えた。大村と大楽は日田の広瀬淡窓《ひろせたんそう》の咸宜園《かんぎえん》で同窓だったのである。つまり、利用できる者は可能なかぎり利用する。立身の邪魔になる者は縁を切る。修蔵はその行為に何の矛盾も、懐疑も覚えなかった。門地もなく、若さもなく、誇れるほどの学問も、ぬきんでた腕前もない者には他にどんな道があろう。頑丈な体軀《たいく》と屈辱に耐えることが、修蔵には昇りかけた階段を、昇りつづける方法に思われた。

運命

人生には思いがけぬ罠《わな》が仕掛けられていることもある。が、また、予期せぬ幸運が、閉ざされた道を開くこともある。

高杉ら過激派によって藩論は武装恭順ときまり、幕府は薩摩やその他の諫止《かんし》をふりきって再征の軍をおこした。武装恭順とは、自ら攻撃せず、防衛態勢はとりながら、条理をたてて、藩政の充実を計るというのである。幕府としては、長州処罰の実をあげたい。内外への面目もある。

六月初旬、幕府は軍艦を上ノ関へ進め大島の村々を砲撃した。この緒戦については、小倉城炎上の章で少し触れたが、阿月で謹慎中の修蔵にとっては、降って沸いた好機だった。政事堂ではただちに第二奇兵隊と浩武隊《こうぶたい》へ出張応戦を命じ、高杉晋作には丙寅丸《へいいんまる》で邀撃《ようげき》にあたらせた。小回りの利く小汽船だけに海戦では効果を発揮している。幕府旗下の歩兵砲兵が大島へ上陸したのを一掃するためには、大島生まれの修蔵は必要な存在となった。

修蔵はこのころから木谷の旧姓を捨て、世良を名乗っている。世良修蔵の誕生である。修蔵は謹慎を解かれ、率先して大島の諸兵を糾合し、功をあげた。

大島の郡兵十五小隊と浦、村上等の家兵十二小隊半というから、かなりの人数である。世良修蔵は〈主として諸兵の部署を画せしむ〉とあるから、相当な権限を与えられたようだ。その肩書も、はっきりと〝軍監〟となっているし、〈第二奇兵隊軍監林半七、白井小輔（助）、世良修蔵〉とある。この戦さを機に旧に復したと見てよい。

だが、第二奇兵隊軍監の地位は四境戦争が将軍家茂《いえもち》の薨去《こうきょ》によって終結するに及び、いよいよ薩長土聯合《れんごう》による討幕への坂をのぼりはじめると、自ら、奇兵隊からの脱却を願ったようである。

薩摩の藩論が西郷らによる討幕の意志が決定してくると、どうしても長州との提携が必至となり、その運動に赤根の系統である世良修蔵が役に立つ。品川弥二郎《しながわやじろう》は世良を帯同して京坂の薩邸に入って画策するというふうであった。

当時まだ長州藩内には、

「薩賊会奸《さつぞくかいかん》」

の声が高く、

「薩摩の芋は、法螺《ほら》の屁《へ》こきじゃ」

と嫌う者が多かった。世良修蔵としては、赤根武人の轍《てつ》を踏んでいるようなものだったが、大勢はしだいに長薩聯合の機運の盛り上がりとなり、大政奉還の建白から、将軍慶喜《よしのぶ》の退陣へとエスカレートしていったのである。

京都にはまだ会津桑名《くわな》などの徳川シンパと、見廻組新選組などの、長州にとってはもっとも危険な組織が残っている。事実上は将軍の退隠となっても、下部組織はかえって感情的にもアンチ長州へ走るおそれがあった。

坂本龍馬、中岡慎太郎らの暗殺がそれを如実に証明しているが、こうした時期に、京へ入ることは危険なことはいうまでもない。品川弥二郎、桂太郎《かつらたろう》、世良修蔵などが、京坂伏見《ふしみ》などの往来に、薩邸を利用したのは、こうした事情からである。

京都に蟠居《ばんきょ》している会津桑名の兵力をまず追い払うことが先決だと、品川や世良は度々有栖川宮《ありすがわ》に建議しているところなどから見ても、世良修蔵の地位は第二奇兵隊軍監より出《い》でて、かなり重要になっていたことがわかる。

在京の片野十郎が、本営諸士に寄せた書面中に、これらの消息が窺える。

——浪華《なにわ》に二三大隊差下候様追々被仰越至極御尤《ごもっとも》奉存候、然処《しかるところ》山崎其外《そのほか》要処堅めの儀さえ追々論候得共被行不申候、品川世良等毎日奔走尽力不大方候得共何も埒明不申、長袖（公卿《くぎょう》）は兵を論ずべからざる為朝《ためとも》の金言今日と歎息罷在のみに御座候、後藤俗論薩（薩摩）の外真に力を尽す者無之遺憾《いかん》外国へ手下の儀漸被行今日参与の中より岩下後藤の両人応接として下坂に相決申候。世良も一同罷越候積御座候昨日品川世良師宮様へ参殿申上候……

所謂《いうところ》の鳥羽《とば》伏見の戦い前夜の様相なのだが、この戦いでも世良修蔵がどれほどの活躍をしたかは正史に残されていない。修蔵という男は、かれの交わったテロリストたちと違い暴虎馮河《ぼうこひょうが》の蛮勇には欠けていたようである。

そこに一種の策謀家の臭いがつきまとう所以《ゆえん》であろう。京都へ往復しての活躍も、大政奉還へ押しきった薩長の功績の何十分の一かの働きとして、関係者の認めるところであった。

そのことが、かれにとって幸いだったかどうか。強引に徳川勢力の叩き潰しを策して東征の軍を起こすにあたり、奥羽鎮撫《おううちんぶ》総督の参謀に任命されたのだ。

この人事は、急速に膨脹《ぼうちょう》した官軍勢力に於《お》ける人材払底のひずみとする説がある。

世良が、長州藩で占めていた地位から考えると、たしかに飛躍し過ぎた感があるし、一概に否定できないが、京での活躍が、奥羽での折衝に役立つと見られたと思われるふしがある。

別の見方もある。

前述の高杉の線だ。高杉晋作はすでに死んでいたが、衣鉢を受け継いだ、伊藤、井上、大村益次郎、木戸準一郎などが権力を握りはじめている。長州藩内の勢力がそのまま、日本の勢力に移行する季節だった。長藩の正義派の中にも、身分の高い上士、中士もいた。三条実美などの攘夷派（アンチ幕府）の公卿たちの存在も否定できない。が、成り上がり者の強さは、機会を摑《つか》むのに吝《やぶさ》かでない。強引だ。お公卿《くげ》さんたちが、

「王政復古、成る」

と、ほたほたして中啓を動かしている間にどんどんいいところをさらってしまった。花を与えて実をとる。その早さは、腹減らして盗み食いをした経験のない者には、わからない。

親征大総督府が樹立されて、各道総督クラスには攘夷派公卿をあて、その兵員は西国大小名五十有余の諸侯が含まれたが、その主体をなしたのは、薩長土三藩であったのはいうまでもない。

世良修蔵の運命を決めた奥羽鎮撫使総督府の構成は、二月三日の布告では、総督に沢《さわ》

三位《さんみ》為量《ためかず》、副総督に醍醐《だいご》少将忠敬《ただゆき》、参謀として薩摩の黒田了介清隆《くろだりようすけきよたか》、長州の品川弥二郎という顔ぶれだった。

ところが黒田清隆と品川弥二郎は、出発に先だって、御役御免を願いだした。理由は何かと構えたが、本心は、

（損な役だ）

と、いうにある。

（労多くして、益少なし）

功利に敏《さと》い黒田と品川である。いま奥羽に錦旗《きんき》を担いで飛び込んでゆくのは、火中へ入るにひとしいと考えた。混乱の過渡期だ。火傷《やけど》をせずに栗《くり》を拾うところは沢山ある。

黒田は後に参議に昇り北海道の開拓長官として官有物払下事件に連座して免職となりながら、伯爵に叙せられ、総理大臣となり、さらに臨時総理などで四度も首相の椅子に坐《すわ》った要領のいい男である。品川もまた内務大丞《たいじよう》となり宮中顧問官から内務大臣、子爵を受けるという花道を歩いている。

今度の東征軍でも、東海道、東山道、北陸道の三道に比べて、いきなり佐幕派大名の固まった奥州に飛びこむことが、いかに危険か、充分推察がついたのであろう。

二人が梃子《てこ》でも動かぬ風を示したことで、この役目の難しさを再認識したのか、総督にはあらためて九条道孝《くじようみちたか》を任じ、沢三位と醍醐少将は一枚ずつ下って、副総督、上参

謀となった。黒田に代わるに同じく薩摩から大山格之助《おおやまかくのすけ》を選び（二月三十日）、長州からは世良修蔵が選ばれ（三月朔日《ついたち》）て下参謀となったわけである。

世良の推挙は品川弥二郎が巧妙な逃口上の代価であったろうが、軍防事務局判事に任じられた大村益次郎らの胸中には、

（世良なら火傷させても惜しくない）

という気持が動いていなかったろうか。

（一つ間違うと、生還し難いが、この際、東北諸藩を叩き潰すために、理を非として挑発することが必要なのだ）

そんな老獪《ろうかい》な北叟笑《ほくそ》みが見えるような気がする。

世良には当初、そうした深謀がわからなかった。思いがけない登用に欣喜《きんき》した。

「運が向いてきた」

参謀に上下があるのは、たんに醍醐少将への身分的な配慮にすぎない。お公卿さんは所詮錦旗の番人で看板だ。傀儡《かいらい》だ。戦さの実権は大山と世良の掌中にある。世良が短期間ではあったが、〝第二奇兵隊軍監〟の地位にあったことが、表面上こんどの下命を正当化した。世良にとっては、開運か、悲運か。

（ここで大功を樹《た》てれば、おれは出世街道を歩めるのだ）

赤根武人に与《くみ》したことのマイナス分も、これで消える、と思った。

この奥羽鎮撫という役目が、どれほど困難なものか、もとより考えぬではなかったが、それにもまして、世良修蔵には立身の欲望のほうが大きかった。すでに三十四歳になっている。青年志士たちの平均年齢からすれば、かなりの遅れがある。

したがって、かれの配下となった部隊が、あまりにも僅少で、戦さらしい戦さも出来ぬ寡勢であることを知ったときも、

（これァ、ひどい）

とは思ったが、御役返上を申し出るだけの反抗心も、冷静な判断力すらなかった。

長州藩兵一中隊約百人、薩摩藩兵一小隊約百人のほか、筑前一中隊約百人に仙台藩兵一中隊、これも約百人。後者は京都詰で重役但木土佐《ただきとさ》、三好監物《みよしけんもつ》らが率いていたもので、官軍の奥羽鎮撫の嚮導《きょうどう》を、申し出たものである。在京仙台藩としては、官軍に従うことを表明するしかなかったろう。

この連中はイザとなると寝返りをうつかもしれないから、頼りになるのは、三百人。さすがに軍防局でも三卿の護衛兵としか言えない。

「せめて倍の軍勢が欲しいのですが」

一応、世良は大山に言った。大山格之助とてもその思いは同じだった。

「おいも申し出たが、どげんもならん、三道に分けちょる上に、京坂の守備も置かんな

らんけん、これ以上、一兵も増やせんそうでごわす」

薩摩人らしく、さっぱりと諦めているふうだ。世良修蔵も覚悟を決めざるを得ない。

「竹に雀《すずめ》（仙台藩の家紋）が温和《おとな》しくしていますかな」

「そんなときは、ごじゃんとやるだけたい」

大山の言葉も空々しく聞こえた。それだけの兵力の備えとしては五万、いや十万は必要とするのではないか。

仙台はいうまでもなく伊達《だて》六十二万石である。ざっと数えても、奥羽には会津二十八万石、米沢《よねざわ》十五万石、秋田も南部《なんぶ》も二十万石、庄内《しょうない》の十七万石、白河《しらかわ》、二本松《にほんまつ》の十万石、長岡《ながおか》七万四千石、そのほかの小藩を含めればおよそ三十藩二百五十万石にもふくれあがる。伏見鳥羽では徳川の旗下と会津桑名の兵が矢面に立って抵抗した。錦旗の前に敗退したといっても、それは京坂駐屯の兵力の問題だ。数百年にわたる墳墓の地にあっては事情が違う。殊に寒冷朔風に耐えて土地にしがみついて来た東北人の粘りは、軽佻な関西と違う。がっちりと奥羽聯盟《れんめい》でも組まれたら、鉄壁となる。それは杞憂《きゆう》ではなく、充分に予測されることであった。

もともと東北の諸藩には、これまで倒幕の機運など動いたことがない。安政以来の国情不安で変革の志を抱いた者も、何人かは出ているが、きわめて個人的なものであり、藩情が動いたためしはない。それだけ徳川幕府とのつながりが深い。譜代や親藩はむろん、外様《とざま》でも二世紀半の長年月のうちに、徳川への怨《うら》みは捨て去っている。伝統を重んじ変革を好まない東北人ではあるが、大政奉還による王政復古の大義名分には異論はない。この時点では、幕府が倒れても、藩政の解体は夢想もしていなかったのである。

大山や世良もそうだが、錦旗を擁して王政復古を叫びながら、内心忸怩《じくじ》たるものが薩長の首脳部にある。かれらは、その叫びが、口実にすぎないことを百も承知していたのだ。

「徳川幕府を倒す!」

その目的は、

「天下はおれたちの手に!」

という意味にほかならなかった。

政権への野望。それは誰よりも、かれら自身が知っていた。ある意味では、かれらは二重に嘘《うそ》を吐《つ》いていたといえる。その一つは天皇の世に還《かえ》すという王政復古をかかげることであり、暗黙には毛利幕府、あるいは島津幕府の樹立をはかったことであり、心の底には、おのれが閣老の地位を占めることであった。

奇兵隊はじめ諸隊が、生まれたときのテーゼは、国難の打開にあった。この場合、〝国〟とはいうまでもなく長州藩である。毛利一族とその藩士領民のための正義の自衛軍だったはずである。伊藤博文や井上馨《かおる》も諸隊を結成した一人だ。が、幕府が倒れ天皇統治の世になると、毛利侯も島津侯も官位だけ与えられて棚上げされ、実権は伊藤や井上が握ってしまった。

天皇も傀儡《かいらい》なら、毛利侯や島津侯も、かれらの野望の踏台にされたにすぎなかった。明治以来、薩長土藩閥政治と非難されるのは、その実体から抗弁の余地はない。

「天皇政府の先鋒《せんぽう》たる、奥羽鎮撫総督参謀」の肩書を得ながら、世良修蔵をとらえた不安は、内心の野望がもたらした自責の翳《かげ》りである。虚構を押し通さねばならぬ呵責《かしゃく》である。

真実、尊皇攘夷を真理と信じ、王政復古を希《ねが》っていたのなら、誇りと自信のもとに、行動できたはずである。

蛮族の群れへ孤身で入ってゆく宣教師は、神を信じ、説得の自信に満ちている。苛斂《かれん》誅求《ちゅうきゅう》の悪代官は村に入るとき、武装と威嚇《いかく》をもってせねばならぬ。

その武装の不備なゆえに、黒田清隆や品川弥二郎はするりと身を躱《かわ》した。奥羽諸藩を説得する信条も真理も何もないことを、かれらは一番よく知っていた。

名目人のお公卿さんたちは、もともと殺伐な心もなければ、野望もない（岩倉具視《いわくらともみ》なぞは例外だ）。佐幕と長州派にわかれたことでも成り行きや公卿という特殊社会の相剋《そうこく》に由来するところが多い。いうまでもなく佐幕派でも保守的な天皇中心主義は免れない。

公武合体が主眼で、熱烈な尊攘派と目された姉小路公知《あねがこうじきんとも》を暗殺したのが薩摩の田中新兵衛《たなかしんべえ》らしいというのだから、思想と行動の混沌《こんとん》ぶりが窺えよう。どちらに転んでも、所詮お公卿さんは特権階級なのである。過激な言動をしさえしなければ、のらりくらりと生きてゆける。

だから長州には宿怨の会津とその隣藩諸国でも、お公卿さんたちには、敵とは見えない。

「天子の御稜威《みいつ》に六十余州が靡《なび》き伏しまっしゃろ」

と、軽く考えている。その昔、蝦夷《えびす》を平らげに派遣された四道将軍ではなく、王政復古の実を告示にゆく程度にしか思っていない。したがって仙台藩兵百人の嚮導と、三百人の護衛兵に過不足はなかった。

「仙台は朝命に従うとるのやさかい、六十二万石の軍隊があるのんと同じや」

お公卿さんの考えは甘い。甘すぎるだけに修蔵の不安は増した。不安はさらに不安を呼び起こす。不惑を過ぎれば、おのれの顔に責任を持てといわれるように、運命もまたおのれの思念行動で左右されるものだという。風に柳のお公卿さんに比べて、世良修蔵の不安と緊張は、自ら波瀾《はらん》と危険を招くものだった。

武をもって治めれば、武をもって抗される。頑迷な奥州人を説得するには、何よりも、〝徳〟をもってすべきだった。その道理がわからぬはずはない。最も〝徳〟のない世良修蔵を派遣したことは、むしろ、不測の事態の生じることを首脳部では望んだのではあるまいか。

とすれば、世良修蔵こそは奥州勢力解体のための、予期された起爆剤ということになる。

奥州鎮撫総督参謀たる世良修蔵の身に何かが起こらねばいけなかった、のだ。

長州や筑前の百人の部隊が中隊なのに、同じ人数で薩摩が小隊なのは当時の兵制の混乱ぶりがわかるが、とにかく、怱卒《そうそつ》の間の配軍である。長藩の百人とは第四大隊二番中隊で、これは兵庫警備に当っていたのが、急遽《きゆうきよ》大坂帰陣を命じられ（二月二十九日）、鎮撫使護衛の命を受け（三月二日）、四日に大坂に着陣すると、桂太郎が司令となってきた。小隊長は粟屋市太郎、飯田千蔵。

桂太郎は後に公爵台湾総督、宰相となった。桂小五郎（木戸準一郎、後の木戸孝允）とも一族である。もともと宗家の桂頼母《たのも》が二千三百石の家老につぐ寄組《よりぐみ》という権勢家であり、桂家を名乗る家が十七軒もあったのだから、藩内では門閥だ。太郎の父は百二十六石という中士だ。おっとりした顔で、後年も、伊藤博文より郷土の評判はよかったという。年少時から敵を作らぬ円転滑脱の才で、世子《せいし》元徳《もとのり》公の近侍《きんじ》をつとめ、明倫館《めいりんかん》の秀才だった。血すじといい、学問、風采三拍子揃《そろ》っている。

この桂太郎を中隊司令に任じたのは、大村や木戸準一郎らの巧妙さだ。

責任はすべて参謀が負う、錦旗を笠《かさ》に着ての威嚇、恐喝は世良修蔵にまかせて、爾後《じご》の方策は桂太郎の応変の措置にまかせる。

桂太郎の聡明《そうめい》さに、大村や木戸は期待した。

参謀の地位は、よくも悪くも、鎮撫使の権力を握っていたのだ。

三月上旬に大坂を発した一行の汽船四隻は二十日松島《まつしま》に至り、宿舎観瀾亭《かんらんてい》に入り、中一日おいて、仙台藩主伊達慶邦《よしくに》が但木土佐らを随《したが》えて拝謁に来た。九条総督は、ただちに会津討入を命じたが、

——早々人数（軍勢）差出会津へ可討入事。

として、〈策略等之儀参謀可申談候事〉戦略のことなどお公卿さんにはわからない。すべて参謀まかせである。伊達政宗《まさむね》以来の東北の雄藩六十二万石の太守が、大島の漁師上がりの世良参謀の指揮を受ける。こんな屈辱はない。

世良の得意や思うべしであったろう。その栄光の陰に、暗い奈落が口をあけていたことを知らなかった。

仙台藩が、京都で示したように恭順と服従で、会津征討の先陣を承っていたなら、世良の運命はどうなっていたかわからない。桂太郎の例から見て明治後期に、宰相の印綬《いんじゅ》を帯びなかったと断言はできない。

仙台藩士は動揺した。この招かざる客を迎えて藩論は分裂し、紛糾した。

仙台藩は大藩だっただけでなく、奥州に蟠居して、京坂《けいはん》に於ける革新の事情がいくら説明しても理解されなかったことも、重要な因子をなしている。

所謂《いうところ》の勤皇派というのではなく、京摂《けいせつ》に往来して、錦旗に抗し難いことを察した人々と、徳川十五代の威力を信じている人々の間に時勢に対するズレが生じたのはしかたがない。

後者には殊に、遠隔の地である薩長土三藩の勢力が理不尽に擡頭《たいとう》したと見え、錦旗を擁し、徳川にとって代わるものに見えた。

仙台藩における革新派は三好監物、坂本大炊《さかもとおおい》らで、首座奉行の但木土佐は理論的、情勢的には朝命を奉じながら、感情的、因習的には現状維持と会津への同情があった。隣邦というだけでなく、徳川への忠誠と京都守護職としての松平容保《かたもり》の苦悩への理解である。

藩主の伊達慶邦にしても会津へ討ち入るのは気が進まない。薩長への反感は自ら、行動を逡巡《しゅんじゅん》させた。

世良たちにしてみれば、

「話が違うではないか」

仙台藩は、〝京都ニテ自藩の清願ニ因リ会津一手討入ヲ命セラレ又均《ひと》シク清願ニ因《よ》リ征討御旗ヲ授ケラレシニ拘《かかわ》ラズ〟命令通りに会津攻めを決行しないのは何故だ、というわけである。

醍醐少将の手記には、こうある。

――監物（三好）京師ニ登リ縦横周旋シ且《かつ》会（会津）討ヲ一藩ニ乞フ、朝議終《つい》ニ之ヲ許シ、菊旗ヲ賜ハリ監物感泣帰藩然《しか》ルニ……

三好監物の意志をそのまま仙台藩の意思と見ようとしたところに、錯覚がある。後に但木土佐は弁明に困って三好と坂本を役職から逐《お》ってしまった（三好監物は仙台藩降伏前に自刃に追いこまれている）。そうした家庭の事情に耳を傾けていては、奥州鎮撫はできない。世良は度々藩主や家老たちを総督府へ召出して、出兵を促し、期限まできっている。

そのため、しかたなく数百人の銃隊が国境《くにざかい》にゆき、山谷を砲撃したりしたが、申し訳の発砲だから、熱が入らない。小競合《こぜりあ》いをして二、三人は手傷を負ったが、お互いに戦う気はない。

世良の報告書にその様子が見える。

——仙台瀬上主膳一手五六百人ヲ以会（会津）境土湯ト申所へ討入候得共峻嶮《しゅんけん》ナル山谷十四町計《ばかり》ヲ隔《へだて》砲撃遂ニ二三町計之所迄《まで》繰詰候得共不練兵故激戦ニ不至夕方引揚申候……賊ハ要地ニ拠リ防戦候故遂ニ相引ニ相成申候……一小隊相進候得共其余之兵不進、賊山手ヨリ砲撃候故引揚ケ申候……山上ニテ令砲撃候得共不練兵故地理悪シク候テ空《むなしく》敷引取申候……進撃之手配致候得共不練兵故少人数ニテハ進ミ不申……

というような按配《あんばい》だった。

「腰抜けどもが、仙台兵はまともな兵は一人も居らんではないか」

卓を叩いて世良は怒鳴りつけた。

世良にも、腰抜けの故ではなく、会津への同情から戦意を失《な》くしていることはわかっていたはずだ。

仙台兵ばかりでなく、米沢の上杉《うえすぎ》兵も態度があいまいなことを、こう書いている。

——米沢藩ハ始ヨリ会（会津）ト使節抔《など》往来頻《しきり》ニ謝罪而已力尽之様子ニテ度々進撃

申付候得共彼是《かれこれ》事ニ托《たく》シ今ニ会境へ出兵不致由夫《それ》ニ付仙台兵モ米沢へ出張人数ハ自国ノ境ニ滞陣罷在候米沢口ヨリ白河迄ハ南部美濃守《みののかみ》一手外ハ用立候兵少ク相見得……

役立たずの兵ばかりで、薩長の兵と違って三分の一も精兵はいない、といい、援兵を乞う一方、この広い奥羽ではたとえ一旦討ち破っても、更に又蜂起し、全滅させることは困難だと、絶望的な感想を述べている。

そうした間に、仙台藩士たちは、但木土佐と考えを同じくする者が増え、藩論は固まりつつあった。

かれらが言を左右にして時間稼ぎをしていたのは、会津を謝罪によって救おうとしたことである。会津攻めは仙台にとって一文の得にもならないし、薩長の会津いじめは、手助けはむろん、黙過するのも不憫《ふびん》すぎる。奥州人同士の情誼《じょうぎ》だった。もともと大政奉還した以上、薩長勢が錦旗をかざして奥羽に乗りこんでくるのは、どう考えても理に反している。

伊達慶邦の名を以《もっ》て、一篇の上奏書を建白して朝廷を動かそうとした。

「仙台藩は朝命に背くつもりか」

と、世良修蔵が威たけ高になじったときも、

「朝命を忽《おろそか》にするつもりはござらぬ。仰せは受けましたが、隣藩とも協議し準備周旋

する所これあれば」

と、但木土佐は渋紙色の厚い皮膚を動かさずに答えた。

「馬鹿な、一藩の出兵に隣国と何を協議するというのだ。おぬしらは、ただ朝命に従えばよいのだ」

世良は益々いきりたった。

「仰せ御尤《ごもつと》もなれど」

五十七歳の老齢とは思えぬ烈《はげ》しい眼《め》で、

「実は当藩主の建白いまだ朝廷に達せず、その吉左右《きつそう》如何《いかん》によりて出兵仕《つかまつ》る所存にござれば」

「不埒《ふらち》なことを」世良には寝耳に水だった。出し抜かれた、と思った。

「総督府を差し置いて、建白とは、言語道断」

「当藩としていささかの疑問これあれば、真をもとめんがためでござる。まず、鳥羽伏見に於ける戦さは徳川方より錦旗に発砲せしが故と承りましたるが、実は官軍まず発砲せりと聞き及んでおりまする、これ一つ」

但木土佐は一々述べたてた。

二つ、前将軍慶喜既ニ大政ヲ奉還ス何ゾ不臣ノ企図アランヤ。三つ、海内《かいだい》ノ兵ヲ動カシ万民ヲ塗炭ニ苦シムルハ必ズ幼帝（明治天皇）ノ聖慮ニ非《あら》ザルベシ。四つ、慶喜の真情明白スル以上ハ祖先ノ功ヲ顧ミ復官入京ヲ許スベシ否ラサレバ人心疑惑ヲ生ズベシ。五つ、四海鼎沸《ていふつ》スレバ外国ノ侮ヲ招クノ虞《おそれ》アリ。

最初の建白は三好監物が命じられたが、監物は一も二もなく官軍の言いなりだから、建白するどころではない。時機を失したといって仙台に持ち帰っている。伊達慶邦は怒って一門の伊達将監《しょうげん》に持たして西上せしめた。将監は駿府《すんぷ》で東下中の有栖川宮に奉ったのだ。

ところが、すぐに斥《しりぞ》けられた。出願すべきことがあれば、鎮撫使を通じてせよ、というのである。たしかにその通りだが、建白が握り潰されることは明白なのだ。

但木土佐は無駄だと思いながらも、述べるところは述べて、歎願書を差し出したのである。

九条総督は沢卿や醍醐少将らと、回し読みして、うっとうしい顔をした。

「こないもの奉られても、仕様おへんな」

「中将どのも面倒なことをしやはる。敵か味方か、態度をはっきりしたらよろしい」

大山格之助は、吼《ほ》えるように、

「握り潰したらよか」

と、言ったきりだったが、世良修蔵は、お任せ下されば、と歎願書の処置を引き受けた。かれは、逆手にとることを考えたのである。

総督の言葉として、こう伝えた。

「有栖川総督宮へ建白申上ゲ、宮家ニ於テ如何《いか》ヤウニ御承知ナサル、共、予已《すで》ニ奥羽総督ニ任セラレテ出張シタル上ハ、和戦ノ権、予ニアリ、然ル上ハ如何ニ他方へ周旋ナサルトモ詮ナキコトナリ……」

呼び出された但木土佐は平伏していた。その肩衣《かたぎぬ》がびりびりふるえているのを世良は意地の悪い眼で眺めながら、

「以上じゃ。せっかくながら有栖川宮においてもお取上げはあるまじき筋ゆえ、早々に会津へ討ち入るよう急がれることだ」

世良誅殺

「世良を斬れ」

という声は、早くから仙台藩内にあった。

当初は三公卿も偽物だとし、本陣に放火した者もあったくらいで、過激な連中を制止するのに但木土佐は苦慮したほどである。

六十二万石の大藩の運命が、一参謀の挑発で狂ってはならないとする慎重論が、軽々に会津討ち入りもさせなかったのだ。

仙台藩の建白の失敗を聞いた米沢藩では、

「一藩だけの建白では取り上げて貰《もら》えまい、奥羽列藩を会し一致の連署を以てすれば」

と、提案した。これが後の奥羽同盟へ移行するのであるが、一応米沢藩も独自の建白をこころみている。握り潰されたことは同じである。しかし、直ちに叛旗《はんき》を翻すほど軽率ではなかった。何らかの打開策を見出《みいだ》さんとして、会津藩の真意をただしている。

恭順謝罪の方法である。第一次の征長戦で降伏の条件として、家老たちが切腹したように、会津藩でも鳥羽伏見の責任を誰がとるかという点にあった。

仙台、米沢藩としては、会津への同情から謝罪の周旋をして、相互に戦火をまじえるの愚を避けようとしたのだ。二本松藩もほぼ仙米《せんまい》二藩に同調していた。万一の場合は諸藩糾合を謀《はか》って米沢藩では越後《えちご》へ密使を送っていたくらいだが、奥羽諸藩の中では秋田の佐竹《さたけ》氏だけが朝命を奉じると表明していた。仙米二藩と会津の折衝は何度か行なわれた。

会津藩では、二藩の好意に感謝した。が、名にし負う会津士魂である。戦わずして開城することは恥辱とする気風が、降伏条件を、

「削封《さくふう》はやむなし」

とする一点に絞られた。

「削封に応じるというだけでは、降伏条件に足りますまいぞ。薩長を納得させるには、

少なくとも首謀者数名の首級《しるし》がなければ」

「いや、それはかなわぬ」

「われわれはこう考えております。開城と削封と伏見隊長の首級。これだけ揃えば、降伏歎願は聞き届けられるのではないかと」

　会津藩では困惑した。最終的に示した回答は、会津容保が城外へ出て謹慎命を待つ事、削封に応じる事、この二つだった。

　それをさらに説得して〝巨魁首級《きよかいしゆきゆう》〟を加える、ことで納得させた。それもはじめ一人、ということだったが、〈此大事ヲ誤ル者何ゾ一人ノ所為《せい》ニ出デンヤ巨魁両三輩ヲ斬ルニ非ズンバ恐ラクハ陳謝ノ真意ヲ表スルニ定ラザルベシ〉と強調したので会津の使者は事《こと》玆《ここ》に至っては両藩の論命に従うの外なし、と答えたと『米沢文書』にある。

　だが、首謀者首級の件が、強硬派を刺戟したと見え、いよいよとなると、開城の件をひっこめている。会津武士のこうした頑固さがことごとに薩長人の癇《かん》にさわる。

　岩沼《いわぬま》の総督府で、仙台米沢の二藩主は老臣らを随えて歎願書を呈出した。伊達中将慶邦は九条総督にこう頼んでいる。

　今度、会津容保御征伐ノ処《ところ》、前非後悔降伏謝罪申シ上グル旨家来共ヨリ歎願書指出シ候依テ私共ニ於テ実否篤ト取糺サシメタルニ全ク相違ナキ次第故私共ヨリモ同様歎願書ヲ添ヘ奥羽各藩ヨリモ亦《また》歎願ニ及ビ候以上三通ノ歎願書御受納ヲ願ヒ上ゲ候委細ノ趣意ハ歎願書ニ認《したた》メタル通リニテ会津ニ於テハ封土ノ削減《さくげん》ハ勿論《もちろん》主謀者ノ首級ヲモ差出スベク此二条ヲ以テ以前ノ罪ヲ御免下サレ度添ヘテ歎願ニ及ビ候

これに対して、九条総督は痛い所をついた。

「サラバ会津ハ開城ニ及バザルカ」

両中将は顔を見合わした。お公卿さんの意外な弓勢《ゆんぜい》だった。しかたがない。追々開城に及ぶべき心底なれども、家臣中の激徒が如何なる不法をなすかわからず、もし左様なことがあってはいよいよ天朝に対し奉り罪を重ねる道理で……と巧弁した。このときの陳情は、執拗《しつよう》で熱烈だったことは、世良より大山（在庄内）へあてた密書中に〈夕七ツ時ヨリ夜九ツ時ニ渉レリ〉とあるから八時間ほども、かき口説いたのだ。大々名なる伊達、上杉両中将にしてみれば一世一代の熱弁だったろう。

両中将ばかりでなく、老臣らもこもごも口を添えた。塩小路光孚の手記には、特に但木土佐のいうには、官軍薩長兵乱暴の次第全く王命を借り私怨を報いる致し方で、奥羽各藩聯合して薩長兵隊一人も生かさぬという声が満ちている、総督府もこの実状を察して御処置下されたいと、暴言を吐いて、陳情というより強訴《ごうそ》に近かった、とある。

このとき世良修蔵はどういう態度をとったろうか。

記録にはないが、おそらく、世良は歎願の無意味さをあらわすような言動を示したのではなかろうか。

この会見が閏《うるう》四月十二日で、二、三日後には、但木土佐らの間に、

「歎願は世良の強硬説に因《よ》りて却下せらるるに至るの虞《おそれ》あり、之を予防するには、先《ま》ず世良を除くに如《し》かず」

の考えが漸《ようや》く定着してきたという。

「九条総督はちょろい。所詮傀儡じゃ、世良さえいなければ、歎願の趣意も通るであろう」

「斬るなら早いほうがいい。決定してしまってからでは遅いぞ」

世良には不運だったが、暗殺には条件が揃っていた。四月半ばに庄内藩が新選組の生き残りかれが孤立していたことである。というのは、四月半ばに庄内藩が新選組の生き残りや徳川の敗残兵を集めて気勢をあげているという報告が入った。これは奥羽聯合の導火線になる恐れがあるというので、沢三位副総督と大山格之助が薩長兵三百五十余人率いて庄内に向かっていた。この人数は疑問があるが、ともあれ、世良のまわりには、数人しかいなかったのだ。

但木土佐は福島の仙台軍務所の瀬上主膳《せがみしゅぜん》と姉歯武之進《あねはたけのしん》を白石《しろいし》に呼んで、

「世良誅殺」を相談した。

ほかに附属軍監小島勇記もい、米沢藩士も加わっていたという。

「暗殺は容易だが、下手をすると仙台六十二万石の運命に関わる。戦さにまぎれて殺すがよい。まず会津兵をして勢至堂《せいしどう》口より白河城を襲撃せしめ、わが藩兵をして、会津軍に紛れこみ、世良以下を悉《ことごと》く討ち滅す。この方法がよい」

世良修蔵への憎しみは、かなり蔓延《まんえん》していたらしく、暗殺計画は別派でも策している。仙台大隊長佐藤宮内は守備線外で会津兵と会して仙会《せんかい》相争うの非を話し合って、世良斬るべし、と決した。仙台参謀で総督附の大越文五郎《おおごしぶんごろう》に謀り、会津兵をして白石城に世良を襲撃させる方策を講じ、但木土佐にも了解を得ている。

大越の計画はこうだった。

「世良参謀のいる所に、わしの上紅下白の旗を立て置く。会津兵はこの旗を目標として討ち入り、世良を斬れ」

ところが事態が急変した。

世良を斬ろう、という空気が充満したことが、勤皇派ともいうべき連中に憂慮させることになったのだ。坂本大炊と遠藤久三郎である。

「世良を斬れば仙台藩が朝敵になるではないか。それよりも世良を説得したほうがよい。国論沸騰鎮むるには会津の哀訴を納《い》れ、列藩をして兵を解かしめ奥羽鎮撫の火をあげるに如かずと」

但木土佐にしても、世良の翻心を望めるなら言うことはない。

佐藤と大越の誅戮《ちゆうりく》計画は、この説得工作のために中止せざるを得なくなったのである。

世良は二人の話を聞いて冷笑した。

「わかった。醍醐少将に謀って、何《いず》れ返事をする」

世良は先日の但木土佐の強訴に似た熱弁を思いだした。おれを威《おど》かしている心算か。馬鹿な。奥羽鎮撫総督参謀たる世良修蔵に指一本触れることができるものか。

世良修蔵の密書なるものがある。大山格之助へあてたもので、福島へ入った世良が福島藩の鈴木某へ託したという。

引用すれば長くなるので省くが、この密書中に〈奥羽皆敵ト見テ逆襲ノ大策ニ致度候ニ付〉とか〈此歎願通ニテ被相免候時ハ奥羽ハ一二年之内ニハ朝廷之有ニ在ラザル様可相成何共仙米賊朝廷ヲ軽ズルノ心底方時《かたとき》モ難図奴《はかりがたきやつ》ニ御座候〉などという文言があり、これが世良誅戮の口実になったとする。

『仙台藩記』と『仙台戊辰《ぼしん》史』に掲載の密書を『防長回天史』では、世良修蔵を悪人に仕立てるための偽書、もしくは悪意の加筆にして、真偽定かならず、としている。

また、歎願書の却下された日附《ひづけ》にこだわって、仙台戊辰史が修蔵の下命案を提出した日を修蔵十五日とし、歎願書の却下はそのためだとする説を否定している。つまり歎願書の却下は、世良の所為《せい》ではないと庇《かば》っている。回天史の著者が、世良を庇う所以《ゆえん》は、仙台、会津等の史料が、奥羽戦争は、世良修蔵の暴状より惹起《じやっき》されたものとする論への反証にほかならない。

明治初期にあっては、朝敵、国賊の誹《そし》りを拭うことも史料編纂《へんさん》目的の一つでもあったのであろう。しかし、加筆改竄《かいざん》までしたとは思えない。

世良修蔵一人の悪行が奥羽戦争を惹起したとは誰も思わない。ただ薩長の抱懐していた奥羽勢力の徹底的粉砕と解体、という願望をあまりにも剝《む》きだしにした、愚かな犠牲者というだけのことだ。

前記の『仙台藩記』や『会津戊辰戦史』が、世良誅戮を肯定し、暴虐への膺懲《ようちょう》としているのは、感情的であるのは否めないが、世良という男が、

（奥羽へ戦さを仕掛けに）

来たことは疑いない。〝鎮撫〟の字義は、かれの心中では、〝叩き潰し〟を意味していたのである。

（出来るだけ、戦火は避けたい）

という奥羽の人々の希望と食い違っていたということだ。確かに、世良修蔵の運命は、故郷の海とはまるきり反対の、奥羽の海を知らない国で果てることになっていた。

醍醐手記に最後に、世良修蔵にあったときのことがこう記されている。

閏四月十九日　福島ヨリ発シ八丁目（原註・福島ヨリ三里）ニ憩ス世良参謀白河ヨリ来リ会シテ曰《いわ》ク近日ノ情態ヲ察セヨ必ス一変スヘシ假令《たとえ》二州列藩変セスト雖《いえど》モ憑《たのむ》に足ラス因テ以謂《おもえら》ク今計ヲ為ス自ラ江戸ニ往キ援軍ヲ大総督府ニ請ヒ白河ニ会シ大挙スルヨリ他ナシ是《これ》以テ之ヲ総督ニ告テ而シテ江戸ニ抵《いた》ル予曰ク然リ且《かつ》総督府ニ往クヲ止ム忠敬宜《よろ》シク督府ニ之ヲ告ク事既ニ迫ル速ニ江戸ニ往ヲ欲ス予窃《ひそか》ニ世良ノ危キ所ヲ慮《おもんぱか》リ数度之ヲ止ムト雖モ遂ニ聴カス督府ニ往ントス嗚呼《ああ》命ナルカナ。

醍醐少将と別れて世良修蔵は午後三時ごろ福島に入ってきた。

旅宿は金沢《かなざわ》屋である。供は、勝見善太郎《かつみぜんたろう》ひとり。この金沢屋は女郎屋ではない。旅籠《はたご》である。当時の風習で飯盛女《めしもりおんな》は置いてある。

世良は勝見に福島藩の役人を呼ばせ、手紙をしたためた。これが命とりになった大山格之助への密書だ。

確かに疑問はある。福島藩の者へこのような内容の、それも感情的な文面のものを託すということもいささか抜けている。それだけ甘く見ていたのであろうか。

「人を選びて明日払暁《ふつぎょう》出発すべし」と命じて「これを仙台人に洩《もら》す勿《なか》れ」と、念を押したという。

見るな、といわれれば見たくなる。常時でもそうだ。四面楚歌《しめんそか》の敵地で、あまりにも軽率な言葉ではないか。

瀬上主膳と姉歯武之進は、好機、と感じた。戦乱にまぎれて討つという計画は、江戸へ去られてしまっては間に合わない。

「今夜しかない」

主膳は岩崎秀三郎をして、田辺覧吉、赤坂幸太夫という使い手を選んだ。福島藩から遠藤条之助、杉沢覚右衛門、それに鈴木六太郎。仙台藩士は前記五人のほかに松川豊之進、末永殿之允、小島勇記、大槻定之進。

「万一、とり逃すようなことがあってはならぬ。その道のやつがよい」

として、もと仙台人で福島で目明かしをしていた浅草宇一郎が数人の子分を引き連れてきて金沢屋を取り囲んだ。

修蔵の寝所に踏みこんだのは条之助と幸太夫である。

「斬るな、捕えるのだ」

と、瀬上と姉歯が釘《くぎ》を刺している。ただ斬るのは惜しかった。斬らねばならぬ理由をはっきりと告げてから、つまり罪の意識を与えてから斬るのだ。

修蔵は女を抱いて眠りこけていた。五月闇の丑満刻《うしみつどき》である。眠りは深い。闇の中に酒の匂いがし、白粉《おしろい》が匂った。

幸太夫は短槍《たんそう》を持ち、条之助は荒縄をしごいていた。

「世良、起きろ」

幸太夫の声に、まず女が眼をさました。身を起こそうとし、蒲団《ふとん》の両わきに突っ立っている大きな男に驚いて、悲鳴をあげて、またすわりこんだ。その反動のように、世良がはね起きた。

勝見！　と叫んだようであった。怒号のように聞こえ、枕を条之助へ投げつけると同時に、蒲団の下から、黒い鈍く光るものをとり出して、幸太夫に向けた。

金属音がした。それだけであった。短銃は蓮根《れんこん》式弾倉、六連発である。が一発も撃たぬうちに、その新式の武器は世良の手から落ちた。一発目が不発だったのが不運というしかない。幸太夫の短槍がしたたかに腕を打ちのめしたのだ。激痛でのめるところへ条之助が飛びかかってきた。膝を折って突っ伏した上へ幸太夫がのしかかり、狂ったように脇差《わきざし》で殴りつけた。生け捕りにするために刀は抜けない。鞘《さや》のままであった。鞘が割れ、のぞいた白刃が肉をきざんで、条之助の顔へ血をはねた。

勝見のほうは、はじめから刀を抜いていた。隣部屋だった。抜刀して窓から屋根へ出ようとしたところを、短槍で腰を突かれている。屋根を転がり落ちた。そのからだへ乱刃が殺到した。

血まみれの殆《ほとん》ど全裸の姿で縛り上げられた世良修蔵は、宇一郎の家へ曳《ひ》きずってゆかれた。姉歯は押収した密書をぱらりと開いて見せた。

「見おぼえがあるだろうな」

世良は凄《すご》い形相で睨《にら》んで、唇を歪《ま》げた。

「其の手紙がうぬらの手に入ったからには、何も言うことはないわ。勝手にさらせ」

世良は、犬のように曳きずられて裏へ出た。須川の磧《かわら》へ引き据えられ、首を刎《は》ねられた。

死ぬには惜しい爽やかな初夏の夜明けであった。首の座へ坐らされてもさすがに泣いたり喚《わめ》いたりすることはなかったが、また傲岸不遜《ごうがんふそん》な官軍参謀の世良の表情は消え、魯《ろ》鈍《どん》な年齢よりは老《ふ》けた男がいるきりだった。その虚《うつ》ろな眼は、罪状を読み上げる姉歯の声も聞こえていないもののようであった。大島の漁師の子修蔵にもどっていた。

栄達を夢見、そして、手の届くところまでそれが来ていながら、鼠賊《そぞく》にひとしい屈辱の最期を迎えた運命をぼんやり考えていた。

それでも、まだかれは自分の首級がどんな扱いを受けるかまで思い至らなかった。

但木土佐は「無名の首じゃ」と嗤《わら》い、「白石の子捨川に投捨てよ」と軍制係に言い棄《す》てたというし、『会津戊辰戦史』はさらにこう記している。

偶々《たまたま》、玉虫左太夫、座に在り叫んで曰く、其の首を予に貸せよと、傍人《そばびと》其の故を問ひたるに左太夫曰く、厠《かわや》中に携へ去って之に溺せんと欲すと。

第五章　裏切り軍監

走《そう》　狗《く》

世良修蔵謀殺！

その悲報は、内外を震撼《しんかん》させた。内外とは奥羽諸藩と薩長土肥を主軸とした東征軍である。

内なる奥羽諸藩はそれまでの態度がおおむねあいまいだった。

鳥羽伏見における戦さによって、最も朝敵と目されたのが、会津藩である。その遠因は徳川幕府の事実上の親藩であり、京摂《けいせつ》における代弁者であり、討幕鼓吹の長州藩の志士たちの殲滅《せんめつ》を一手にひきうけた新選組や見廻組の元締という立場への憎しみだった。

奥羽鎮撫《ちんぶ》総督参謀として乗りこんできた世良修蔵の使命は、京から遠隔の地にある奥羽の諸藩を、宮《みや》と公卿《くぎょう》によって鎮撫するという表面上の名目とはうらはらに、反抗に蹶起《けっき》させることにあった。

〈喧嘩《けんか》を吹っかけて叩《たた》き潰す〉

これ以外にない。

鳥羽伏見で陳情に押しのぼった会津桑名の兵に火蓋《ひぶた》を切り、急ごしらえの錦旗をかかげて、

「われらは官軍」と称し、「錦旗に刃向うのは朝廷の敵じゃ」

朝敵に仕立てあげたのも、大政奉還しても尚《なお》実力を保持している徳川政権とそのシンパを叩き潰すためだったのにほかならない。

薩長聯合《れんごう》による討幕の密計は、幼帝（明治天皇）を擁して、新政権を樹立するにあった。隠然たる徳川幕府の大屋台は竈《かまど》の灰まで吹き飛ばしてしまわねば、かれらは安心できなかったのであろう。

だが、会津桑名軍も前将軍慶喜も、戦い利あらずと見ると、さっと退いた。〝官軍〟にしてみればアテはずれで、振り上げた拳のやり場に困った。あくまで〝朝敵〟殲滅を叫んで四道に東征軍を派し、東下してきたのだ。

頑迷なばかり信義に厚く剛直なのが東北人の特色である。徳川政権にとってかわり天

下に号令しようという西国諸藩の狡智《こうち》と野望が腹に据えかねたが、かりにも錦旗をかかげた官軍に抵抗するほど軽率ではない。それぞれの藩でこの危機に直面して、内紛は免れなかったが、おおむね服従の意志があった。

(困る!)

それでは困る。叩きつけ、打ち殺す理由を必要とする喧嘩上手な男は先に手を出さない。まず殴らせる。それから殺す。狡猾《こうかつ》にして確実な正当防衛である。

奇兵隊の一軍監にすぎなかった世良修蔵を下参謀として送りこんできた大総督府参謀大村益次郎や木戸孝允(桂小五郎)ら長州藩の首脳の肚裡《はら》は、かれの思い上がりからくる、暴言暴挙によって、奥州人が堪忍袋《かんにんぶくろ》の緒《お》を切ることにあった。

事は成った。

仙台・米沢の両藩の逡巡《しゅんじゅん》にもこの長奸誅戮《ちょうかんちゅうりく》が決定を与えた。さきに奥羽二十七藩に檄《げき》を飛ばして会津救解同盟を促していたことが、この一事によって、急速に攻守同盟に発展したことである。

奥羽諸藩の中で官軍にもっとも憎まれていたのは、会津と庄内酒井藩だ。会津は前に述べたように、長州の仇敵《きゅうてき》であるし、薩摩は庄内に怨《うら》みがある。というのは暮の薩摩屋敷砲撃は、江戸市中取締りの大任を受けていた庄内藩が主軸になっている。

これはさきごろ映画や演劇で競演された薩摩の走狗《そうく》たる相楽総三《さがらそうぞう》などの、テロ団のアジトだったためだ。むろん薩摩の挑発への報復措置だ。不逞浪士《ふていろうし》らの跳梁《ちょうりょう》は市中攪乱《かくらん》、人心不安にともない、徳川氏権威の失墜と、むしろ焼き打ちされることを願ってのことだったのだ。

ここでは庄内藩が手に乗った。はじめはテロ団の取締りに狂奔《きょうほん》していたが屯所《とんしょ》にまで鉄砲を撃ちこまれては、もう我慢も限度だったのである。

鳥羽伏見の戦いもしたがって、薩摩方では、

「江戸屋敷焼き打ちのしかえしだ」

と、言う。

そう言いながら、鳥羽伏見では会津側から火蓋を切った、と戦争責任をなすりつけようとしている。〝勝てば官軍〟という言葉は永久に残るにちがいない。歴史は勝利者によって書き更《か》えられるというが、明治になって薩長政府となってから、こうした糊塗《こと》策が、おおっぴらに行なわれている。

が、事実は消せるものではない。牽強附会《けんきょうふかい》は所詮《しょせん》底が割れる。明治藩閥政府の強権政治が生みだす、独裁、汚職、貪官《どんかん》権力の横行などは、そうした卑劣さを物語って余りある。

東北人の愚鈍剛直が戊辰《ぼしん》の敗亡を生んだことは否めないが、そしてそれは総体的には日本人の外交手腕の拙劣《せつれつ》さにつながるものではあるが、信義に生きることを人の道とし

た崇高さの陥らねばならなかった時代の悲劇とすれば、これは甘んじるしかない。

庄内藩と同じように、仙台藩も挑発に乗せられ、世良修蔵を血祭りにあげたことで、立場は同じになった。

『防長回天史』の著者、子爵末松謙澄《すえまつけんちょう》は、薩摩屋敷の焼き打ちも、

「屯所に鉄砲を撃ちこんだくらいで焼き打ちはひどい」

という声に和している。これは無辜《むこ》の商店の飾窓を叩き割ったり乗用車をひっくり返して火をつけただけなのに、警棒でぶん殴るのは残酷だという、革命派の奇妙な理屈に似ている。

論理も何もあったものではないが、走狗《そうく》と指導者の違いだろうか。走狗は、常に愚かで哀れにも浅薄である。

末松謙澄はやはり、世良修蔵の弁護にかなりの頁《ページ》を費して、その直接的動機となった密書や弾劾書の、写しの流布されているものを「東北人ノ改作シタル偽書ナリ」ときめつけて、世良は罪なし、と叫んでいるのだが、その「条理ノ上ニ於《おい》テハ世良ノ意向ハ正々堂々の論ナリ」としている〝条理〟なるものが、薩長閥の明治政府に好都合な尊皇論だから問題にならない。

錦旗に刃向うのは、すべてこれ朝敵。乱臣賊子ときめつけての話だ。その〝錦旗〟を狡智に利用した薩長への人間的反撥《はんぱつ》が東北諸藩の抗争ではなかったか。

仙台城下を横行する官兵は酔い痴《し》れては、蛮声をはりあげ、

竹に雀《すずめ》を袋に入れて

やがておいらのものにする

などと歌って、傍若無人なふるまいが目にあまった。竹に雀とは、いうまでもなく、仙台藩、伊達家の家紋なのだ。

世良を冤罪《えんざい》と言いながらも、末松は、世良の暴言や侮蔑をしぶしぶみとめている。

〈大山世良等は屢々《しばしば》仙台兵ヲ弱兵ト呼ビタリ……或《あるい》ハ不謹慎ノ言語ヲ発セシコトモ事実ナラン〉

と。

それというのも、仙台藩が先鋒嚮導《せんぽうきょうどう》申し出ていながら洞ヶ峠《ほらがとうげ》をきめこんでいるので、世良の言葉が荒くなったのだろう、という。単に言葉の問題ではない。薩長の真意が、世良の言動から洩《も》れたのだ。洩れることが狙いだったのだ。世良が参謀にさせられたのも、その点にある。

〈世良ノ如《ごと》キモ本来草莽《そうもう》ノ一微者ヨリ出テ風雲ニ際会シテ〉――だからといって、〈応待進退自然末節ニ拘泥《こうでい》セザル所〉があっていいというものではない。

また、官軍擁護論として、

薩長殊《こと》ニ長州人ハ幾タビカ死生ノ衢《ちまた》ニ往来シテ以《もっ》テ回天事業ノ遂行ヲ見ルニ至リタル者ナレバ時ニ鬱ヲ絲竹ノ間（芸者遊び）ニ散スル如キハ必ズシモ士人ノ耻《は》ヅベキ行為トモ認メザリシハ当時ノ実況ナリ世良ノ如キモ亦蓋《またけだ》シ此ノ如キノミ……

これらが律義一辺の牢乎《ろうこ》たる旧風の充満せる仙台人の眼《め》には放縦不羈《ほうじゅうふき》と映ったのか、傲慢無礼と見えたのか、そうした感情の乖離《かいり》、阻隔がひきおこしたのではないか、というのである。

東北人と西国人の性格気風の差は立場のちがいからいっても、両者の溝を益々ふかめていったのは疑いないが、勝者には寛大と広量こそがもとめられるものではあるまいか。況《いわん》や〝錦旗〟をかかげての征討軍ならなおさら身を持することが必要なのだ。狭量と傲岸、酒色に放埒《ほうらつ》が許されるだろうか。ただ、討幕をなしとげたという理由で。どちらかといえば薩摩人が金銭に淡白で好色なのに比べて、長州人は金銭にだらしない風がある。だらしないということは公私の区別がつかない。

高杉晋作が、上海への渡船滞在費に支給された千金を遊蕩《ゆうとう》に費消したことは前に書いたが、井上馨（聞多）や山縣有朋などの流用、蕩尽などもひどいものだ。私的な遊びに費消したあげく政府会計に転嫁してしまう。国民の税金を私《わたくし》する（親方日ノ丸的な）風潮は、長州閥のこの気風が尾を曳《ひ》いているのだ。伊藤博文が芸者の膝枕で憲法草案を書き上げたといわれるほど、この悪弊は官僚を堕落させた。出発点にあってすでに救い難い。

こうして見れば世良修蔵の擁護論が、いかに感情的、非論理的なものであるかがわかる。

「藩長の奴輩《やつばら》をみな殺しにせよ」

激昂《げっこう》した仙台藩士たちは、ただちに行動に移った。

三百余人の仙台兵は翌朝、三道より白河を襲った。白河城を押えていたのは奥羽鎮撫総督府附属員《ふぞくいん》中村小次郎、長州の野村十郎らである。すでに恭順先鋒を承った白河二本松三春《みはる》棚倉《たなくら》平泉《ひらいずみ》の五藩兵がかれらの指揮で防戦したが、猛攻に耐えかねて諸藩は封境に退き、野村らも二本松に退却した。中村小次郎はこの戦闘で脚に負傷したおかげで、野村よりも一日だけ生をむさぼれた。

副総督醍醐少将（忠敬）に随行して、福島に入ろうとした野村十郎が斬られたのは、その翌日である。『醍醐手記』にある。

少将乃《すなわ》チ先ツ入リ人ヲシテ迎ヘシムヘキヲ約シ独リ野村十郎ヲ従ヘ関門ニ入リ行クコト未《いま》タ百歩ナラス異響ヲ聞ク之ヲ顧ミレハ野村既ニ斃《たお》ル……

異響を聞いたとは、銃声だろうか。野村は狙撃されて倒れたところに、仙台藩士が殺到し滅多斬りにした。それと知らず、中村小次郎は翌二十二日、駕籠《かご》で福島に赴かんとする途中、仙兵に襲われ、斬死。同じ日、薩摩の内山伊右衛門《うちやまいえもん》も従卒某と小者らと共に弾薬を出羽《でわ》に運搬中、発見されて撃ち殺された。こらえにこらえた誅戮の剣が一度に血を吸いはじめたのだ。世良の附属松野儀助《まつのぎすけ》は白河を遁《のが》れ福島に入って世良を探しているところを見つかって斬られ、馬丁繁蔵《しげぞう》も同じ憂目を見た。

薩摩の鮫島金兵衛《さめじまきんべえ》も斬られた。南部兵を組織し軍監として岩手山街道（新庄《しんじょう》街道）をやってきたところを、仙台藩ではわざわざと人馬の供給を拒んで、南部兵を帰し、鮫島と従者だけに切り離した上で襲殺した。

こういうふうに、仙台藩士ら、家老但木土佐、瀬上主膳、姉歯武之進らによる反抗の襲撃は慎重だった。総督府員を見さかいなく殺戮《さつりく》したわけではない。

たとえば、会計方の平坂信八郎《ひらさかしんぱちろう》も捕えたが宇都宮人なので殺さずに収檻《しゅうかん》して、後に釈放している。

また、沢副総督附属の筑前兵（一中隊約百人、隊長貝原市太夫《かいばらいちたゆう》）は薩長兵を撃ち殺したときも引き離して危害を加えないようにと、但木土佐の書翰《しょかん》中に明記してあったほどだ。

仙台藩を陥れようとした薩長が憎いのであって、朝廷への憎しみではなかった。ここを明確に区分けしている。どういうわけか仙台藩では〝討薩檄《とうさつげき》〟といい、檄文にも薩摩への憎悪をうたって、長州にふれてないのがある。この辺のところ研究の余地があるが、ともあれ、九条総督（左大臣道孝）、沢三位副総督（為量《ためかず》）、上参謀醍醐少将など少数の供を連れた公卿さんたちは丁重に扱われた。

仙台へ護送したが、間もなく軟禁も解いて錦旗と錦製官軍肩章を返納し、速やかに退去を願っている。

所詮は傀儡《かいらい》にすぎず、東征を翻意させる力は、かれらになかったからである。事の真意を明察するよりも、朝廷を動かす力の大きい方に微笑を投げる、それが公卿たちの生活信条だった。おっとり構えていさえすれば、先祖代々、朝廷という絶対存在の構成員として、生をむさぼれる。

安政以来、その公卿たちにも、攘夷派と開国派——長州派と佐幕派などに分裂抗争があって、三条実美などの所謂《いわゆる》、七卿落ちの悲劇があったが、これらは、たとえば岩倉具視や中山忠光などと同じく少数の過激な、いわば公卿のワクからはみだした人々だ。なんでも例外はある。熱血的であること自体、すでに公卿という特殊階級から踏みはずしている。大多数の公卿たちは、依然として、濃化粧をし、額に天上眉を描き、歌を作って香を聞く。寛々たる長袖は過激な思想や行動には不似合なのである。

念のために附言しておくと、この沢為量卿は生野銀山で旗あげした沢宣嘉《のぶよし》とは一族である。為量の実子主水正宣種《もんどのしょうのぶたね》が宣嘉の順養子となっている。宣種には面白い話があるが本筋に関係ないので、割愛する。

ともあれ、奥羽攻守同盟が出来てから、三卿は奥州各地をうろうろするしかなかった。はっきりと、敵に回った会津や庄内、それから仙台、米沢などはしかたがないとして、秋田藩や天童《てんどう》藩などの向背が決定しない。一応〝応援〟〝嚮導〟あるいは〝先鋒〟を申し出たとし（このあたり各々解釈が違う。諸藩の揺れ動く心理がわかる）錦旗を与えていたのを、

「総督府の命令が聴かれへんのか、ほなら、返上しなはれ」

と、威《おど》したりして、このあたりお公卿さんも、五摂家の一たる名誉と官位の大権をふりまわす。はるばるあらえびすの土地にやってきて、軍勢を切りはなされては、心細さも一入《ひとしお》だったにちがいない。

この下附した錦旗には、その形容で、数種あった。何しろどさくさで造りあげたものだから、不統一は免れないし、名称もまちまちで、紅地菊章旗と日月錦製あるいは白地黒菊章旗などあって、判然としない。

急造〝錦の御旗〟ではあるが、その尊厳を云々《うんぬん》できるあいだが、いのちの保証であった。

この間、奥羽鎮撫の直接軍勢であり総督警護の任にあった参謀大山格之助とその薩摩兵、長藩兵百人（小隊長栗屋市太郎、飯田千蔵）を率いた司令桂太郎は、羽前《うぜん》の天童、寒河江《さがえ》あたりにいた。

天童（織田）山形（水野《みずの》）上山《かみのやま》（松平）のあたりは小藩だから、かれらに威嚇《いかく》されておろおろしている。九条総督たちは秋田に出ることを考えていた。秋田二十五万石の佐竹義堯《さたけよしたか》は、東北諸藩の中でも反徳川の色彩が強い。これは関ヶ原以来のものだ。

九条、醍醐らは大山、桂の軍兵にある意味で救出され、あらためて、東下の官軍を待つことになるのだが、世良の死によって、桂は自動的に司令から参謀に昇っている。

世良の死と奥羽攻守同盟の結成は、ただちに、大総督府の知るところとなり、

「いよいよ、叩き潰すか」

木戸準一郎（孝允）や西郷らを喜ばせた。殊に欣喜《きんき》したのは、会津潰滅論を当初からぶっていた山縣狂介である。

薩摩の黒田了介（清隆）とともに北陸道鎮撫総督参謀を命じられた山縣狂介は越後《えちご》高《たか》田《た》の総督府でこれを聞いた。そのころすでに先鋒は桑名兵や水戸脱兵に幕府の歩兵らからなる混成軍を打ち破って、山道軍は千手《せんじゅ》から小千谷《おぢや》に進み、海道軍は柏崎《かしわざき》を占拠し

ていた。

この総督はやはりお公卿さんの高倉《たかくら》三位永祐《ながすけ》卿。才覚も智謀もなく、病弱だったから、山縣狂介の言いなりだった。

官軍と会津幕軍の間に立って調停しようとした長岡《ながおか》の河井継之助《かわいつぐのすけ》が、あまりの官軍の非道に決然と会津側に転じて抵抗するや、山縣は、病軀《びょうく》の公卿なんの役にか立たん、と、(士気を高め、敵を威服せしめんには)

と、奏して、精鋭の増強と、総督、上参謀に逸材をもとめた。山縣狂介の狡智は、常におのれが矢面に立たず、甘い汁だけを吸うことにある。その変わり身の早さが、これという功績もないのに、昇進させてきたのだ。要領のよさでは、比類がない。

朝廷では、ただちに仁和寺宮《にんなじのみや》が総督に任じ、上参謀には壬生基修《みぶもとおさ》と三月まで山陰道鎮撫総督として成果をあげた西園寺公望《さいおんじきんもち》の二人。それとともに芸州兵若州《じゃくしゅう》兵に加えて、薩長の精鋭、殊に海軍を増援してきている。

高倉卿は奥羽征討越後口総督と格下げされ七月の末に高田で病死。副総督だった四条《しじょう》大夫隆平《たかとし》卿も新潟裁判所総督を兼ねていたが、高倉の薨去《こうきょ》二日前柏崎県知事に追いやられている。山縣の策謀である。

山縣は一つの目的を抱くと、あらゆる手を用いて、そこに近づく。奇兵隊の一軍監にすぎなかったころから、軍務の実権を握り、勢力を扶殖《ふしょく》していった。高杉晋作以来、何人か総管（総督）が代わり、あるいはその栄誉の椅子と引きかえに、命を失い、あるいは挫折していったが、山縣はついに総管の肩書を得ぬままに実権を握り、飛躍した。

かれにとっては、所詮は烏合《うごう》の奇兵隊の総督という地位は、もはや問題ではなかったのだ。ただ奇兵隊の功績と、長州藩で占める位置、そして薩土肥《さつとひ》などに対する誇大なまでの影響力、それが必要だったにすぎない。

奇兵隊が、もっとも危険な立場にあるときは陰にいて糸を引き、甘い汁だけは吸う。功績だけはぬかりなく手中におさめ、敗残の責任は負わずに罪は免れる。身についた要領というしかない。鳥やけものが保護色を持つように、かれは危険を避けてきた。

密偵の思想

山縣狂介が足軽以下の匹夫《ひっぷ》から身を起こして、位人臣《くらいじんしん》をきわめるに至ったのも、奇兵隊の実権を握り、これを大いに利用したからと考えると、同じ軍監から、同じく下参謀に登用された世良修蔵の悲運とあまりにも違いすぎる。

どこが岐路だったのであろうか。

ただ、死ぬ者貧乏、というだけでは割り切れない。奥羽と北陸の違いではない。

世良修蔵には長州兵百人が従ったが、これは第四大隊二番中隊（鳥羽伏見後の編制部隊で奇兵隊士は少数しか入っていない）でつまり奇兵隊ではなかった。おのれの力を盲信したこともある。その出身の賤《いや》しさを、いつまでも身につけていたこともある。配下であるはずの中隊司令の桂太郎に人望を奪われたこともある。

この百人が、同じ釜《かま》の飯を食った奇兵隊なら、ああも無惨な、孤独な殺されかたをしなかったにちがいない。世良修蔵の悲劇は、奇兵隊から離れたことにあると見てよい。

むろん、同じ〝軍監〟ではあっても、奇兵隊の一部隊であった第二奇兵隊（南奇兵隊）のそれと、膨張した奇兵隊全部を統監する者とでは、権限も地位も違う。山縣狂介は奇兵隊四百人の上に君臨し最大限に利用し、最後まで手放さなかったのだ。

山縣が総督の地位に坐《すわ》ろうとせず軍監にして実権を握ることの強みを知ったのは、幼年時代の境遇から得た智慧《ちえ》だったようである。

山縣狂介は初名を辰之助といい、萩の南郊字川島《あざかわしま》に生まれた。萩の城下は阿武川《あぶがわ》の分流、松本川と橋本川にはさまれた三角洲《さんかくす》にあるが、この川島はその分岐点の湿潤のデルタ地帯である。吉田松陰の松下村塾はこの松本川の東岸に近い。

父の山縣三郎有念《さぶろうゆうねん》はかれが生まれた天保九年ごろ蔵元組中間《ちゆうげん》で五人扶持《ぶち》。藩制によればお六尺や城の門番よりも格式が下で、蔵元附というのは、十三組、地方組、百人組のその次だから、いかに身分が低いかわかる。

足軽は帯刀を許されて、鉄砲組、弓組にわけられているが、中間は小役人の走り使いなどで、山縣狂介の冷酷狡智な性格は、ここに芽生えている。母もまた松下村塾に近い松本村の中間岡治助《おかじすけ》の娘だった。

この環境がかれの性格を形成していることが少なくないので、もう少し詳しくいうと、村役人的な仕事は、足軽以上の武士の前では、泥水の中にも這《は》いつくばらねばならないが、農民や町人の前では、帳簿調べや年貢、棟割等々、何かと威張れることが多い。実収はむしろ、農民町人以下で、ただ役人の端くれ、という奇妙な地位が、根性の悪い、傲岸で冷酷な性格を作りあげていったようである。

その上、かれが五、六歳のころ、生母が死んで後妻が来た。これがひどい女で、継子《ままこ》も実子も捨てて、情夫と駈け落ちしたのだから、辰之助の性格に悪い影響を及ぼさずにはいない。

父が蔵元附の中間だったので、辰之助も青年期には、同じように得江《とくえ》の御蔵元になって内小使を勤め、ついで地方組の内回りとなった。

これは米麦の成長具合や、小物成りなどの実体と、農家の生活態度の調査だ。田舎の岡っ引というより関東でいう手先案内、下っ引や密偵《いぬ》に近い。こうした仕事がどんな人間を作りあげるか想像できよう。ある意味では貧しく弱い農民や、小商人たちにとって、生殺与奪の権を握るのだ。

これで、「使いものになる」と見込まれてから、周防小郡代官所の手子《てこ》に登用され、これでも治績をあげた。代官などというのは、中央から離れているために、実際に政治に熱を入れない。たいてい妾《めかけ》をつくり、将棋をさしたり謡などやったり遊び暮らして、実際に農民たちと接触するのは手代手附《てつけ》などだ。

したがって実権を握っている。これらの筆先ひとつで、お年貢などどうにでもなる。

この手代のことを防長では手子と言い、

お手子さまには及びもないが
　せめてなりたや代官さまに

という唄が農民たちの絶望的な吐息とともに、歌いつがれたものだ。

山縣狂介が、この貧しい人々にとって、どんなに恐ろしい鬼に見えたことか。手子という地位が、農民たち弱い者を、さらにしいたげることによって、確立されるという仕組みの中で、山縣は平然と足場を築いていったのだ。

そうしながら、かれは、農民の怨嗟《えんさ》が代官工藤半右衛門《くどうはんえもん》にむけられるように、巧みにしむけ、あくまでも役目に忠実なだけという姿勢をとった。この花を与えて実をとる、狡智な生き方はすでに七つ八つのころから、体得していたようである。

大正の初めまで、山縣の幼な友達の老人が三人生きていた。福永久次郎、川村又七、中村亀次郎。又と亀は四つ年長で、山縣辰之助の哥兄分《あにい》で悪戯《いたずら》をしてまわったが、この亀次郎が目脂《めやに》のたまった眼を細めて少年時代に阿武川原で石合戦をしたときのことなどを、よく話したが、

「山縣のダンボウ（坊ちゃん）は……悧発者《りはつ》でのう、川向うの椿郷《つばきごう》東村の奴《やつ》らと石合戦をやると……」

十歳以下の小さい連中を督励して板を集めて、楯《たて》を作ったり、葦《あし》の中になかまを潜ませて、ふいに横合いから衝《つ》かせたり、奇略にたけていたという。石合戦の最後は竹槍《たけやり》をもって両方で突き合い、叩き合い、半死半生になるまでやりあうのだが、辰之助はいつもうしろの安全地帯にいて亀次郎は大将だから先頭にたち、石の雨と竹槍、時には錆《さび》刀《がたな》を喰《く》らい何度、瀕死《ひんし》の重傷を負ったかしれない。「——山縣のダンボウはのう、わしが死にかけとると、ちゃんと薬や繃帯《ほうたい》を用意しとっての、小梯子《こばしご》に乗せて、わっしょわっしょと馬医者の家に担ぎこむわけじゃ、なんと手回しのよいこって……」

辰之助の狡《ずる》さに気がつかぬまま、好々爺《こうこうや》は一介の棒手振《ぼてふ》りで生涯を終えたが、あるいはむしろ、そのほうが倖《しあわ》せだったといえるかもしれない。

山縣辰之助の青少年のころは、ほとんど、この手子で過したといっていい。藩校明倫館でも住込みの手子になった。

毛利藩唯一の学校だから、士分以上しか通学出来ない。辰之助は古書の整理や使い走りで勉強も出来なければ、道場で正式の武道を学ぶことも許されない。ひそかに棒を振って、渇をいやしていたという。

時勢が急迫してくるに及んで、中間でも槍を学ぶこと苦しからずの御達しが生まれるに及び宝蔵院《ほうぞういん》流に飛びついた。このころの明倫館の頭人（校長）は山縣与一兵衛《よいちべえ》で、後年、俗論党となって対立し、切腹する羽目になるのだが、辰之助としては怨み霽《ば》らしの報復的抗争に熱中できたことであろう。

だが、このときも矢面にはたたない。筑前へ脱走した高杉が飄然《ひょうぜん》、舞い戻って、力士隊総督伊藤俊輔、遊撃隊総督石川小五郎（後の河瀬真孝《かわせまさたか》）や参謀高橋熊太郎《たろう》、所郁《ところいく》太郎らの助力を得て馬関会所襲撃を決行したときも、すでに奇兵隊軍監となっていた山縣狂介は先行を危ぶんで立たなかった。

そのくせ、高杉の肩印に、

谷つつき梅咲きにけり白砂の
　雪の山路を行く心地して

の一首を書きつけて壮行を祝すという、姑息《こそく》な手段をとっている。

万一成功すれば、壮行を祝したといえるし、不成功のときは、協力しなかったと逃げられる。常に逃道を用意して、危険の場に踏みこまない。そのくせ、総管の赤根武人に加担するというのでもなく、情勢を計っている。赤根が失脚し、自動的に、手に衂《ちぬ》らず、額に汗せず、奇兵隊の実権を易々《やすやす》と手中にすることができたのである。

表面だけ見れば山縣はただ幸運児ともいえるだろう。後年、大村益次郎が暗殺されなければ長州陸軍、つまり、日本陸軍の全権が山縣のもとに転がりこんできたかどうかわからない。

いうならば山縣狂介は、幾多の先輩同志の流した血を、栄養《こやし》として、正二位、大勲位《だいくんい》、公爵の地位を手に入れたとも言えるのだ。総管は山内梅三郎、毛利少輔三郎と代わったが、山縣は実権を放さず、時山直八、片野十郎、三好軍太郎《みよしぐんたろう》、福田俠平、滋野謙太郎《しげのけんたろう》、三好六郎《ろくろう》、鳥尾小弥太、野村三千三《みちぞう》らを腹心として、手なずけていた。

就中《なかんずく》、野村三千三は山縣に共通したところがあった。出自は玖珂郡山代村の漢方医の子だが、目はしが利いて、才のひらめきが時に舌を巻かせることがあり、

(油断のならん男だ……が、つかえる)

山縣は、おもった。

人間は誰でも、自分に似た男は好きになれない。容姿が似ているのも嫌なものだが、性格気質も、自分を鏡に写しているような気持にさせられては、不愉快だ。

殊に、その性格が他に誇れぬ場合はなおさらであろう。山縣狂介の特異な点は、その、おのれの毒を、英智と自認しているところであった。

（これでなければ、出世が出来るものか、小さな名誉や、誇りが欲しくて、危険に臨むのは馬鹿なことさ）

その眼で見ると、野村三千三は、

（おれの小型だな、役に立つ……）

容姿までも、野村が痩せているのが気に入った。

長州人はだいたい痩せ形が多いと前にも書いたが、中には桂太郎や有地品之丞《ありちしなのじよう》などのように肥満形もいる。かれは肥満体が嫌いだった。陋巷《ろうこう》に育ち小食粗食を強いられてきた山縣は、殊にその長州痩軀《そうく》の中でも、きわだって細い。枯木に着物を着せたようで、風采があがらない。同じ痩軀長身でも高杉などは粋な風流っ気があるから、結構辺幅《へんぷく》を飾ることを知っている。痩軀は利点としてお洒落がさまになって、女心を傾かせるすべを心得ている。

が、山縣の痩軀は貧弱以外の何ものでもない。女心を摑《つか》むすべも心得ていない。ひたすら、こす辛く、出世と栄達ばかりを考えて行動してきた山縣は、女の眼にも、男らしさ、立派さがない。松陰門下ではむしろ珍しいくらい、女にモテない。そうしたことも、かれの性格を一層陰湿に冷酷にしていったようである。

そんなふうだから、肥満体を嫌った。

いうまでもなく、あこがれの裏返しだ。もとめてもとめ得ないので、嫌い、憎んだ。山縣は生涯肥《ふと》ったことがない。門地の高い有地品之丞（後の男爵、政信《まさのぶ》。海軍中将。宮中顧問官となり明治帝より達磨《だるま》中将と渾名《あだな》さる）や桂太郎が肥って色白なのが、羨ましかった。色黒の枯木から見れば福々饅頭《まんじゆう》のような肥満体はおっとりして、何も言わずとも裕福で門地の高さをあらわしているように見えたのだ。

幼年期に、この上士の有地にぬかるみに土下座させられた怨みを一生抱きつづけていたほどだから、（有地が大将になれなかったのは山縣の差金《さしがね》だといわれる）肥っていることと、上士中士の身分は、かれにとって憎しみの象徴であり、野村三千三への理解はその裏返しといえたのだ。

小倉戦争の際には、野村三千三は第三銃隊で隊長堀潜太郎の右腕として押伍《おうご》だったが、鳥羽伏見の戦前夜には、京坂《けいはん》へ潜入し密偵としての働きに申し分なく、北越出征には、五番小隊司令元森熊次郎《もともりくまじろう》のもとで半隊司令となり、元森の戦死で司令に昇格した。

この野村三千三に山縣は後年手を噛《か》まれるのだが、そのことは後述する。

山縣狂介が女心を得ることが出来なかったのは、啻《ただ》にその風采の貧相ばかりではない。同じ松陰門下の熱血志士の間にあって、その狡猾冷酷で謀才のぎらぎらしたものが、夫を選ぶに敏感な女の眼に汚水の油のように映じたのであろう。

山縣が恋をしたのは、同門の入江《いりえ》九一《くいち》の妹すみだった。宇川島に近い土原《ひじはら》村字梨ノ木《なしのき》町に入江の家があり山縣狂介と伊藤俊輔は毎日のように訪れては、九一と天下を論じ、すみ女にいいところを見せようとした。山縣が常の青年の気持で、女に接したのは、このすみ女が初めてで終りだった。このときにはまだ山縣もこと女に関しては至純な気持を抱いていたようである。

が、すみ女は伊藤俊輔に心をひらいている。伊藤は女にかけては手が早い。が、そればかりではあるまい。伊藤が藩の用事で江戸と往復している隙を狙って手を出そうとした卑劣さと、兄の入江九一と野村和作が前後して、過激な尊攘運動のために投獄されたにもかかわらず山縣は例によって、捕縛もされず嫌疑もかけられていない。その巧妙さが、二人の兄の純粋さを識《し》る妹には、どうしても敬愛の情が沸かなかったのであろう。

伊藤は後に彼女を離縁して馬関芸者を娶《めと》ったが、山縣は一たびの失恋によって、女心を得ることはあきらめた。が女の肌は欲しい。

この沈着周到な男にも似ず、女を得るに白刃をもってしている。奇兵隊を掌握したころ馬関の豪家石川某を白刃で威して娘お友をひっさらって妻とした。恋人がいたのを威して引き離したとも伝えられる。立身出世には智略をめぐらすこの男が、生涯に一度見せた狂気の姿だったかもしれない。色恋にかけては凡夫にも劣った。女性がもっとも嫌うのは冷血漢である。

錦旗急造

鳥羽伏見の戦いは必死の会津桑名軍に攻められて、奇兵隊は上下とも、死傷者が続出している。

　このときも山縣狂介は吉田の本営にあって上京していない。奇兵隊、第二奇兵隊をはじめ、遊撃隊、整武隊《せいぶたい》（鴻城、御楯併合）などの混成部隊で、総督に毛利内匠、諸隊参謀に片野十郎が任じ、奇兵隊司令は三浦五郎、参謀三好六郎、小隊司令鳥尾小弥太、半隊司令山本作太郎《やまもとさくたろう》、藤村英二郎《ふじむらえいじろう》。第二奇兵隊参謀林半七、司令相木又兵衛《おうぎまたべえ》以下で、一個小隊四十人ばかりに、あらためて編制した兵組でおよそ七百人ほどだった。

　伏見口を守っていた奇兵隊ほかの長兵は正月三日の夕刻、鳥羽口の薩摩軍の砲声を聞いた。伏見奉行所の幕軍が進撃しはじめ発砲したので、御香宮《ごこうのみや》前に布陣していた薩兵と、長兵遊撃隊がこれに当り、第二奇兵隊は毛利橋から進んで京橋の敵と交戦した。

〈両軍激戦砲声天地ヲ動カス会々《たまたま》火市中ニ起リ火焔《かえん》空ヲ焼ク〉と。

　このいわゆる鳥羽伏見の戦いは三日の夕刻から、六日の夕刻までつづいた。最初の日は薩長苦戦で死傷多く、長兵遊撃隊では参謀はじめ小隊司令など五人が死に十二人が負傷、第二奇兵隊では三浦龍助が討死し、相木司令ほか五人が負傷している。

翌四日もはじめは幕軍が優勢だったが、錦旗を持ち出してから、情勢が変わった。

四日天寒ク風亦愈々《いよいよ》加ハル幕軍暁ヲ冒シテ鳥羽伏見ノ両道ヨリ更ニ来リ進ム薩兵ノ鳥羽ニ在ルモノ先ツ迎ヘテ之ヲ撃ツ戦ヒ利アラス時ニ大将軍宮此暁既ニ東寺ニ至ル更ニ進テ鳥羽ニ向ハントス薩兵錦旗ヲ仰望シテ士気頓《とみ》ニ振ヒ……

伏勢で幕軍を一旦乱したりしたが、苦戦は免れず長兵に応援を頼んできた。で、相国寺駐在の整武隊が出動し、東福寺《とうふくじ》にあった奇兵隊と第二奇兵隊も鳥羽口に走って、薩兵を助けたが、高瀬《たかせ》河堤で大激戦となって、多くの死傷者を出してしまった。

遊撃隊では死者三人、負傷五人。整武隊では田村参謀、野田《のだ》半隊司令が深傷《ふかで》を負ったほか十九人の重軽傷を出し、そのうち五人が翌日後日に死んでいる。

第二奇兵隊でも、半隊司令尾川猪三郎《おがわいさぶろう》と片山嚮導《かたやまきょうどう》が討死し、小隊司令の鳥尾小弥太(後の陸軍中将、子爵)、下田《しもだ》司令など十人が負傷した。

この戦さの数日間、寒気甚だしく、烈風が吹きすさんで、火勢は屢々《しばしば》、思いがけないほうに流れて、戦局を狂わしたようである。

五日、六日と、宇治《うじ》、木津川《きづがわ》沿いに戦線は南下し、ということは薩長が漸く《ようや》勢いを得て淀《よど》から科手《しなで》と追いつめ、とうとう八幡橋本《やわたはしもと》をおさめて大坂に追い払って追撃を止めたのだが、四日五日両日の損害は大きく、奇兵隊では半隊司令藤村英二郎ほか一人が討死、整武隊では中隊司令石川厚狭介《あさのすけ》ほか四人討死という有様だ。前者では中隊司令の三浦五郎（後の梧楼《ごろう》、陸軍中将、子爵）ほか二十一人が負傷し、うち七人が翌日あるいは入院中に死んだ。後者も半隊司令岡崎高槌《おかざきたかつち》が後日死んだように三人が次々と死んでいったほか十四人が重軽傷を負った。

六日は第二奇兵隊は四人の負傷者があっただけだが、膺懲隊《ようちょうたい》では参謀平野光次郎《ひらのこうじろう》が深傷で死に、四人が負傷し、応援の岩国二番隊の某が重傷を負った。薩摩兵の死傷はわからない。

奇兵隊ほかの長州兵の死傷を詳述したのは、前線というものが、如何《いか》に非情で酷烈なものかということを、本営でぬくぬくとしていた軍監山縣狂介の姿と対比して貰《もら》いたかったからだ。

高杉晋作の決死行に対して、胸も痛めずに平気で肩印に腰折れを書いて、送り出したように、山縣は、三浦五郎の負傷見舞の手紙で武勲を褒めそやしている。

淀落城の一戦は尤《もつと》も花々しき御はたらき、少しく御手負の一報驚歎《きようたん》……

褒めるだけなら腹はいたまぬ。自分の身にも危険はない。三浦五郎は単純に脚の傷の痛みも忘れて喜んだ。

「狂介も出陣したかったようだな」

出陣はしても、弾雨のもとには身を曝《さら》さぬ。曝さないでいいだけの地位が、すでに狂介には出来ていた。

北陸道鎮撫総督府参謀を拝命したのが四月二十三日。しかし、他藩応援掛ということで福田俠平と関東視察に江戸へ行っていた山縣狂介は西郷吉之助と薩藩汽船豊瑞丸《ほうずいまる》で大坂へ戻って来ると、北陸へ向かった。高田へ着いたのが閏《うるう》四月二十日の朝。

福島の須川《すかわ》の河原に、世良修蔵の首が転がり、うしろ手に縛られた血まみれの胴体が河中に投げ込まれたころであった。

北越出兵の命を受けた奇兵隊は在京の六小隊と、長府藩の二中隊である。山縣、福田が東下中とあって、時山直八が参謀として統率、薩摩兵を率いる黒田了介と出発したのだが、その編制は、一番から六番までの小隊で、司令は、滋野謙太郎、久我四郎、堀潜太郎、能美《のうみ》兵吾《ひょうご》、元森熊次郎、山根《やまね》辰三《たつぞう》らである。

この六司令士のうち半数の三人と時山参謀が戦死、砲隊司令士の山本平八郎と神田撰十郎も重傷を負ったのだから如何に激戦だったかわかる。

ついでに書いておくと、奇兵隊士には軍防局から白米六合、金壱朱《いっしゅ》と一日分の支給額が公布されて、別に半隊司令以上へは月額金五両、嚮導及び照準者へは三両、兵士には二両二分支給されることになった。戦地で暴行掠奪《りゃくだつ》などしないようにと配慮されたのだろうが戦争の楽しみは、その点にあるのだから、兵士を完全に圧《おさ》えられはしない。

前にもちょっと述べたが、この越後の敵勢は半ばを桑名勢が占めている。なぜこんなところに桑名藩士がいるかというと、藩主松平定敬《まつだいらさだあき》は会津侯の実弟でかつて京都所司代をつとめた。長州にしてみれば、憎い警視総監だ。会津に次ぐ敵だし、定敬と藩士らも心情的にも佐幕だ。定敬は大坂城から前将軍慶喜に従って江戸へ還《かえ》ったが、桑名は官軍に奪われて帰国できないので、飛地である柏崎へ来た。会津と幕府の歩兵らとともに、官軍に抵抗線を張っていたのである。

幕府の歩兵は洋式練兵の雄、衝鋒隊長の古屋作左衛門《ふるやさくざえもん》に率いられた精鋭で、さしもの奇兵隊もてこずっていた。

その上に、長岡藩の抗戦である。巷間《こうかん》、河井継之助の苦衷《くちゅう》と至誠に讃辞を吝《お》しまないが、当時の生き残りである新潟出身の代議士西潟為蔵《にしかたためぞう》はこう言っている。

長岡失敗ノ原因ハ河井継之助カ其実力ヲ量《はか》ラス漫《みだり》ニ薩長ト東北諸藩トノ間ニ立チ両者ヲ擒縦《きんしょう》シテ漁夫ノ奇利ヲ収メントセシニ在リ此実情世之《これ》ヲ知ル人少ナシ予不文ニシテ大ニ之ヲ闡明《せんめい》スルコト能サルヲ遺憾《いかん》トス

と言ったという。そういう見方をする人も地元にいたわけである。

ともあれ、河井継之助を敵に回したことは官軍の困難を倍加することになったのは否めない。

北越戦争の最初のヤマは長岡藩領の境界にあたる榎峠《えのきとうげ》の争奪であろう。官軍はこれを奪うに尾州《びしゅう》兵上田《うえだ》兵を充《あ》てた。松代《まつしろ》二隊大砲二門を備えたが、長岡兵の奇襲にもろくも破れて、せっかくの嶮要《けんよう》を捨てて退却した。

「くそ！　なんちゅうざまじゃ、ひょろ腰めらが」

左岸を守った奇兵隊四番小隊司令能美兵吾は地団駄踏んだ。

いつの世でも戦争の実態は同じだ。アメリカがベトナム戦に韓国兵や黒人兵を前線に押し出し、ナチスがポーランドやオーストリア兵を前衛に駆りたてたように、官軍も、もともと徳川の御三家たる尾州兵や譜代の高田（榊原藩）、上田（松平藩）などに命じて督戦《とくせん》した。

錦旗をふりかざして、

「天朝にしたがえ、露払いせえ、あらえびすどもを退治せえ」

と、奈良朝の四道将軍さながらだ。

外様《とざま》ではあったが、加賀《かが》の前田《まえだ》兵も、松代の上田兵も心服しているわけではない。時の勢いでしかたがない。尾張兵にしてみれば兄弟を撃つようなものだから、熱が入るはずがない。見せかけだけの戦いに、危くなればサッと退く。

二十七日の小千谷小出島《こいでじま》の戦いで元森熊次郎が戦傷死しているし、単純粗暴な能美兵吾はいきりたっているが、時しも梅雨《つゆ》だ。連日の霖雨《りんう》が激しさを増して、河水が氾濫《はんらん》し渡河することが出来ない。薩摩、松代、飯田《いいだ》などの兵と連絡して対岸から銃撃し、三仏生《さんぶしょう》方面から砲撃する。長岡勢も大砲を右岸に配列して撃ちかえしてくる。

「やむを得ませんな、水勢が衰えるのを待って、突撃するしかない」

元森の戦死によって司令に昇格した野村三千三は雨に面《おもて》をしぶかせながら、面白そうな顔で言った。この男は、どんな場合でも悲壮な顔をしたことがない。何かといえば悲《ひ》憤慷慨《ふんこうがい》して、高歌放吟《こうかほうぎん》、蛮声を張り上げて、上士や他藩をくそみそにこきおろし、我一人忠勇義烈と嘯《うそぶ》く長州志士のなかで野村三千三はいつも冷静だった。

喧騒《けんそう》が好きな連中の中に妙に冷静なのが混っていると、座がシラけるものだ。三千三の場合は、ただ騒がないだけで、雰囲気を損うことがない。稚気横溢《ちきおういつ》のそんな座が好きなように、いつまでも酒盃《しゅはい》を放さず、にやにやしながら交際《つきあ》っている。

素姓の知れない連中が多いなかで、ともかく医者の伜《せがれ》ということが、三千三のそんな態度に、奥行きを感じさせていたようである。鉄砲の腕もかなりのもので、火薬の知識があるのは、漢方医の生まれとして副次的な余慶だったろう。

さて、日暮になって水勢が衰えたところで野村三千三の奇兵隊五番小隊は尾州兵を先に立て、渡河するや、敵陣の側面から銃撃した。これに勢いを得て、久我四郎も能美兵吾も、その各々の二番、四番小隊を率いて渡河し、榎峠の味方を救援した。

が、夜に入るに及んで、長岡兵の巻き返しがすさまじく、奇兵隊は苦戦に陥り、横渡に退き、木津山天王寺《てんのうじ》などに分散して夜を明かすという有様だった。

この間参謀山縣狂介は、〈帷幕《いばく》ニ在リテ謀計ヲ回《めぐら》シ出テテハ戦局ヲ視《み》、ソノ容易ナラサルヲ知リ……〉こう命令した。

「奇襲するしかあるまい、奇兵隊の得意戦法だ、時山おぬしが指揮をとれ」

時山直八はその朝、戦死した。

冷徹な男が常にそうであるように、山縣狂介には親友というものがいない。高杉晋作などは死ぬまで、かれを信じていたが、山縣は晋作の死地に入るときでも、巧みに身を退いている。そのくせ、親友面をする。親友面をすることによって、身辺を固め、勢力を増やし、立身出世をした。政敵は冷酷無慚《むざん》なまでに叩き潰す。

この山縣の卑劣な心情を見ぬいた者は一人もいなかったのだろうか。見ぬいたと思われる者が少なくとも二人はいる。野村三千三と江藤新平《えとうしんぺい》である。二人とも明治の始めに死んでいなかったら、山縣の後年の光栄はなかったろう。

足軽以下の卑賤《ひせん》から出て、それも弱い者いじめの密偵《いぬ》だった男が、貴族院議員、枢密院議長、陸軍大将、陸相、内相、法相、首相（二回）を歴任し、元帥府《げんすいふ》に列せられ、従一位、大勲位功一級、公爵——死んでまで国葬を以て遇せられたのだ。時流に乗ったという程度の生やさしいものではない。顕職をむさぼり位人臣をきわめたその蔭《かげ》にどれだけの人間が、愚直なゆえに、単純なるゆえに、信義を重しとしたゆえに、踏みつけられ、土台にされていったか。

奇兵隊創立以来の莫逆《ばくげき》の友時山直八も、まさか決死一番のこのときに、山縣に裏切られるとは思っていなかったろう。

山縣が、時山を伴って、附近を視察したのは、榎峠の激戦の前日五月十日だった。十二日には川を渡って地形を按《あん》じた。敵が頼みにしている三百メートルほどの朝日山《あさひ》をふり仰いで、

「あの峰を奪わねば戦局は好転せぬ」

山縣は渋面つくって言った。

「難しい。遮蔽物がないけんのう」

「難しいのは、わかっとる。取らにゃならんのだ」

「おぬしはそう言うが……」

言いかけて時山は口ごもった。

かれは北越に来て以来、山縣に手ごたえの違うものを感じていた。それが何であるかは、この磊落《らいらく》で正直な男は気がつかなかった。

かれにとって山縣は辛苦を倶《とも》にしてきた同志であり先輩であり、上司だった。同じく倒幕の熱意に燃えた男、と信じ、それ以外のことを考えようともしなかった。山縣が遅れて駈《か》けつけてきてからの二十日間、かれの表情や言動はすでに友人のものではなかったはずだ。

時山の頭には、ただ進撃と勝利しかなかったのだ。単純明朗は美徳であるが、墓穴は他から掘られることが多いのが社会である。

山縣の性格と野心を思えば、かれが、従者数人だけで高田に着いた後、時山は仮病でもかまえて、身を退くべきだったかもしれない。

それまでさしたることもなく、総督府の長薩合同の会議所を置いて時山は当初より定詰めとして、会議をリードし、多少、いい気持になっていたのは否めない。正式な総督府参謀たる薩摩の黒田了介（清隆）は、連日の下痢《げり》で苦しんでいた。だが、時山の昂揚《こうよう》も考えてみると、奇兵隊創立以来、常に藩内藩外の敵と戦い、朝敵となり、外夷《がいい》に攻撃され、いうならば、攻撃される側にばかりいた身が、錦旗のもとに堂々と進撃してゆくのである。しゃ熊のかぶり物も威風あたりを払ったろう。行先々の庶民はもとより、大々名までが緞子《どんす》の袴《はかま》の膝を折って這いつくばるのだ。欣快《きんかい》この上ない。昂奮《こうふん》も当り前かもしれない。

京から高田までの旅中の誇らしさ。わが世の春の喜びを、山縣は味わい損ねた……山縣のような男を上司に持った場合は、献上の美酒が、いかに美味であったかを述べてはいけないのだ。不味だったと嘘吐《うそつ》かないまでも、忘れなければいけなかった。

調子に乗った時山直八の態度は、

（おれのお株を……）

奪われたような気が山縣はした。北陸道鎮撫総督府参謀の実質的な椅子を、奪われたような気がした。

時山は奇兵六小隊の参謀ではあるが、総督の参謀ではない。ここに大きなひらきがある。山縣の歪《ゆが》んだ眼に、時山の態度は、その差をみとめまいとしているように見えたのだ。

内憂外患の闘争の渦中にあるとき、同志は結束する。天下が目の下にぶら下がってくると卑俗な世間的な名声や栄誉が、否定し難い欲求となって、純なるものを汚し、打ち砕く。山縣狂介は、それが他の同志よりも、少しばかり早かったというにとどまるだろう。

時山の頭には戦争のことしかない。

嶮塁《けんるい》にひるんだ時山の顔を凝《じ》っと見て、山縣狂介はこう言った。

「奇兵三小隊だけでは無理だろう。大軍を動員すれば、抜ける。わしも一番小隊を率いて側面から、登る」

「参謀が」

と、時山は絶句した。

山縣にして常の感情があれば、この一言で時山直八の平明な心情が推察できたはずである。が、ひとたび山縣の心に巣喰った癌《がん》は荒療治するしか方法はない。

「明朝がよい。暁闇《ぎょうあん》にまぎれて総攻撃をかけよう。薩軍のほうへはただちに連絡しておこう。時刻は、寅《とら》の刻、第四時としよう」

「わかりました。七ツ（刻）攻めですな、頂上近くの本塁を奪ったころ、夜が明ける。で、一番小隊の方へは」

「早馬で伝令させる」

奇兵一番小隊は司令滋野謙太郎で、柏崎に後詰めしていたのが三仏生に来ている。これを呼んで山縣が指揮するというのである。

時山は勇躍して、横渡《よこわたし》で兵を整えることにした。そこに集まっている奇兵隊は久我四朗司令の二番小隊、山根辰三司令の六番小隊、それに野村三千三を新司令とした五番小隊である。

朝日山は十日町《とおかまち》を流れて小千谷に至る信濃川《しなのがわ》から眺めると、東西に屏風《びょうぶ》を立てたような連山の西端で、ここを扼《やく》されては川沿いに長岡に攻めこもうと思っても、頭上から撃たれ、背後を絶たれて袋の鼠《ねずみ》になる。

この嶮塁を奪わぬ限りは長岡城に進撃できない。

山縣の作戦は、薩兵をして東方右翼から攻撃させ、小千谷口の正面からは時山が三隊で攻め、山縣は第一小隊をもって、西方から攻め登る。第一小隊の布陣している三仏生というのは、横渡とは対岸の二キロばかり下流である。

夜になって、野村三千三が小千谷にやってきた。

本陣にした寺の本堂で、山縣は薩摩の小隊長たちと地図をひろげ、酒を飲んでいた。

「そうか、黒田さんは、まだよくないか、是非とも来て貰いたいと思うちょるのだが」

などと話しているのが耳に入った。弾丸が不足していたので、必要なだけ貰ってから、

「時刻は大丈夫でしょうな」

と、聞いた。虫が知らせたというか、一番小隊のことが気になった。この滋野謙太郎の精鋭が西壁を襲ってくれなければ、正面の三小隊はもろに、銃火を浴びることになる。

薩摩兵たちは、陽気に酔っていて、どっと哄笑《こうしょう》した。野村三千三の細心の配慮がかれらの好みとする豪傑ぶりからは、嗤《わら》うべき姿に見えたのか。

「七ツ（刻）だ」という者があり、「第七時だ」と怒鳴りかえす者、哄笑がそれを吹き飛ばすように揺れて、もうまともな話もできない。古い時刻の呼称と、新しい西洋式時間の観念が混乱している。山縣や黒田は懐中時圭《セコンド》を持っていたし、身分のある者は自鳴鐘やオランダ式漏刻《ろうこく》を用いている。奇兵隊日記なども寒暖計で毎日の温度を計って記しているほどだ。政治形態が大きく変わっただけではなく、日常が変革を余儀なくされている時代であった。

野村三千三が、後に思いめぐらしたのはこのズレを、山縣が意識的に利用したかどうかだった。

翌十三日暁闇、寅――午後四時の約束の時刻、〈三仏生ヨリノ奇兵隊一番小隊遅延〉のため、山縣も横渡に姿を見せず、ために、時山直八は、

〈時機ヲ失センコトヲ恐レ見兵（現在手許《てもと》にある兵数。二、五、六番の三小隊）ヲ以テ進撃ス〉と。

半刻だけ待った。それ以上は待てず一書を山縣に残して朝日山に向かったのだが、その書置《かきおき》の内容はわからない。小雨にけむる暁闇の山で凄絶な攻防戦が展開された。

山縣と一番小隊が延着したなら、いつまでも待つか、攻撃を一日延ばせばよかった――等というのは時代の精神を知らぬ輩《やから》である。懶惰《らんだ》と要領の良さが美徳とされる現代とは違う。士気というものは、昂揚したときに、倍化して発揮される。況や、ことごと

に対立している薩兵に応援を頼んでいる。いまさら取消しは出来なかった。

「われわれだけで山顚《さんてん》をきわめようぞ」

時山直八は決死の覚悟だった。死して汚穢《おわい》をさらすは武士の恥なりと、襦袢《じゅばん》と褌《ふんどし》はいつも清潔なものを身につけている直八である。

〈時山奮進敵ノ第三堡第二堡ヲ抜キ第一堡ニ迫ル此日雨降リ泥濘《でいねい》甚タ難《くるし》ム直八猶《なお》奮進身ヲ挺《てい》シテ指揮ス敵ノ狙撃スル所トナリテ斃《たお》ル――〉と。

惨憺《さんたん》たる敗戦だった。直八は即死。外四人が戦死し、重軽傷者小隊司令山根辰三以下三十四人、薩摩兵は死傷九名。直八の即死は忽《たちま》ち士気の沮喪《そそう》を招き、さしもの奇兵隊もどっと敗退。ために、直八の死体は置き去りにしてくるという醜態を演じたほどだ。

三仏生から滋野謙太郎が奇兵一番小隊を引率してやってきたのは、出発に遅れること一時間半、六時すぎ。滋野謙太郎はじめ攻撃の時を「第七時」と伝令から聞いたという。朝日山の砲声によって、むしろ早めに駈けつけてきたのだ。はしなくも野村三千三の杞《き》憂《ゆう》は当った。

遅ればせながら山縣は滋野を叱咤《しった》し、一番小隊を以て、戦線に加わった。死者はいなかったが、行方不明が一人。前夜三仏生に伝令した従者某である。後にこれは戦死の内に加えられた。

朝日山攻撃の失敗が、伝令の〝不充分ナ伝達〟にあり、その伝令が〝戦死ト認メ〟られては時山直八たちの霊魂も尻の持ってゆき場がなかったろう。

伝令の過失が、山縣参謀の責任にまで及ばなかったのは、かれの権力を物語る。薩摩の黒田了介は病気のため、馬に乗るのも困難なほどで、ほとんど荷車か山駕籠《やまかご》の世話になるという始末で、北陸道鎮撫軍は、完全に山縣参謀の手中にあった。

その山縣が突然、参謀辞任を申し出たのである。翌六月の末ごろらしい。

まだ戦争は終っていない。陸軍の増強とともに海軍（衝背軍——陸戦隊）の応援を得て大軍をもって長岡城を奪ったが、その長岡の残兵と会桑兵旧幕歩兵に米沢庄内仙台上ノ山等の兵、ならびに越後北部の諸藩兵も加って、抵抗をつづけている。

こうした最中《さなか》に、山縣が何の理由もなしに辞任を申し出たのだ。解任願いが出された日は不明だが、七月六日の職務進退録に左の辞令がある。

山縣狂介　北越出張尽力不一方候処今般依願参謀被免同藩佐世八拾郎《させやそろう》へ右代リ被仰付候事

七月。

佐世は前原彦太郎《まえばらひこたろう》、後の一誠《いっせい》である。長州藩士で奇兵隊には関係していないが、重厚な人柄ですでに人望があった。

山縣の解任願いは一旦聴き届けられたが、総督宮からの懇諭《こんゆ》によって、その月の末には翻意して復任している。佐世も妙な立場に立ったものだ。二十九日附で越後府判事に転じたが、その辞令では前原彦太郎になっている。

戦地では以前から前原を名乗っていたようだ。時山直八も玉江三平《たまえさんぺい》と称していたように、薩長人は屢々《しばしば》名前を変えている。武士風習による改名ではない。地下活動のときは是非もないが、光輝ある（？）官軍になってまでそうした連中が多かったのは充分考察の余地がある。幕臣や東北諸藩士の中には少ない。新選組ですら近藤や土方《ひじかた》が偽名を用いたのは流亡によるものだ。

話がとんだが、山縣の解任願いは、謎に包まれている。謎の陰の人物として、野村三千三を感じるのだ。

山縣ほどの男が野村に秘密を握られても弱気になるとも思えないが、おのれを知るだけに鏡にうつったような三千三の狡智に、消しきれぬものを感じたのではなかろうか。

維新の元勲と称される連中の中でも、伊藤博文や大久保利通《おおくぼとしみち》の狡智は喧伝《けんでん》されているが山縣が槍玉にあげられないのは、才気が目立たないからだ。かれの巧妙さは才気を剥《む》き出さないことにある。頭脳の明晰《めいせき》さでは大久保やその他かれを凌《しの》ぐ者は少なくない。がその多くは欲望と才気を露わにした。両刃《もろは》の剣を持つにひとしい。一人をほふる毎《ごと》に、第三者に警戒と不信を植えつけ、終局的には不評を招き、非業に終る。大久保や江藤新平がその典型であろう。山縣は敵の愚かさ、間隙を衝くが、隙のない者、もしくは才気で劣る場合、争いを避ける。

山縣が、野村三千三に弱味を握られたと見られる所以《ゆえん》は、かれの生涯における唯一の汚点となった陸軍省の官金六十五万円、背任事件だ。

西郷隆盛の月給が百円だった時代の金である。今日の十億二十億にも匹敵する。

この事件は明治政府初期の大汚職として、知らぬものはないが、大疑獄までに発展しなかったのは長州閥の強固さ権勢の凄《すさ》まじさを物語るものでしかない。野村三千三は凱《がい》旋《せん》後、奇兵隊を離れ、一商人に転向した。ただの商人ではない、横浜で生糸を商い、兵部《ひょうぶ》省御用達《ごようたし》として山縣から官金を引き出したのである。

用心深い山縣が、多少のリベート欲しさに五十万、六十万もの大金を貸すはずがない。危険な橋は渡らぬ男だ。弱味を握られているとしか思えない。時山の死、解任届け、野村の転身、そして大汚職――ここに見えない糸の連鎖が感じられるのである。

野村三千三こと山城屋和助が、山縣よりも幾らか人間らしさが残っていたことは、負債の返済が不可能と知るや、証拠書類の一切を灰にして陸軍省の応接間で腹かっさばいて自殺し、罪を清算したことだ。そこに、わずかながらも奇兵隊士としての誇りの残光が見られる。

が、山縣は死ぬどころではない。陸軍大輔《たいふ》の職を一旦は退いたが、山縣の罪を認め公けにすることは長州閥の閉塞終焉《へいそくしゅうえん》を意味することになる。罪のすべては山城屋にありとして、山縣は再び甦《よみがえ》った。巨閥はかれを不死鳥のように復活させた。その間、わずか半年、初代陸軍卿に就任、再び権勢を張ってゆくのである。

多くの同志の血で購《あがな》った奇兵隊の栄光は、こんな男を肥えさせるためのものでしかなかったのだろうか。

陸軍と資本家の結びつきは山城屋事件が象徴するように、飽くなき貪婪《どんらん》さで三井《みつい》、三菱《みつびし》にひきつがれ、一世紀を過すようになるのだが、その主核をなしてきた長州陸軍の母胎が奇兵隊であることを思うと、その歪みも当然かもしれない。

ついでに記しておく。北越戦争で奇兵隊の戦病死あわせて六十八名、重軽傷者百十二名——合算すると、二割強。掠《かす》り傷も負わなかった山縣狂介はこの犠牲の上に立って、戦中に慰労金として金一万匹、凱旋後賞典永世六百石を受けて栄達を約束されていたが、泥水に浸り砲煙弾雨乱刃の下をくぐった奇兵隊士への賞賜は藩全体の功績に包括されてしまっている。こうした冷遇は奇兵隊士の間に、新体制への不安と不信を生み、叛乱《はんらん》の気運が醸成されていった。

第六章　血ぬられた栄光

発　狂

雲井龍雄《くもいたつお》という志士がいる。正論を叫び、正論に殉じた男だ。明治新政府はかれを拷問し、斬罪の上梟首《きょうしゅ》した。徳川慶喜の大政奉還後も積年の怨《うら》みを霽《は》らすために、討幕の勅許を奏して東征の大軍を動員した薩長の卑劣なやり方に抗議して曰《いわ》く、

「薩長の狡奴、私憤を洩《もら》して私利を図り大政を弄す。七生して薩長に抗し、大勢を挽回《ばんかい》する。忘恩の王臣たらんよりは寧《むし》ろ全義の陪臣《ばいしん》たるのみ。男児五鼎《ごてい》に烹《に》られんのみ」

と。

かれの連累とされて刑を受けた者は六十名たらずだが、実際の同志は二万五千人以上

に及んでいたのである。捕縛直前、血盟の連判状を火中にしたので連鎖的な波及を免れたのだ。

幕府とその佐幕派東北諸藩を、錦旗をふりかざして仆《たお》すや、政権を掌握し、〈明治の御世《みよ》〉到来を謳《うた》った薩長藩閥政府も、しかし当初は、多勢の賛同者を得ていたわけではない。

近代の政治は、明治に始まり、大正、昭和と常に、民権の圧迫と革命の勃発に脅《おび》えているが、その淵源《えんげん》はすでにして十六歳の幼帝を擁して錦旗を急いでこしらえたときに見ることができる。

山縣狂介に、

〈魯仏両国の地理形勢視察のため欧州派遣〉

の勅命が下ったのは四月七日である。

北越戦功を賞して金一万匹、賞典永世六百石を受けた山縣は、一つには奇兵隊の山縣から新政府の山縣となるためであり、新政府樹立にともなう奇兵隊の処遇問題から身をそらす術《すべ》として、洋行を希望したのだ。

伊藤俊輔や志道聞多《しじもんた》（井上馨）らが密航ではあっても欧州の地を踏んできたことが如何《いか》に発言力を増しているかを知るほど、この際、洋行は得策であった。戦争直後、桂太郎は自費で洋行を申し出ているくらいだ。

むろん、抜け目ない山縣は同じく箔《はく》をつけるにしても官費を利用する。金銭だけではなく朝命とあるほうが、重みがつく。

馬関出帆が六月朔日《ついたち》と決まって、五月十九日には盛大に末富で送別の宴が開かれた。司令官、嚮導《きょうどう》など残らず集まって、夜を徹して飲めや唄えの騒ぎに歓を尽くし、翌夜は本陣諸役局之連中による送別会だ。

山縣の単独行ではなく、参政御堀耕助《みほりこうすけ》も同行することになったが、これは藩公毛利宰《さい》相中将《しょうちゅうじょう》の命令である。

その送別の宴果てて、酒の強いやつが数人残っているところに、檜垣五三郎がやってきた。
二、三人が酔眼をあげて、どうした？　と、声をかけた。檜垣は蒼《あお》い顔をしていた。酒が一滴も入っていない。飲める男なのだ。宴席にもいなかったことを、かれらは思いだした。
檜垣五三郎は、ふりかえりもしない。憑《つ》かれたように、まっすぐ山縣のところに進みよった。

「話したいことがあります」

と、四角に坐《すわ》った。

「おう、檜垣か。どこに行っていた。まあ、一盞《ひとつ》ゆこう」

ささされた盃を受けようともせず、病院に行ってきました、と檜垣は言った。奥羽戦争の負傷者が収容されている山口の病院だ。奇兵隊士で殆《ほとん》どを占めているので奇兵隊病院ともいわれている。

それがどうした、と山縣は傍《そば》の白井小輔と眼《め》を見合わした。外国知識を身につけて帰国すれば、政界を牛耳る立場になることは目に見えている。送る方も送られる方も、その現世的な快感を盃の中に溶かして痛飲していたのに、檜垣五三郎の真摯な態度は、酔いをさますものでしかない。

山縣は黙って横をむき、白井に何か言おうとした。

素早く山縣の表情から察したのだろうか。檜垣は膝を進めるようにして、その出鼻を挫《くじ》いた。

「病院では手当が少なく、不自由しています。すでに何度も願い出ているように、死活の問題なのです。もはや待ちあぐねて、みんな激昂《げっこう》している。御返答が頂きたい。このまま山縣軍監がわれわれの要求を握り潰して洋行することは……」

もともと檜垣は気が弱い方だ。前にも帰陣遅れで謹慎させられたことがあったが、飯も水も口にせず、半病人になった。図々しい奴《やつ》は、謹慎させられるのは、骨休めになるさと隠し酒を楽しむくらいだから、檜垣の律儀さは奇兵隊の中では、損というしかない。

その律儀さが、恐れを忘れさせたともいえる。一気に、そこまで言ってから、しかしさすがに、あとの言葉は呑《の》みこんだ。

「なんだと！　きさま」

白井がいきまいて膝を起こした。山縣はぎろりと眼をあげただけである。

「勅命によって洋行するのを文句つけようとする気か」

「そ、そうじゃありません、病院では、みんな不自由していて、それで、お手当方《てあてかた》を要求したのに、いつまで経《た》っても埒《らち》があかず、このまま、軍監がフランスへ行ってしまってはと」

「黙れ、軍監はおれだ」

白井が先月から後任軍監に補されている。が、隊では山縣をまだ軍監と習慣的に呼んでいたことが『奇兵隊日記』に見える。

檜垣には、山縣や白井の怒りが予測できなかったのだろうか。真蒼《まつさお》になった。反撥《はんぱつ》しかけた唇も色を失い、声まで失った。

席に残っていた者たちがぞろぞろ立ち上がってきて取り巻いた。

「先輩に対して言う言葉か」

「檜垣、腹を切れ」

「送別の席にも出ずに、邪魔をしに来たのか、詫《わ》びろ、髪を切って詫びろ」

みんな酔っていた。いい機嫌のところに、傷病兵の苦情を持ちこんだのだから、素直に受けとって貰《もら》えない。残っていた連中は、山縣の崇拝者であることに間違いなかった。

檜垣五三郎は、その夜、斬られなかったのが不思議なくらいで、翌日、隊規を紊《みだ》し上司を誹謗《ひぼう》した罪で謹慎。白井は切腹を強調したが、山縣はせっかくの船出前に、不吉なかたちにはしたくなかったのであろう。

だが、小心者の檜垣は、すっかり動顚《どうてん》し恐怖した。一日で気が狂った。にたにた笑い、涎《よだれ》をたらし、柱に頭をぶつけて自殺しようとしたり、異常は誰の目にも明らかだった。

どういうものか、奇兵隊ばかりでなく諸隊にも、狂疾が少なくない。こうした場合の執《と》る道は一つしかない。上司はただちに帰省させることにし、家族を呼んでいる。

(厄介払いじゃ)

故郷に帰してしまえば、
どうせ、気狂いするような男は、剛毅《ごうき》が売物の奇兵隊士の中では嗤《わら》いものになるしかない。

山縣狂介としては、晴れの渡航を前にしてこの問題を大きくしたくはなかった。

(兵士の不満など、いつでもあるものだ)

かれには、小さなことにすぎない。兵士の不満を、たとえ奥羽転戦の傷病兵のそれであっても、一々本気に受けとって下意上達していた日には、

（役立たずの軍監）

ということになってしまう。

もともと四百人内外の奇兵隊は〝正兵〟ではないのだ。あぶれ者が多かった。烏合《うごう》の衆だ。身分を選ばず壮強の者を蒐《あつ》めたところから出発している。軍監は、かれらの意志を上達する存在ではなく、長州藩内の特異な軍隊たる立場のけじめを判然とさせるが故の〝軍監〟なのだ。総管の下《もと》にあって（山縣の実力は、凌駕《りょうが》して実権を握っていた）兵士の取締りなのだ。ことに、かれらを踏台にして出世の階段を昇る山縣狂介にしてみれば、

（有象無象《うぞうむぞう》の不満など……）

むしろ握り潰せるところに、朝廷——新政府での信任があると信じて疑わない。

だが、今度のことは、かれの思い通りにゆかなかったようである。

檜垣が死んだのだ。帰郷して翌朝だった。

『奇兵隊日記』に左の記事がある。

一、過ル廿一日檜垣五三郎不図狂気致自殺候段申来リ依之山本常次郎（之進）三田尻行取始抹致候事。

三日おいて廿五日の項に、

一、山本常之進帰檜垣五三郎弥取逆《とりのぼせ》自殺致候間違無之由ニ付政事堂江左之通届出

一筆致啓達候然は毛利筑前家来門弥三男檜垣五三郎義兼而《かねて》入隊致居此内帰省為仕置候処過ル廿一日朝不図取逆セ致自害候段彼者身元より届来候ニ付検証且為取調子役付之者一人差越挙家親族等不残致詮儀候得共少も不審之廉無之全以取逆せ候義ニ相見候ニ付早速取納致始抹候此段致御届候以上。

五月二十五日付で奇兵隊より「政事堂各中様」へ、継送して山口へ差送り、神保治助《じんぼじすけ》に托《たく》して政府へ出している。

巧妙な文章だ。

〈不図取逆セ致自害〉したことが、検証しても家族を調べても〈少も不審之廉《かど》〉がなくて、〈全以《まったくもって》取逆せ〉たことに違いないと、繰り返す必要がなぜあったろうか。

山縣狂介は前日、出立している。御堀耕助を送って野村靖之助《のむらやすのすけ》久保無二蔵《くぼむにぞう》ら数人が馬関へ立った。

この御堀は病身で、馬関でも発病し、そのため山縣も乗船が遅れたり、大石《おおいし》という男を附添人に加えたりすることになるのだが、山縣ら幹部と奇兵隊士との間に、身分と将来の懸隔がはっきりとしてきつつあったのは否めない。

山縣の内心はどうあれ、少なくとも表面は、苦楽を倶《とも》にする〝奇兵隊〟の将と卒だっ

たはずである。

萩の病院で治療していた山本平八郎ら十二人が〝快気出院〟したというので政府から〈金弐分宛御膳下之包宛頂戴〉することになって福田喜作《ふくだきさく》が右の下賜金を拝受してきたはずのところ、いつまでたっても、萩の病院へ届けられない。

十二人は怒って上書した。

「今以て受取申さず」

というのだ。金弐分といえば、現在の貨幣価値では一万円見当か、物価の変動がはげしいころだから、五千円から二万円くらいの幅があったようだ。ともあれたった金弐分というが病後だし平隊士にしてみれば有難い金額だ。隊では愕《おどろ》いて調べてみると、喜作が、

「多忙にまぎれ忘れ……」ていた、という。

こんな大事なことが〝忘れ〟ていたで通ると思われたほど、紊乱《びんらん》していたのが事実だ。木戸孝允や大村益次郎らは参政大監察その他顕要の地位を得て、長州藩士ではあっても、すでに新政府員であり、藩内の些事《さじ》など省みない。

嘗《かつ》ての幕府でいうならば、閣老である。六十余州を自由に動かす力を握っているのだ。むろん新政府の為《な》すべき仕事は山積している。かれらの目的は当初討幕、倒幕を叫び、その道に進んでは来たが大政奉還までが、計画書にあって、その先は無かった。究極に

は公武合体を目ざしていたようである。坂本龍馬なども、大政奉還直後にはそういっている。もっとも土佐と長州では大いに立場が違うのだが、幕府勢力の一掃は、意外なほど、容易にすぎた。

新政府樹立ということになって、狼狽《ろうばい》したのは、一切の腹案がなかったからである。だから、明治元年から五、六年までは、朝令暮改にひとしい官制の変改を行なっている。現に、何よりも新政府という、組織を作ったものの、それを支える〝政府軍〟というものの実体は、無であった。

東征軍はすべて勅諚《ちょくじょう》と錦旗によって糾合した薩長土肥を主体とする、各藩士であって、これは佐幕派を北海に追い詰め、完膚なきまでに叩《たた》きのめしたあとは、各々の藩へ帰り、いわゆる政府兵士という者は一人もいない。

「御親兵を備えねば」

という意見は、戦さ半ばにして、岩倉具視や三条実美あたりから出ていた。十津川《とつがわ》の郷士《ごうし》などが、吉野《よしの》朝以来の忠誠を尽くして幾らかいるにはいたが、やはり強力な軍隊組織となると、右の四藩からの兵士を主軸とするしかない。

「常備軍には、勇敢にして功ある長藩兵を」

というのが三条卿らの希望で、大村益次郎なども、その心算だった。

木戸もそれには反対ではなかったが、難問がある。藩と新政府の関係だ。新政府が薩長土肥をもって主体とする場合、それらの藩、殊に藩主と閣老の立場がおかしなことになる。

藩主にしてみれば、家老が一足飛びに頭上を越して、幼帝の側につく。身分もずんずん昇格する。そうなれば自然、不都合なことになる。

「これは、所詮、版籍奉還《はんせきほうかん》を建白するしかない」

つまり、大名の権力を喪失させ、名誉だけは与えて、実権を無くしていこうというのである。

長州藩や薩摩や土佐のような大藩の藩主には、予想外だったろう。幕府の実権は、自分たちのところにきたのではなく、家来のところに行ってしまったことになる。

(うまいことしてやられた)

と、感じた藩主も多かったにちがいない。

が、もはや、かれらに生殺与奪の権は握られているにひとしかった。

こうしたあとにくるものは、新政府の常備軍設置にともない、各藩勢力の切崩しにある。各藩の軍が、より強力だったら、王政復古に名を借りたかれらの新勢力が真の力を伴わない。

前述の藩主という意味は、それに附随した一族と老臣重役らの権力を含んだものである。

新政府の実力者の大半が、下級士族から出ていて、たとえば長州ですら、藩公はじめ重臣らは、長州藩の存続のもとに、一大勢力を考えている。幕府を仆した自分たち、長州藩が、新幕府権力をもって日本国に君臨すると考えていた者が大部分だったのだ。

その新旧の考えの相違からくる摩擦を避けて外遊する山縣の肚裡《はら》には、

（帰国するころは、カタがついていよう）

という、あの矢面には立たず、ちゃんと実だけを攬《と》る、処世術が働いていたのだ。

もっとも直接的には、血気さかんな奇兵隊の生き残り。これらの忿懣《ふんまん》の矢面に立っては狂気の炎の中に巻きこまれてしまう。

その杞憂《きゆう》は適中したのだ。もしもとどまっていたら山縣狂介、後の有朋は出現しなかったかもしれぬ。奇兵隊の存廃に対する最初の試練は翌月にきた。小倉の占領地域から問題が生じている。

事件の性質上、もう一度くり返しておきたいことがある。長州に於《お》ける奇兵隊士の立場の微妙さに就《つ》いてである。

奇兵隊が〝正〟に対する〝奇〟として、結成されたことはいうまでもないが、その奇は奇襲などをモットーとした尖兵《せんぺい》というほかに、身分をも意味していたのだ。

徳川幕府を討ち倒したことが、即《すなわ》ち、封建制の打破を願望としたかの如《ごと》く、明治以来、意識的に喧伝《けんでん》されているが、もともと長州藩の拮抗《きっこう》は、西国大名の勃興というにすぎない。吉田松陰の存在は決して長州藩の全体の意志ではなかった。むしろ一介の貧儒者による不平党というかたちが起爆剤となったと見てよい。したがって、松下村塾の異才高杉晋作が、藩内においておのれの勢力を固め意志を貫徹するための私兵としての性質さえ、当初は奇兵隊に含まれていた。

したがって、その身分は、初めから実に不安定なものだったのである。

これが成功したからいいが、失敗途中では高杉も見捨てて孤身、筑前に逃亡したほどで長州政府の処遇も常にあいまい微妙なものがつきまとっている。

というのは、一方に、れっきとした長州藩士の〝正兵〟がある。この藩士には毛利の一族や譜代や功臣から成る上士と中士、下士の段階があり、思想的にも進歩派と保守派に大別されるが、おおむね正兵は中士以上の子弟を以《もっ》て構成されている。藩公の兵――大名家はすべて藩主一家の警固《けいご》団たる性質は免れない。侍はもともと〝さぶらひ、はべる〟者なのだ。したがって、この毛利公の正兵はあくまでも毛利公のための存在であって、屢々《しばしば》、奇兵隊には頑迷な〝内敵〟となって、血で血を洗う凄惨《せいさん》な争闘を繰り返してきた。内なる敵は、時に外敵よりも始末に悪い。

高杉らいわゆる松陰の系統は、自らを〝正義派〟と呼び、この頑強な上・中士の階級の壁をぶち毀《こわ》すことを主目的としていたような趣すらある。それほど三百年の階級は固く容易なことでは出世が出来なかった。皮肉な目をすれば、黒船以来のぐらつきはじめた幕府の屋台骨と、その傘下にある大名家にゆすぶりかけることで、自らの立身出世を策したとも見れる。山縣をはじめ伊藤や井上らの行動の最終目的はそこにあった。近代日本の建設などというのは、倒幕のぎりぎりまで夢想もできなかったことだ。

かれらが〝改革者〟であったことは間違いない。下から上に跳び上がるにはそれしかない。

しかし、保守的な上・中士らを〝因循《いんじゅん》派〟とか〝俗論党〟とか蔑称しながら、自らを〝正義派〟と呼ぶだけ、まだ毛利公に媚《こ》びていたのは、この立身出世主義の肯定以外の何ものでもない。それは明治以来の政治と資本主義の結束による新貴族階級に成り上がり、徳川時代以上の横暴専制の限りを尽くした伊藤、山縣らの後身が如実に物語っている。

明治は自由民権の旗挙げの時代でもあるが、反動としての弾圧と殺戮《さつりく》の時代ともいえる。それは、この足軽や中間《ちゅうげん》や密偵《いぬ》あがりの、いわゆる〝明治功臣〟の手によってなされたものである。正義も勤王も討幕も、そして階級打破でさえも、政治上のお題目はすべて、我田引水の方便的論理にすぎず、所詮はおのれの〝権勢〟と〝栄華〟が最終目的でしかない。人間の歴史は常に争闘の繰り返しで、如何《いか》に美名を口にし、おのれを正当化するか、その巧拙の証明のようなものだ。本質的には政治活動に無私の精神はあり得ない。その存在を信じる者があるとすれば、潜在欲望に気がつかない暗愚か、嘘吐《うそつ》きかのどちらかだ。百千の弁証をなそうとも、政治は権力であることは否定できない。

高杉は〝利《き》け者〟才覚者として重用されはしたが、もともと中士の下で、部屋住みであったから、藩兵の中核たる〝正兵〟を牛耳ることができない。思想の実行には〝政治的勢力〟としての軍隊の必要を痛感し、新隊を作った。これが奇兵隊だ。

表面的には、長州藩の困難な立場を守る前衛グループとしての性格が、藩金の一部を下賜されて賄《まかな》ったが、あくまでも、だから藩政府から見れば、かれらは飼犬にすぎなかった。伊藤俊輔（博文）や志道聞多《しじもんた》（井上馨）らの諸隊もこの奇兵隊にならったグループで、しだいに勢力が増えるにしたがって、巨大に成育したその牙が藩政府にむけられてき、現代の学生争闘の内ゲバが起こった。

その争闘の度に、有為の人材が、あるいは自刎《じふん》し、あるいは斬首され、喪《うしな》われていったあとに狡猾《こうかつ》な〝生き上手〟だけが残ってきたのである。

伝統と誇りを持つ上・中士の正兵は昔ながらの鎧兜《よろいかぶと》で大身の槍《やり》をかいこみ、馬を曳《ひ》かせるという大時代の軍装で、四境戦争などに出陣したのを見ても、成り上がり集団の奇兵隊と敢《あ》えて違うところを誇示していたようである。武士として鉄砲を持つことすら、軽蔑していたのだ。内ゲバが起こっては、新式鉄砲の操作に馴《な》れただんぶくろに軽装の奇兵隊にかなうはずはなかった。また生命知らずの無頼者や諸国の脱藩浪人など、血気盛んな連中の集団であってみれば、品位や格式を重んじる上士たちの歯の立つ相手ではない。

そうした幾多の変遷を経て、奇兵隊の存在は長州藩内で重要な存在となり、今度の奥羽出兵にも、正しく、〝藩兵〟として奮戦、各地に戦功をたてた。

が、あくまでも、〝兵〟である。藩士ではない。この辺の微妙さが問題の尾を曳くことになる。〝兵〟は戦時の動員による、いうなれば〝雇《やとい》〟である。極論すれば、身分の低い者、たとえば渡り中間とか小者とか、そうした者を一時雇いするにひとしい。

それにれっきとした藩士と一線が画されているのだ。この伝統を破壊せぬかぎり、上士と下士、いや下士にも入れぬ伊藤俊輔などの出自は、どこまでいっても禍《わざわ》いする。藩体制そのものをぶちこわし、新体制を作るしかなかった。版籍奉還が廃藩置県へエスカレートしてゆくのは、その因習の存在が倒幕の功臣にとって都合悪かったからである。旧体制が新体制にとって代わっただけで、新しい呼称の官制なら自由に、かれらは権力と名誉の勲章を作っては胸に輝かせてゆくことができる。お手盛大臣の快楽を、存分に味わった伊藤らは、もはや奇兵隊士のことなどかまっていられない。いや、自分たちの地位が固まった以上、邪魔臭い存在でしかなかった。

奇兵隊士のほうでも、無感覚ではない。幹部連中のそうした気持が、しだいにわかりかけていた。

奇兵隊の定員は一応四百名となっている。戦争の途中から度々の編制替えをしたのは、死傷者による空白を埋めたり、脱隊者、除籍者など多く、人員の出入りが甚だしくて、この七月始めには二百八名に減少している。兵制は英国式で、実戦の結果、砲隊を改編充実するなどの内容を見ても、佐幕派の壊滅と新政府の樹立によって、用無しになったとは思っていない。かれらの真意としては、

（さあ、おれたちの坐る席はどれだけ上の方に作ってくれたのだ？）

と、言いたいところであろう。

その処遇のあいまいさが、何かと忿懣《ふんまん》を表面化させることになる。存在を誇示したくなる。

このころの日記を見ると、除隊願いを出して離れる者や、逆に入隊希望者もあり、〈一先《ひとまず》生兵塾江留置相試候事〉などという記事も見られる。何を試したのか。そうかと思うと〈昨年休兵已来《いらい》帰陣〉しない連中も八人ばかりいて〈書簡を投シ帰陣ヲ促ス〉とある。家庭の事情だろうか。ルーズな連中もいたろうし、兵制に不満の者もいたにちがいない。もっとも、この連中はこれから帰陣しても〈帰省期限相誤候付〉謹慎は免れないから、罰則のきびしさは、梨《なし》の礫《つぶて》だと切腹にまで追いこまれかねない。

何しろ、このあたりが正規の藩士と違うところで、毎日のように〝謹慎〟させられる奴がでる。印鑑を紛失したというのも多いし、家へ忘れてきた、というので別の者が取りに行ったり、〈陣門通行之節不束《ふつつか》之趣《のおもむき》有之〉というのは酔っぱらってのことでもあろうか謹慎（三日間）だ。ひどいやつは当直に話すべきことを失念したというので、謹慎処分。森重辰三（蔵）という隊士は〈不法之聞《きこえ》有之〉と断罪されている。その不法とは抜刀して人を威《おど》し無辜《むこ》の小児を傷つけたりした。〈驕傲《きようごう》不法不謂事ニ付依之髪を剃《そ》り兵籍除き小荷駄方《こにだかた》江被引渡候叓《こと》（事）〉とある（この男は、大いに前非を悔い謹慎相勤め、同志より歎願《たんがん》もあったので八月に寛典を以て兵籍に復されている）。

戦さの昂奮《こうふん》は凱旋《がいせん》しても、なかなかさめないせいもある。つまらぬ男が権力を握ると暴虐をふるいたくなるのだ。中野慎一、大呑政吉両人など、酒宴相催したとき酔態のあまり抜刀乱暴相働き、戦功もあることで一等を免じて遠島にしたし、その席にいて止めなかったので謹慎を申し渡された者も出た。藩政府は手を焼いて、〈今度関東北越より罷帰候者帰省中於処々威権《いけん》ケ間敷《がましく》乱暴之次第にて向後不（無力）躰之振迫有之候ハ搦《からめ》取所《とりしよ》之裁判所江可届出万一手に余り候得は打果《うちはたし》候とも不苦候事〉と政局から沙汰があったほどだ。どうもあまり粒がよくない。小者や賄方に至っては、ろくなやつがいない。〈剃髪《ていはつ》三拾擲《たたき》之上放逐〉されたり、〈三十鞭《むち》を加之陣門外追放〉された者等枚挙にいとまがない。

これでも尚《なお》、入隊願いの者を数日間試してみて使い者にならん、と追い返すケースがかなりあったところを見ると、こんな連中でもまだマシだったのだろう。

ともあれ、これらのところが奇兵隊の平均像で、野望も小さく、善良さも悪心も、一般的といっていい。山縣狂介や白井小輔などは才子だ。

山縣が去ったあとの奇兵隊は、七月下旬、好義隊《こうぎたい》四十人を藩命によって加入せしめた上、新募の六十人を加えて、小倉藩企救《きく》郡の警衛の任にあてろ、と藩政府の沙汰があった。

この小倉藩領というのは、小倉攻めのあと、奇兵隊が占領したままになっていたのだ。同じように、石見にも侵攻して一部を奪っている。

藩命によって、そうしたところが、半月もたたぬうちに、朝命が下った。版籍奉還の府県設置で企救郡を日田県に入れ、石見の占領地を大森県に移管せよ、というのである。石見領には振武隊《しんぶたい》が入り、企救郡は奇兵隊が入っているが、これの経費（生活費）は現地調達しているから、長州へ戻っては給与の出どころがない。

「いっそ石見の占領地を大森県に移管し、振武隊も大森県に附属するようにして頂きたい。小倉領企救郡は長州とは一衣滞水、重要の地であるので、長州の一部とするか、でなければ奇兵隊も日田県の附属にして頂きたい」

と、陳情した。

朝議といっても三条実美や岩倉具視らと木戸孝允、大村益次郎、前原一誠などが話合いで決めるのだから、悪いようにはしない、と思っていた。

〈奇兵、振武両隊共東京常備兵ニ可被仰付豊前地方ノ儀ハ不被及御沙汰候事〉という下紙が届いた。奇兵隊士にとって悪い知らせではない。噂《うわさ》では常備兵として二千人ほど長州から選兵されるという。そうなれば〝栄光に輝やく勇敢なる〟奇兵隊はむろん、含まれるはずであった。

大村益次郎の暗殺はそのころである。

七月の功臣位階改定によって兵部大輔《たいふ》となった大村益次郎は陸軍大臣の実権を握っていた。兵部卿《ひょうぶきょう》に嘉彰《よしあき》親王がいるが、これは傀儡《かいらい》だから殆ど大村の独裁だ。

大村は元来、周防の鋳銭《すぜんじ》司村の医家に生まれているが、写真を見ても鉢のひらいた頭といい怜悧《れいり》にして豪毅《ごうき》の風丰《ふうぼう》が窺《うかが》える。蘭学から入って兵書の翻訳や防備の計画から兵学の第一人者となり、四境戦争でも石州での連戦連勝、新政府に登庸《とうよう》は当然で、軍防事務局判事、江戸府判事などで辣腕《らつわん》をふるった。

兵部大輔（陸軍中将相当）となって、まず着手したのが兵制改革である。フランス式を以て英国式に代えようという。これは反撃が少なくなかった。長州も薩摩に習って英国式である。だけでなく、フランス式は幕府で採用している。仏士官十数人の陸軍教官が幕府歩兵とともに箱館《はこだて》戦争まで敵対したことは、まだ耳新しい。感情的にも、薩長を主体とする新政府の陸軍の兵式に採用したくはない。大村益次郎が敢えてそれを採り入れたのは卓見であるとともに、その剛気と妥協のない性格をあらわしている。

この意見が通るや、かれは兵学校の設置と兵器製造所設置の用務を帯びて京に来た。畿内《きない》と定めて伏見から宇治、山崎《やまざき》辺を調査していたのである。ついでに書き添えておくと、乃木希典《のぎまれすけ》（当時文蔵《ぶんぞう》）や児玉源太郎《こだまげんたろう》なども調査員の中にいた。いずれも後の陸軍大将だ。

だが、刺客が急襲したとき、かれらは居合わせなかった。大村は加賀藩安達《あだち》某と二人で酒を飲んでいた。

「大村兵部いるか」

誰かがこういうのが玄関のほうで聞こえた。取次に出た若党を一瞬に斬って飛鳥のように飛び込んでくるや、

「国賊大村！」

叫びざまに斬った。額から小鬢《こびん》へかけて初太刀《しょだち》、二ノ太刀は右膝をざくっと割った。これが致命傷になったのだ。夕刻だったが、灯明《ひあか》りに益次郎は、刺客の顔を見ている。同じ長州藩の神代直人《こうじろなおと》で、他に数人いた。大村が首をとられなかったのは、暗闇になった中で、安達が大村だと名乗って刺客を裏の加茂河原《かもがわら》へ誘いだしたからという。だが

右膝の傷も、大坂病院まで運ぶうちに敗血症を起こし名医ボードインでも、生命をとりとめることが出来なかった。右脚は一応切断したが二ヶ月後に死んでいる。その片脚切断の可否を朝廷に問い合わせたりした時間のムダが、悪化した要因だとされている。

単に神代直人らが不平派の大楽源太郎（後に久留米で暗殺）、河上彦斎《かわかみげんさい》（後に斬罪）らの線につながるとするだけでなく、多くの志士の血を流して出来上がった新政権が一部の巧妙に立ち回った者たちに私物化される――そのことへの怒りも少なくなかったろう。

捕縛された刺客らは師走《しわす》二十日に処刑されるはずだったが、所謂《いわゆる》〝停刑事件〟が起こった。京都府の係官が死刑執行しようとしたところ、弾正台《だんじょうだい》から横槍が入った。死刑執行に就いての権限は弾正台にある。というのである。府庁では狼狽した。司法断罪も行政の権限一切の中に入っていた旧幕時代の慣習に何らの疑いを抱かなかっただけに、混乱した。廟堂《びょうどう》に於ては罪案を上奏し天裁を経てこれを留守官に移し、留守官はこれを京都府に下して係が執行する。これだけの手続きを踏んだのも、大官暗殺の大罪人だからである。

「弾正台は司法の権威にして、罪状の糾明、処分の決定をなす、しかれば死刑執行の如きは先《ま》ず弾正台に移牒《いちょう》するの例なるべし、今《いま》や未だ此事《このこと》あらず、故に執行すべからず」

と異議をはさんできたのだ。

京都府の役員は周章狼狽し、とも角、一時取りやめということになった。失態である。

表面的には、当時諸官権限の不明確を物語る事件ということで処理された。翌年三月に参議副島種臣《そえじまたねおみ》はじめ京都府知事、弾正大忠《だんじょうだいちゅう》、少忠《しょうちゅう》らが朝譴《ちょうけん》を受け謹慎を申し渡された。即ち、弾例停止の遺忘及び弾例の錯誤を譴め、停刑の罪を判じ《せ》たのである。それにしても、事件の経過には、裏がある。実体は、長薩による新政府の内訌《ないこう》——セクト主義の芽生えと見てよい。

この大村暗殺の主旨は、極端な排外思想にあるとするのが定説である。

回天倒幕の本義は尊皇攘夷《じょうい》にあり、何んぞ大業成りて後、異国に歓（款）を通ぜんや、朝廷の外夷《がいい》の侮りを受くること甚しき、一に兵制を泰西に倣い国体の良風を破棄せんとする大村輩の卑屈。奴輩《やつばら》をして台閣より抹殺せん。と。

尊攘過激派がもっとも恐れ、嫌ったのは〝被髪脱刀《ひはつだつとう》〟だ。大村の兵制論からいくと、武士の存在を否定される。

兇徒《きょうと》らが大村を暗殺したのは、右の理由だが、結果として薩摩藩出身者たちは欣喜《きんき》した。

（長州に陸軍を一人占めにされてたまるか）

という気が、すでにあった。

四分ノ一世紀前の、日本やドイツを占領した二大戦勝国の勢力争いにあまりにも似ているが、幼帝を擁して、新生日本を築くよりは、すでに冷たい戦争に没頭していたのだ。

問題をこじらせたのは薩摩側であるが、特に先頭に立ったのが弾正大忠たる海江田信義《かいえだのぶよし》だ。かれらの心情は、

「下手人《げしゅにん》と申し条、私心なく国家の計を慮《おもんぱか》りての行為なれば、一掬《いっきく》の同情を禁じ得ない」

というにあったというが、本心は、長州の擡頭《たいとう》の芽を一つ、つまみとったことの快感だ。

このことがしかし、長州の天下となるに及んで、海江田の前途を阻んでいる。有村仁左衛門《ありむらにざえもん》の子で日下部伊三治《くさかべいさじ》に養われたという勤皇党として毛並みのよさはいうまでもないし、安政以来王事に奔走した功がありながら、陽《ひ》の当る場所を歩ませられなかった。

後年には奈良県知事、元老院議官、枢密顧問官などを歴任したが、華々しさや権勢からは遠い。実利の伴わぬ名誉で政界の裏側に押しやられているのも、明治長閥の復讐《ふくしゅう》的人事である。

大村暗殺につづく停刑事件は、はしなくも明治二年というこの複雑な歳《とし》の〝新政府〟の内部の膿《うみ》を瞥見《べっけん》させることになったようだ。

暴徒

大村は死の病床で軍制改革案を草している。死後、これを基にして〝日本陸軍〟が誕生することになるのだが、そのハシリともいうべき、朝廷の常備兵二千設置の事は、当初、山口藩知事毛利敬親の請願というかたちで嘉納《かのう》された。陸軍の母胎ではあるが、天皇御親兵という方が適切であろう。後の近衛兵《このえへい》の姿に近い。二千人のうち千人を親兵とし、千人を藩内に駐屯、時々それを交代するという。とりあえず千五百人が上京し、五百人が残留した。経済的な理由もある。早い話、宿舎も決まっていない。

御親兵がしかし、毛利藩の一手供給というのは、如何《いか》にも長州が幕府にとって代わっただけという感は免れない。一時の便法という気で、世評を誤魔化したろうが、天皇の意志は長州藩という濾過紙《ろかし》を透かしてしか、下達《かたつ》しない。下意上達が君側《くんそく》の奸《かん》に阻まれるのはいうまでもない。孝明《こうめい》帝の毒殺の真偽は一先《ひとま》ず置くとしても、幼帝を立てた時点から、すでにこのことは革命派にとっては計算済みだったことである。

先の大村暗殺とも微妙に関連しているのだが、この御親兵問題では後に、薩摩兵がツムジを曲げて帰郷してしまったりしている。この年、皇居の守衛に充《あ》てるため薩長土肥兵各一大隊を召して〝徴兵〟と称したのだが（常備兵とは別である）、薩藩二大隊（一番大隊隊長中村半次郎）は六ヶ月交替のところ三年九月に、交替兵の到着を待たずに引き上げ鹿児島に帰ってしまった。

何かの手違いではない。故意だ。同時に薩藩より〝徴兵解免願〟を出している。ために輦下《れんか》は一時薩兵皆無となった上に、官吏の一部もどんどん帰国させたりした。長薩の勢力争いは、征韓論の起こる前からことごとに、こうしていがみあっていたのだ。

征韓論は起こるべくして起こったもので、一匹の羊の肉は、二百六十年にわたって飢えた豺狼《さいろう》の奪いあいで引き裂かれる運命にあった。

さて、兵制改革と常備軍の〝供給源〟ときまると、これまでの藩兵の組織も変改せざるを得ない。

その内示が出るや、俄然《がぜん》、奇兵隊はじめ諸隊に不満の声が湧きあがった。

「御親兵として上京することは、われらの望むところじゃ、だが、何も奇兵隊の名を廃することはない」

「陰謀だ」と、叫ぶ者もあった。「奇兵隊こそは長州藩を今日あらしめた名誉の隊号ではないか。われらの功を、抹殺する陰謀だ」

〝奇兵隊〟はいまや長州藩のみならず、新生日本の伝説的名称になろうとしている。それを〝新しい為政者〟は踏みにじろうとするのか。嘗《かつ》てのなかまであった連中が。

「木戸や伊藤などは京都あるを知って本藩あるを知らず、版籍奉還を餌として、おのれの出世を計っておるぞ」

そういう怒りの渦は、さきごろから奇兵隊はじめ諸隊の間に波紋を描いて拡《ひろ》がっていた。

諸隊とは嘗ての十数隊が分割統合をくりかえして残った所の、奇兵隊、遊撃隊、整武隊、振武隊、鋭武隊《えいぶたい》、健武隊などである。隊中に生じた不平不満は、熾火《おきび》が朔風《さくふう》に吹き煽《あお》られるように、炎を噴きあげた。

「われら血を流した者を省みず幕内にあって議論にうつつをぬかしていた連中に恩賞厚いとは、なんたることだ」

「朝廷へ歎願しようぞ、実情を述べるのだ。木戸や伊藤を逐《お》え。これ以上、暴戻《ぼうれい》を重ねれば大村の二ノ舞いじゃと知らしてやれ」

「斬奸状《ざんかんじょう》を書くのだ。斬るのはクジ引きじゃ」

刀の柄を叩いて激昂する隊士たちの数は瞬《また》くまに増えていった。積怨というか、戦地の苦難に比して賞少なく剰《あまつさ》え、その勲功さえ奪われようとしている。何のために働いたのかわからない。尊攘倒幕が無私から出たものとしてもよい。天下国家の為《ため》に、一臂《いっぴ》の力を捧げたという満足感だけでもよい。皆が同じなら甘んじもしよう。一部の要領のよい者だけが、過分な賞典を受け、将来を約束されて顕要の地位に就くのが我慢ならない。

「いや、それだけなら、まだいい。所詮、将は将、兵は兵じゃ。器の違いはやむを得ぬ。が、奴らはわしらの首を締めようとしているのではないか」

「御用済みとなったら、不用じゃと」

「なに、生き残る道はあろうわさ」自嘲的に言う者もある。「爪を断ち、牙を抜いてな、犬小屋に入るつもりなら、残飯くらいは食わしてくれよう。木戸孝允様なら京都で乞食をしたことがあるけん、お慈悲深かろ」

「文句があるなら、蝦夷地《えぞち》の開拓にゆけと言いよる。木戸や前原（一誠）もじゃが、本藩の政府員も、彼奴《きやつ》らの鼻息を窺うばかりで、わしらのことなど、お救米《すくいまい》でもくれている気になっちょる」

「彼奴らから血祭りにあげるか」

何しろ血気の連中だ。まだ北越の硝煙や血の臭いを身辺に漂わしている。そのこと自体が、文吏派の木戸や、藩政府には気に入らないのだが、単純な隊士たちにしてみれば、その辺の理屈がわからぬ。

隊士の不満は、騒擾《そうじょう》を呼び、

「歎願の筋あり！」

の声が高くなると、白井ら軍監や幹部の三浦五郎、滋野謙太郎、湯浅祥之助らは困りはてて、藩政府に報告する。不満は諸隊に飛火したから、下手をすると数千人の、勇猛な兵士の叛乱《はんらん》になる。

藩政府では、ただちに大参事はじめ弾圧の手を延ばしてきた。

まず、幹部の中にも不平隊士に雷同協調する者があり、八人を槍玉にあげた。久我四郎、田原来助《たはらいすけ》らである。〈右教諭方不届ニ付自身慎居候段被申渡候事《もうしわたされ》〉とある。隊士の中での尖鋭《せんえい》分子として磯野熊蔵《いそのくまぞう》ほか九名を除隊処分に附したほか、神出浅二郎、小野勝《おのかつ》太郎《たろう》ら三十八名は〈退隊之儀願出候付被差免〉とあるから、自ら除隊を願い出て認められたのだ。

「阿呆《あほ》らしか、奇兵隊がなくなってしまうのなら、いっそ脱隊してしまえ」

という気持のあらわれだ。一つには頑強な示威行為でもあった。幾らかでも幹部や藩政府を動揺させることができるかもしれないと思ってのことだろう。

だが、藩政府として、

「煽動者《せんどうしゃ》は追い出してしまったほうがさっぱりする」

と、毫《ごう》も反省の色を見せず、どんどん計画をおし進めていった。除隊処分の磯野などは憤怒激昂《ふんぬげっこう》、切腹までしている。死に損《ぞこな》って治療を命じられ、病床で前非を悔い、復帰歎願して聞届けられたが、傷が悪化して死んだ。

そんなことも藩政府には〝虫ケラの死〟でしかなかった。常備隊構想には人数が余り過ぎたことのほうが関心事で、一人でも減ってくれれば有難い。十一月末に兵制改革案を発表したが、それに先立つ半月前には六十名を整理している。他に依願その他の理由によって八人が除名され帰郷している。

藩政府大参事の名によって、発表された新兵によると、

「従前隊号を廃し、更に常備第一第二第三制第四隊を唱えしむ」とある。

隊号を廃止して、諸隊の編制替えまですれば、完全に〝奇兵隊〟は地球上から消えてしまう。

奇兵隊は諸隊のシンボルだから、その抹殺はすなわち諸隊の抹殺を意味する。最初に叛乱の口火をつけたのは遊撃隊だった。

諸隊と一口に言っても、事情は色々だ。大体忿懣は共通しているが、遊撃隊 嚮導《きょうどう》四人が連署したところによると、

本隊上長官来従其人ヲ得ス軍紀弛解シテ緩急ノ用ニ堪へス今ヤ兵制改革ノ事アリ諸隊ヲ合併シテ人物ヲ精選シ一致堅固ノ兵ヲ得ントセラル其事甚タ善シ然《しか》レトモ本隊ノ如キ先ツ隊内ノ積弊ヲ一洗セスシテ他隊ト合併セントセハ衆心服セス精選ノ趣旨ニモ戻《もと》ルヘシ。

と。そして別に長官らの罪状を条挙しその黜《ちゅっ》罰《ばつ》を請うに至った。

「身分を弁《わきま》えぬ奴らだ。いやならいやでよい。人間は余っているのじゃて」

軍事局も強腰だ。遊撃隊士全部を除いて、諸隊中より常備軍を選抜せんとした。現代でいうなら、過激な組合大衆を除いて優秀社員を選びだそうというのだ。組合員の分離策である。これが遊撃隊士の激昂に火を注ぐ結果になった。脱隊騒動の発端である。

常備軍編制はどんどん進み、前述した大参事布告となり、各中隊長及び小隊長、各砲隊の分大隊長を任命したが、軍事局もかなり気をつかって、〈夫々《それぞれ》大隊長御人選被仰付可然之処隊中ヨリ申出之趣モ有之〉と与論を参酌した上での人事だと断わっている。むろん、会社人事のお手盛で、一応表向き、そう見せただけにすぎない。

監軍（大隊長級）には品川弥二郎、三好軍太郎、野村靖之助、田中稔助など七名で、一級下の中隊長級を〝録事〟として、これには弘作之進、名島小々男、三浦五郎など八名が選ばれている。この顔ぶれから見ると、かなり意識的に諸隊から一人、二人ずつ選んでいるわけだ。

だが、一応二千人、と限定すると、遊撃隊士を別にしても、選に洩《も》れる者が多く出る。その処置にまでは、手が回らない。これが生活の不安と、戦功無視あるいは侮辱として憤激を買ったのだ。

ほうり出される方にしてみれば、「馬鹿にするな」という気になる。

「散々、戦場を這《は》いずり回った揚句が、もはや用なし、出てゆけ、か」

「おれたちはまだいい、戦死した者、傷ついた者、病気になった者、かれらは一体どうしてくれる」

怒りの炎が噴き上がったのは当然だ。この兵制改革による不安感は、かなり前からかれらの間に揺曳《ようえい》していて、そのことについての内偵や陳情が微温的にではあるが行なわれていた。それらがまるっきり無視されたのが今日の結果を招いたのだという怒りが、

〝上司不信〟

となって、爆発した。遊撃隊ではさきの同隊嚮導連署につづいて十二月朔日《ついたち》づけで、さらに上書して該隊の旧長官らを弾劾した上に、本藩の軍事局の黜陟《ちゆつちよく》を迫った。

「歎願の趣意あり」

と叫んで山口を脱し三田尻に走る者が続出した。

藩政府は狼狽し、二日藩知事の名で楫取素彦《かとりもとひこ》を三田尻に、佐々木源蔵を小郡《おごおり》に派遣して訴因を聴取させている。上層部のすることはいつもそうだが、話がここまで拡大しなければ耳を藉《か》さない。炎が大きくないと見えない明盲のようなものだ。三日には遊撃隊全員と、奇兵隊ほか諸隊の不平分子（大半は除隊に相当する連中）が山口の屯所《とんしよ》を脱走、一路南下し勝坂《かつさか》の関門を破り、周防宮市《みやいち》に屯聚《とんしゆう》した。およそ二千人である。

山口からは常備軍をこれに向けたから、昨日までの同志が、敵味方となって睨《にら》み合うことになる。第一第二第三砲隊をして柳井田《やないだ》関門を守らせ又第六員外兵をして柊木村を

警戒させる。

脱走叛乱兵のほうは宮市を本陣として山口から勝坂まで十八カ所に砲台を築き、各所に斥候張番を出し、陪臣《ばいしん》社人等不平の徒を糾合して対抗した。

この騒擾が如何に諸隊の浮沈にかかる大事だったかは、十一月十一日を以て『奇兵隊日記』が筆を折られているのを見てもわかる。もはや日記など記しておれなかったのであろう。維新史にとって貴重な奇兵隊の動向を捜り、防長回天の真実を闡明《せんめい》にするに必須なこの記録はこの日限り、空白を見せている。ある意味では明治の世が長州の天下となる過程での、最も汚点たる弾圧の記録がないことは、天下を簒奪《さんだつ》した勝利者には好都合かもしれない。

逆臣乱賊

藩政府は、叛乱軍の慰撫《いぶ》に甘言をもってした。

「これ以上、騒がれては世上の聞えも悪い、飴《あめ》を舐《な》めさせてやれ。どうせ一時のことだ」

〈隊中之者一統困迫ニ不至様《いたらぬよう》〉処置をする、〈軍功賞典不日《ひならず》御発シ可相成《あいなるべく》〉といい〈重傷不具之者多年隊中罷在老年ニ及候者等扶助方之儀勿論《もちろん》之事〉と約束した（これが殆ど

候御趣意〉ではないが今日の時勢は〈攘当日ト一概ニモ難論《ろんじがた》〉いがとにかく意見を聞く空手形に終ったのが、さらなる叛乱の要因となった）三項目に、〈兵制全ク西洋ニ泥《なず》ミ
に吝《やぶさ》かではないから、
「恭順して本隊に戻るように」
と、撫《な》でたり摩《さす》ったり、宥《なだ》めるのにおおわらわになった。
為政者は常に狡智《こうち》で巧妙だ。善良愚昧《ぐまい》な叛乱兵たちは、これらの甘言にのった。
〈朝廷御親兵トシテ急速御召登ノ御沙汰〉もあるから厳粛に身を慎しめという。騒擾の
ことも不問に付す等々と、布告はまことに、
〝寛仁優渥《かんじんゆうあく》ナル諭書《さとししょ》ニ感泣《かんきゆう》〟させずにおかないものだった。
三浦五郎や滋野謙太郎らは連署して上書し「平生教諭宜《よろ》シキヲ得ス今日ノ事アルニ至
レルヲ謝シ」謹慎して処置を請うたほどだ。
遊撃隊でも大いに感泣して態度をあらため、
「我隊ニ在《あ》リテハ単ニ軍制改革ニ対シ意見ノ異《ちがい》アルノミニ非《あら》ス従来ノ政弊、諸隊ノ処
置、陪臣ノ処分、士卒禄《ろく》ノ増減等公平ナラサルト洋書採用ヨリ国体ヲ失フ等ノ事ヨリ
シテ自然人心動揺ノ兆《きざし》アリ坐視《ざし》ニ忍ヒサル為メ建議セシナリ」
と、申し出た。
これらのことも畢竟《ひつきよう》、政治掛役員並諸隊長官等の処置其宜を得ざるより起これる為

として、数人を列記して弾劾している。

「木梨精一郎《きなしせいいちろう》、名島小々男、原田忠蔵、頓野復蔵、田中稔助、篠原精一、隅重郎。これらを重罪に処すか、本隊に引き渡して貰いたい」

むろん代わりに玉木文右衛門《たまきぶんえもん》、宍戸備後助、楫取素彦、大波緩ら数人を信任登庸《とうよう》せんことを望んだ上に、兵隊は従来の如く、

「奇兵は奇兵、整武は整武と区別して存置することこそ、衆人安んじて奉公ありて得策」

と、隊号存置に食い下がっている。

藩政府では、これに応《こた》えた。とにかく鎮静するのが急務だから、軍事権少参事の要職にあった木梨を罷免し、原田忠蔵、名島小々男らに謹慎を命じ、列記の信任者の一部楫取、松原らを政事党内用掛に任じるほか、全面的人事異動で応えている。松原音三は陸軍長官参謀兼権大参事に上がったが、翌三年二月半ば藩政府の巻返し人事で、木梨が再登庸されるに及び蹴落とされている。

藩政府の与えた飴をしゃぶって泣きやむにはしかし、この叛乱兵たちは、懐疑的で被害意識が払底《ふってい》しきれなかったようである。

「待てというからには、待ちもしよう。が、漫然とは待てぬ。身分の保証を判然として貰わなくては」

尊攘思想も国体護持も、結局は美名であり口実にすぎなかったのだ。身分を保証された者は恭順し、除《の》けられた者は反抗する。

　こうなっては山口藩知事である毛利敬親公父子が度々懇諭しても利目はない。狂激益々甚だしくなって年を越し明治三年になっても、反抗の火の手は熄《や》まない。

　この二、三年は暴動が各地に起こっている。戦勝国も敗戦国も多少の事情は違え、農民一揆《いっき》に社僧が加わり無頼者が煽動するなどして暴動が各地を恐怖に陥しこんでいるのを見ると、この革命がやはり庶民から興った新時代のための革命というにはふさわしくない政権交替のクーデターにすぎなかったことがわかる。

　奇兵隊ほか諸隊の脱走による叛乱は、農民や社僧を含め、あるいは数人ずつ各地に散って農民一揆の指導者となるなど、収拾のつかぬ激しさを見せてきた。

　遂に二月七日。藩知事の名で上書して藩兵を以て臨機処置するのやむを得ざるべきを陳《の》べて其《そ》の允許《いんきょ》を請い、又在京公用人をして長藩兵一大隊徴兵の帰藩を願い出ている。とにかく大軍を投入して殲滅《せんめつ》するしかない。

　木戸や伊藤らの働きかけで、その上、三府五畿山陽山陰西海四国の藩県に令して、山口の暴徒力竭《つ》きて遁走《とんそう》する者あれば逮捕せよと命じている。民部大丞《みんぶたいじょう》の要職に就いていた井上も允許を得て帰国する。

叛乱兵の指導者たちは判然としないが、大楽源太郎や前記の大波緩、佐々木祥一郎、富永有隣《とみながゆうりん》などが交っていて陰に陽に煽動していたのは疑いない。藩知事名で上書するまでに至ったのはよくせきのことで、叛乱軍は大挙して発砲暴行して山口の公館を囲み、食物の通路を絶ち、徹宵火を焚《た》き将《まさ》に放火せんばかりになっていた。

「諭告も聴かず、遂に公館に銃口を向くる。もはや長兵に非ず、諸隊に非ず、忘恩ノ徒、狂気ノ衆なり、宜しく討伐するに如《し》かず」

　木戸孝允は馬関で討伐宣言するや、挙兵して攻めよせた。主核は常備軍及び海軍で、豊浦《とよら》徳山岩国三支藩の応援を得て三道より進んできた。

　この戦いは数日に及び、特に十一、二両日には激戦となった。山口の空を焦がし、硝煙は黒く蔽《おお》い、地上には夥《おびただ》しい血が流れた。常備軍と奇兵隊ほか諸隊の、倶《とも》に酒を汲《く》み、倶に戦場を馳駆《ちく》し、倶に船を漕《こ》いで外国軍艦に斬りこんだなかま同志が、仇敵《きゅうてき》のように歯を剝《む》き、白刃を叩きつけ、火となった鉛玉を相手の軀《からだ》にぶち込んだのだ。悲劇としかいいようはない。理想は儚《はかな》い野心で汚穢《おわい》にまみれ、革新の光は失われた。

　その狂乱も、天下を掌握した権臣たちには、政権交替につきものの、些事としか感じないようであった。

　宣撫使《せんぶし》として西下した大納言《だいなごん》徳大寺《とくだいじ》実則《さねのり》や随行の中弁《ちゅうべん》土方《ひじかた》久元《ひさもと》弾正少弼《しょうひつ》吉井《よしい》徳春《とくはる》などが三田尻に着いたのは、とっくに叛乱軍が四散した後であったが、敬親父子は欣喜して柊木駅に出迎え山口の宿舎に招じ諭書を受けている。

その文中、〈脱隊卒驕恣《きょうし》暴戻ノ挙動〉とか〈巨魁《きょかい》ノ者共ハ相当所置可致候〉などの文言があり、敬親公も慣例に従って鸚鵡《おうむ》返しの答書を出している。これで叛乱軍は、至誠尽忠の護国の思想と称したことも一片の焼反古《やけほご》となって〝暴徒〟と規定されてしまったのである。意見の相違とか兵制改革の問題から離れ、〈上意ニ服セス嘯聚《しょうしゅう》シテ乱ヲナス〉逆臣乱賊になってしまった。

この〝逆臣乱賊〟の字は、常備軍の名で檄《げき》を諸郡に飛ばし脱隊兵を討つ〝檄文〟中にあるもので、

——下ヲ以テ上ヲ犯スハ朝廷之大憲力ヲ以テ理ヲ滅スルハ天地之重罪此二者ヲ名ツケテ逆臣乱賊ト称ス逆臣乱賊ハ天下人々之得ヲ誅《ちゅう》スル所也……、……農商之私財ヲ掠《かす》メ官庫之金穀器械ヲ窃《ぬす》ミ朝廷官人之墳墓ヲ毀《こぼ》チ無罪之兵士ヲ捕縛シ愚民ヲ煽動シテ……、……巨姦大猾其間ニ出没シ兵士ヲ揺惑シ先非を悔悟セサルノミナラス君意ヲ蔑如シ兇器ヲ舞弄シ番兵ヲ分遣シ農民ヲ欺誘シ……千余人ヲ以テ御屋形ヲ囲ミ出入ヲ絶シ君上之御膳米ヲ閉チ強詞奪理君上ニ逼《せま》リ奉リ候実ニ狂暴兇逆天地モ覆載《ふうさい》スル能《あた》ハサル処試《こころみ》ニ看《み》ヨ上下古今数千年ノ間如此之逆臣如此之乱賊アリヤ……

文言、憎悪憤激に満ち満ちている。

木戸孝允などの叛乱兵を憎むこと、嘗ての佐幕派新選組や薩奸会賊《さつかんかいぞく》を罵るより甚だしかったという。もっとも木戸は当時公館に登庁せんとして入ることが出来ず（特に藩政を輔《たす》けている木戸への叛乱兵の怨《うら》みが強く探索もきびしかったという）、馬関挙兵をおもい、山口を去って間道を走った。

「間道ヨリ遁《のが》レ険路ニ悩ミ荊棘《けいきょく》ニ苦ミ風雨泥濘《でいねい》ヲ冒シ湯田《ゆだ》小郡ノ間ニ数日潜伏シ」

云々《うんぬん》とあるから、その苦難の潜伏行の分も憎しみに含まれていたのだろう。

馬関挙兵から山口到着まで時日が経過したのは春の海が荒れたからである。常備軍三百人第四大隊二百五十人大坂伏見より帰来の生徒兵約八十人。上ノ関からまた援兵約百人、福原の兵一隊とともに海路小郡の海岸に抵《いた》り上陸して北上した。これが木戸の指揮になる第一軍である。

豊浦藩知事の率いる長府、清末《きよすえ》兵及び第一大隊一中隊が第二軍として陸路を山ノ井舟木にとって進み、海軍が三田尻付近に進屯の徳山岩国兵及び右田《みぎた》毛利《もうり》の家兵を応援して三軍として勝坂の嶮関《けんかん》を攻めた。第一軍は八日夜半上陸して九日箕越《みのこし》峠　鎧峠《よろいがだお》　陶峠《すえだお》を扼《やく》し柳井田関門の賊兵と戦ったがこの戦闘は激しく押しては返しの激戦で、漸《よう》く新町まで進んだところに舟木の残敵が馳《か》けつけたので、敗退し三田尻の三軍と合し、宮市の敵に向かった。

内海精一《うつみせいいち》より東京の伊藤俊輔へあてた報告によると、「十二字（時）頃ヨリ争闘ヲ初メ大激戦ニ相成凡《およそ》七万発之弾薬ヲ費シ候」とある。

『木戸日記』でも、九日の苦戦のさまがかなり克明に描かれている。

早暁柳井田箕越ヲ乗取陶鎧二峠ヲ取ル其前斥候相逢互ニ闘撃ス十一字十二字之間脱隊之徒銃ヲ束ネ襲来一時大烈戦第四大隊死傷尤多漸三方之敵ヲ払ヒ銃声漸静ナリ我兵最初百余人敵勢三四倍防撃尤難依而漸百余人ヲ加フ此他一人之游兵モナシ兵士尤疲労宇部之兵違約已ニ四字ニ至リ未来朝来馳使数度不得止鎧陶二峠之兵並ニ岩兵ニ乞フ皆不至後拒纔《わずか》ニ農兵数十人ナリ四字過舟木之賊兵大隊俄《にわか》ニ襲来四方敵ヲ受ケ強テ防戦スルトキハ我兵士ヲ損スル不可図依テ挙テ此口ヲ引揚……

撃退ぶりが目《ま》のあたり見えるようだが、こうしたことも〝叛乱巨魁ども〟への憎しみとなって、その捜索逮捕に氷の如き冷厳峻烈《れいげんしゅんれつ》を以て臨むことになったのであろう。

前記の勅諭も出ている。叛乱兵は西海に五尺の軀の容《い》れるところを失った。大楽源太郎をはじめ九州に逃げた者も多い。

直接銃を執《と》らないまでも陰の使嗾者《しそうしゃ》と目された連中には逮捕の手が伸びた。取調べは仮借なかった。〝叛乱〟の〝暴徒〟なのである。

〈巨魁ハ之ヲ厳罰スルモ他ハ寛大ノ処置アルヘキコト〉と諭書にある。こうした場合、これが利目がある。いつの世でもそうだ。戦さでも労働運動でもそうだ。首謀者幹部を罪責することで、結束をみだす効果がある。信念のない附和雷同組は腰くだけになった。この連中は四支藩に監護された。

暴徒ニ参加シタルモ悔悟帰順スル者ハ十五日限リ銃器ヲ返上シテ干城隊《かんじようたい》ニ届出《い》ツヘク之ヲ農町家ニ隠匿スルハ曲事タルヘシ

という布告が出てから、投降した者が多い。それらの口から首謀者の名が出た。疾風迅雷、ばたばたと捕り、揚り屋に入れられたのは佐々木祥一郎《しよういちろう》、篠川多仲、富永有隣、篠窪橘五郎、室本宗之助、河越縄、内藤源吾、中村貫一郎、鈴川誠之助、田中五之助、潮田虎市、新坂小太郎、横山小太郎らで、これは暴徒の巨魁と目された。第一大隊の山口にあった二中隊及び平賀杢、赤川戇助《あかがわとうすけ》並びに暴徒に助力した国司《くにし》健之助《けんのすけ》の家士《し》佐々木祥右衛門以下四十九人には謹慎を命じた。

藩政府でも、人心収攬《しゆうらん》を考えねばならないところだから、あとから加わった農民や町人らにはお咎《とが》めなしで、むしろ旅費を与えて故郷へ帰らせ、その中でも役附《やくつき》になった連中のみ山口で拘禁して処分を待たせるという、使いわけをしている。

実際に流れ玉で中領《なかりよう》八幡宮社人の妻が横死したりしているのだから、巨魁に対してはどんな苛烈《かれつ》さでも望めた。隊外の身をもって叛乱軍に投じ、衆人を煽動して擾乱を生ぜしめたる罪軽からずとして、支家の士、徳永恭平《とくながきようへい》（毛利元雄《もとかつ》家来）、児玉斉《こだまひとし》（毛利元潔《もときよ》家来）、大波緩（宍戸親基《ししどちかもと》家来）の三人に割腹を命じたのが二十五日。処分が決まったのは三月晦日《みそか》で、首魁三十五人を死罪として其他は情状に因《よ》り囚獄又は遠流《おんる》に処した。ことに問題にされたのは、大村益次郎の墓をあばいて死体を辱しめた者があったことだ。

ところが翌四月三日。叛乱軍の潜伏した連中二、三十人が熊毛郡の上ノ関に潜入して平生《ひらお》村の武庫を襲って器械（大砲等）を掠奪《りやくだつ》し寺院にたてこもるという事件が起こった。一たん帰順した兵卒や農民で、再びこれに応じて集まった者が少なくなかったというから、叛乱の底意はかなり根深い。だが、もはや、残党のあがきにすぎなかった。これは数日を出ずして鎮圧され、首魁吉村駒之助《よしむらこまのすけ》は十五日に割腹。ほかに毛利親詮《ちかあき》の家士三人農民十五人が梟首《きようしゆ》され、他は罪状それぞれに処分された。

叛乱首魁らは一度にやられたのではない。罪状は決まっているのになぜ延引したのか。故意に引き延して、見せしめ的処刑の観は免れない。八月二日には山縣狂介と御堀耕助が欧州から帰国している。御堀の病いは篤《あつ》く翌年五月三十一歳で死んだ。肺患であった。

山縣狂介は、かつてのおのれが指揮した奇兵隊士の叛乱を、どのような気持で聞いたろうか。思った通りのことが起こったと、あの瘦頰に皮肉な笑みを泛《う》かべたであろうか。これで〝雨降って地固まる〟と、頷《うなず》いたろうか。

その七日、元整武隊秋月孝太郎、元遊撃隊井上三郎、元健武隊植木関馬が三田尻で斬罪梟首。十四日の内藤又兵衛、間島彦太郎等十余人を河田原にて斬首。二十九日、湊秀蔵（益田孫槌家来）徳永昇輔等十一人を丁者原にて斬罪梟首。

越えて十月六日、末森十郎、伊藤本蔵等十人を舟木妻崎にて斬罪梟首。十二月十七日原熊、槌堀克三郎等八人を梟首――こうして、この年内に首魁の処分は殆ど済んだ。

この年、山縣が帰国したのは確かに象徴的である。

惨憺《さんたん》たる奇兵隊士の末路とは逆に、藩政府側についた幹部たち三好軍太郎（後の子爵、陸軍中将）、品川弥二郎（後の子爵、内相）、野村靖之助（後の子爵、内相、逓相《ていしょう》）、三浦五郎（後の子爵、陸軍中将）らは常備軍編制掛として登庸され、洋行帰りの山縣狂介は一躍兵部少輔に任じられ出世街道を踏みだしたのである。大村兵部大輔の横死も山縣にとっては幸運この上ない。

この叛乱に於ける討伐軍の死者二十人、負傷者六十四人に対して、叛乱軍は凡そ千八百人のうち、即死六十人、傷者七十三人とあるが、潜伏中傷病死した者もかなりの数にのぼるにちがいない。これらの犠牲者の死屍《しし》の堆積が、そのまま〝明治功臣〟たちにとって栄達の階段になったわけである。

草莽《そうもう》より起こった奇兵隊は、その初志からして、革命の理念の欠落の尾を曳いて、激流に揉《も》まれつつ、多くの生命を喪ってきたが、明治新体制の基礎を作る誤ちを犯し、愚《ぐ》矇《もう》をさらけた。山縣有朋、伊藤博文ら一握りの佞奸《ねいかん》の徒に権勢を附与するための土台となったことは、愚かにも哀れというしかない。野望に齎《もたら》された非業の死には、心の安らぎも人間としての誇りもない。

血ぬられた栄光の奇兵隊は、天に唾した報いのように、その惨《さん》雨《う》血《けつ》臭《しゅう》を浴びて潰滅した。その怨念《おんねん》が明治陸軍の誕生のうちに胚胎《はいたい》していたことに誰が気づいたであろう。

解説

葉室　麟

——早乙女史観

そう呼ぶべきではないだろうか。

本書を読んだ率直な感想だ。しかし、このことについて述べる前に早乙女さんの思い出について少し語りたい。わたしがお会いしたとき、早乙女さんはいつも和服姿で、いかにも最後の文士だった。

歴史文学賞の選考委員をしておられ、わたしが受賞したおりに、巻紙に筆で書いたお手紙をいただいたのが、ご縁の始まりだった。松本清張賞を受賞したおりには、授賞式にも駆けつけてくださり、「次は直木賞だ」と励ましていただいた。歴史時代小説の後輩に常に心のこもったエールを送られる方だった。

温かく、親しみやすい人柄がいまでも懐かしい。そんな思い出をなぜ解説の冒頭で書くのかと言えば、本書での早乙女さんは歴史に厳しく向かい合い、非情とも思える筆で幕末、長州藩に誕生した奇兵隊にまつわる六編の物語を描いているからだ。

各編の内容を紹介しよう。

「草莽《そうもう》の臣」は、高杉晋作《たかすぎしんさく》が創設した奇兵隊の総督（総管）になりながらも非業の死を遂げた赤根武人《あかねたけと》の話。「第二奇兵隊」は、奇兵隊の登場により輩出した諸隊のうち第二奇兵隊の脱走と倉敷代官所襲撃という暴発の顚末《てんまつ》。「小倉城炎上」は第二次長州征伐の際、奇兵隊の攻撃の矢面に立ち、自ら城を焚《た》くところまで追い詰められた小倉藩の苦《く》衷《ちゅう》が活写される。「世良修蔵の死」は、幕末の激動の最中、第二奇兵隊軍監から戊辰《ぼしん》戦争では奥羽鎮撫《おううちんぶ》総督参謀の肩書を与えられるまでになったが、傲岸不遜《ごうがんふそん》な官軍の象徴のように仙台藩士に斬首される世良修蔵の最期が述べられる。

さらに「裏切り軍監」では奇兵隊軍監の地位を足がかりに明治新政府で権力を握っていく山縣狂介《やまがたきょうすけ》（有朋《ありとも》）の狡猾《こうかつ》で野心に満ちた姿を伝え、「血ぬられた栄光」は、維新により薩長《さっちょう》藩閥政府が成立すると、かえって不平不満を抱いて弾圧されていく奇兵隊士たちの悲惨な末路が綴《つづ》られている。

早乙女さんのライフワークである『会津士魂《あいづしこん》』での会津武士の清廉さとはうってかわった血に塗《まみ》れ、ぬかるみの中をのたうつ奇兵隊士の姿が泥絵具で描かれたような迫力で繰り広げられる。奇兵隊について早乙女さんは、

「草莽より起こった奇兵隊は、その初志からして、革命の理念の欠落の尾を曳《ひ》いて、激流に揉《も》まれつつ、多くの生命を喪《うしな》ってきたが、明治新体制の基礎を作る誤ちを犯し、愚《ぐ》

矇《もう》をさらけた。山縣有朋、伊藤博文ら一握りの佞奸《ねいかん》の徒に権勢を附与《ふよ》するための土台となったことは、愚かにも哀れというしかない」（「血ぬられた栄光」）と白刃で斬って捨てるかのごとくに書くが、これもまた世に埋もれた思いを伝える〈紙碑〉ではないだろうか。

　ひとが歴史の中で生きるときの愚かさや過ち、さらには慟哭《どうこく》の思いは奇兵隊に限らない。そのことを見据えるがゆえにこそ容赦がないのだ。

　早乙女さんの風貌を先に紹介したのは、時代の困難に遭遇した人間への深い同情が早乙女さんにあることを言いたかったからだ。

　早乙女歴史文学の根底にあるのは、明治維新に対する異議申し立てであり、さらに言えば薩長史観への批判でもある。そして激動の歴史を生きたひとびとへの共感だ。

　戦後の歴史時代小説には「昭和の戦争」が大きく影を落としている。戦車隊小隊長として満州牡丹江《ぼたんこう》に配属された司馬遼太郎《しばりょうたろう》さんは「異胎の時代」だったとして昭和の時代に違和感を露《あら》わにし、大づかみに言えば、「明治という国家」の栄光を描いた。一方、曽祖父が会津藩の出身であり、自らは中華民国のハルビンに生まれ、敗戦とともに二十歳で故国に帰った早乙女さんは、日本人の精神の美しさを曽祖父ゆかりの会津藩に見出《みいだ》した。

　司馬さんが明治の日本への尊敬を語り、早乙女さんが、明治維新への疑念を表明したことは、歴史の光と影としてともに論じられるべきものだ。明治の輝きの祖述者であった司馬さんは、「長州嫌い」であったとも言われる。早乙女さんと司馬さんは対極にある史観を基にした物語を紡いでいるかのようだが実は同じものを見ていたと考えることも可能だろう。

　ところで長州（山口県）からは初代総理の伊藤博文はじめ安倍晋三首相にいたるまで八人の総理が出ている。戦前戦後を通じて保守政治に長州の血脈は連綿と受け継がれているのだ。

　長州藩がイギリスやフランスなど四ヵ国連合艦隊との馬関《ばかん》戦争に敗れた後、高杉晋作が外国との戦いのために町人や農民を組織したのが奇兵隊だ。

　言わばわが国初の国防軍であった。

　だとすると、奇兵隊は、あながち過去のものではない。現代にいたるまで権力者に翻弄され、時代の生贄《いけにえ》となっていく奇兵隊士の物語は続いているのかもしれない。

（はむろ・りん　作家）

この作品は、「歴史読本」一九六九年七月から一九七〇年八月までに分載され、
一九七〇年一〇月新人物往来社より『奇兵隊の叛乱』として刊行されました後、
一九七七年六月集英社文庫として刊行したものを再編集いたしました。

〈読者の皆様へ〉

本作品には、「分裂症」「土百姓」など侮蔑性の強い表現があります。本作品が発表された時代（一九六九年）には社会全体として、人権や差別に関する認識が浅かったため、このような語句や表現が一般的に使われており、本作品もそうした時代の影響を免れておりませんが、それらの言葉の使用にあたって著者に差別助長の意図は認められません。著者が故人のため、作品を改変することは、著作権上の問題があることに加え作品の資料性の高さを考慮して、原文のままとしました。

（編集部）

早乙女貢の本

血槍三代（全三冊）

乱世を自らの力量によって切り拓くために、槍一筋、〝男道〟を求めて女人を愛しながら、戦国の世を生きる無頼の大名・水野藤十郎の数奇な運命を多彩な人物を配して描く巨編。

集英社文庫

早乙女貢の本

わが師山本周五郎

狷介にして頑迷、へそ曲がりの文士周五郎。妥協を許さず、一点の見誤りもないほどの鋭さの底に、深い哀しみと慈愛を秘めていた。その師の姿を敬愛の念を持って描く。

早乙女貢の本

竜馬を斬った男

佐々木只三郎は、精武流の剣と宝蔵院流の槍を学び直心影流の奥義を会得、京都見廻組与頭となる。只三郎は、まず清河八郎を暗殺、そして坂本竜馬を……。独特の史観で描く7編。

集英社文庫　目録（日本文学）

今野敏　義珍の拳
今野敏　闘神伝説Ⅰ～Ⅳ
今野敏　龍の哭《な》く街
今野敏　武士猿《ブサーザール》
今野敏　ヘッドライン
斎藤栄　殺意の時刻表
斎藤茂太　イチローを育てた鈴木家の謎
斎藤茂太　骨は自分で拾えない
斎藤茂太　人の心を動かす「ことば」の極意
斎藤茂太　「ゆっくり力」ですべてがうまくいく
斎藤茂太　「捨てる力」がストレスに勝つ
斎藤茂太　「心の掃除」の上手い人下手な人
斎藤茂太　人生がラクになる心の「立ち直り」術
斎藤茂太　人間関係でヘコみそうな時の処方箋
斎藤茂太　人の心をギュッとつかむ話し方81のルール
斎藤茂太　すべてを投げ出したくなったら読む本
斎藤茂太　「断わる力」を身につける！
斎藤茂太　先のばしぐせを直すにはコツがある
斎藤茂太　落ち込まない悩まない気持ちの切りかえ術
斎藤茂太　そんなに自分を叱りなさんな心のモヤモヤ退治法99
齋藤孝　数学力は国語力
齋藤孝　親子で伸ばす「言葉の力」
佐伯一麦　遠き山に日は落ちて
三枝洋　熱帯遊戯
早乙女貢　会津士魂一　会津藩 京へ
早乙女貢　会津士魂二　京都騒乱
早乙女貢　会津士魂三　鳥羽伏見の戦い
早乙女貢　会津士魂四　慶喜脱出
早乙女貢　会津士魂五　江戸開城
早乙女貢　会津士魂六　炎の彰義隊
早乙女貢　会津士魂七　会津を救え
早乙女貢　会津士魂八　風雲北へ
早乙女貢　会津士魂九　二本松少年隊
早乙女貢　会津士魂十　越後の戦火
早乙女貢　会津士魂十一　北越戦争
早乙女貢　会津士魂十二　白虎隊の悲歌
早乙女貢　会津士魂十三　鶴ヶ城落つ
早乙女貢　続会津士魂一　艦隊蝦夷へ
早乙女貢　続会津士魂二　幻の共和国
早乙女貢　続会津士魂三　斗南への道
早乙女貢　続会津士魂四　不毛の大地
早乙女貢　続会津士魂五　開牧に賭ける
早乙女貢　続会津士魂六　反逆への序曲
早乙女貢　続会津士魂七　会津抜刀隊
早乙女貢　続会津士魂八　甦る山河
早乙女貢　わが師山本周五郎
早乙女貢　竜馬を斬った男
早乙女貢　奇兵隊の叛乱

集英社文庫

奇兵隊《きへいたい》の叛乱《はんらん》

2015年2月25日　第1刷　　定価はカバーに表示してあります。

著　者　早乙女《さおとめ》　貢《みつぐ》

発行者　加藤　潤

発行所　株式会社 集英社

東京都千代田区一ツ橋2-5-10　〒101-8050

電話　【編集部】03-3230-6095

【読者係】03-3230-6080

【販売部】03-3230-6393(書店専用)

印　刷　中央精版印刷株式会社　株式会社美松堂

製　本　中央精版印刷株式会社

フォーマットデザイン　アリヤマデザインストア　　マークデザイン　居山浩二

Printed in Japan
ISBN978-4-08-745287-7 C0193